MARTÍ GIRONELL

O Arqueólogo

Tradução de
MARIA ALZIRA BRUM LEMOS

1ª edição

EDITORA RECORD
RIO DE JANEIRO • SÃO PAULO
2015

CIP-BRASIL. CATALOGAÇÃO NA FONTE
SINDICATO NACIONAL DOS EDITORES DE LIVROS, RJ

G439a   Gironell, Martí, 1971- O arqueólogo / Martí Gironell; tradução
         de Maria Alzira Brum Lemos – 1ª ed. – Rio de Janeiro: Record, 2015.

         Tradução de: L'arqueoleg
         ISBN 978-85-01-09880-1

         1. Ficção espanhola. I. Lemos, Maria Alzira Brum, 1959-. II. Título.

                                    CDD: 863
14-14399   CDU: 821.134.2-3

Título original:
L'arqueoleg

Copyright © Martí Gironell, 2010

Direitos da tradução negociados por Sandra Bruna Agencia Literaria, SL.
Traduzido a partir do espanhol *El Arqueólogo*

Texto revisado segundo o novo Acordo Ortográfico da Língua Portuguesa.

Todos os direitos reservados. Proibida a reprodução, no todo ou em parte,
através de quaisquer meios. Os direitos morais do autor foram assegurados.

Direitos exclusivos de publicação em língua portuguesa somente para o Brasil
adquiridos pela
EDITORA RECORD LTDA.
Rua Argentina, 171 – Rio de Janeiro, RJ – 20921-380 – Tel.: 2585-2000,
que se reserva a propriedade literária desta tradução.

Impresso no Brasil

ISBN 978-85-01-09880-1

Seja um leitor preferencial Record.
Cadastre-se e receba informações sobre nossos
lançamentos e nossas promoções.

Atendimento e venda direta ao leitor: EDITORA AFILIADA
mdireto@record.com.br ou (21) 2585-2002.

*À minha esposa, Eva,
com quem continuo perseguindo sonhos
para que se tornem realidade.*

*Aos meus pais, Carme e Martí,
que um dia sonharam com meu futuro.*

"Amb vostre nom comença nostra història y és Montserrat el nostre Sinaí."*

Virolai
JACINT VERDAGUER
Inscrição lateral da fachada da Basílica
de Montserrat

"Todos os povos necessitam de sua própria história nacional, uma vez que esta contribui para criar a imagem que têm de si mesmos e lhes dá uma sensação de identidade coletiva. Nesse sentido, utilizam o passado que eles mesmos criaram e, até certo ponto, inventaram."

JOHN HUXTABLE ELLIOTT
Discurso de abertura do centenário
de Jaume Vicens Vives

---

*"Com vosso nome começa nossa história, / e é Montserrat o nosso Sinai."

As relíquias

Jan el Jalili, Cairo, março de 1910

— As três estão aí? — perguntou, nervoso, o homem que olhava com alegria e inquietação um pacote na cabeceira da mesa na reunião nos fundos de um café.

— É obvio — afirmou, incisivo, o homem que havia acabado de deixar o pacote em cima da mesa.

Um papagaio tagarelava junto ao móvel, onde, além do pacote, havia uma bandeja com dois copos e uma xícara fumegantes. Saleh observava a cena por uma fresta na parede do depósito. Uma leve corrente de ar lhe permitiu sentir a mistura de aromas.

O odor do chá se misturava ao do café torrado com cardamomo. Um café preto e denso, que há muito tempo serviam neste e em outros estabelecimentos do país.

A fumaça que subia dos recipientes formava desenhos ondulantes que se integravam aos arabescos estampados nas paredes descascadas do local. Diante dos copos e da xícara havia três homens sentados. Um deles era seu tio Abdul, o proprietário do café, que sugava o bocal de um narguilé, um cachimbo de água que estava ao pé da mesa. Um dos indivíduos que dividiam o espaço com ele pegou o copo com a ponta dos dedos para não se queimar. Após soprar o líquido, deu um gole e queimou os lábios. Soltou um gemido e o outro homem, que em lugar e circunstâncias diferentes teria gargalhado, não disse nada, pois não conseguia tirar os olhos do pacote sobre a mesa nem parar de pensar em seu conteúdo. O homem que tinha queimado os lábios se deu conta do estado catatônico do companheiro porque este não havia feito menção de tocar o copo de chá, sobretudo depois que Abdul deixou o pacote diante de seu nariz.

— Posso abri-lo? — voltou a perguntar com voz trêmula.

— Vá em frente — incitou Abdul, e com uma das mãos o convidou a abrir, enquanto terminava com um gole a xícara de café e olhava de esguelha o outro homem, que, embora com os lábios ainda ardendo, voltou a tentar tomar o chá.

Ele desamarrou o barbante que embrulhava o pacote com um afã incontido e, quando o abriu, seus olhos se iluminaram.

— Posso desdobrá-las? — tornou a perguntar com emoção contida.

— Claro que sim — concedeu Abdul.

Saleh viu o homem tirar um tecido azul, que não soube precisar se era linho ou lã. Uma túnica antiga com alguns adornos e motivos florais que nunca vira e que, embora devessem ter sido dourados um dia, perderam todo o brilho com o passar do tempo.

Depois de examiná-la com delicadeza extrema, dobrou-a com um respeito reverencial, com uma sensibilidade e uma solenidade extraordinárias. Como se uma dobra malfeita pudesse causar algum dano ao objeto.

Saleh não sabia por que o tecido fascinava tanto aquele homem, uma devoção que nunca tinha visto antes. Ele parecia estar seguindo as normas de um ritual sagrado.

Sua exultação aumentou quando desdobrou as outras duas túnicas: primeiro a vermelha, que possuía sianinhas bordadas nas mangas e um viés de tafetá dourado no pescoço; depois a outra, uma túnica de dimensões mais reduzidas, como a de uma criança ou adolescente, de cor terrosa, e que tinha como único adorno duas faixas paralelas nas mangas, formadas por uma sequência de fitas entrelaçadas. Saleh viu o homem fazer com essas duas peças os mesmos rituais que com a primeira. A veneração que demonstrava pelas três túnicas era digna de ser vista. Saleh não conseguia reconhecer a que tipo de culto ancestral pertencia a cerimônia, mas identificou que aquelas eram as reverências que faziam os primeiros cristãos e que foram preservadas pelos Guardiões, os protetores, uma organização que velava para que relíquias como as que Saleh tinha diante dos olhos não caíssem em mãos impróprias.

— O estado de conservação é um pouco precário — reconheceu Abdul —, mas a cripta úmida de Abu Serga, da Igreja de São Sérgio, não é o melhor lugar para guardar esses tecidos.

— Abdul, você percebe que esses três objetos são umas das relíquias mais desconhecidas da história? Ninguém sabe que elas existem e se por acaso alguém chegasse a imaginar que as temos, seria... Não quero nem pensar. Só de saber a quem pertenceram e que as usaram em algum momento durante os sete anos em que viveram aqui, no Egito, depois da fuga de...

Ele não conseguiu terminar a frase. De repente, uma grande explosão interrompeu suas palavras. Abdul saltou da cadeira e soltou o bocal do narguilé. Sua agilidade permitiu que se desviasse do pedaço de parede que tinha arrebentado com a explosão pouco antes de o teto desabar sobre eles. Apenas alguns segundos antes, a parede, a mesa, a xícara e os copos voavam pelos ares e batiam nos corpos dos outros dois homens. Uma espessa nuvem de poeira cobriu a salinha.

À sombra do *hammam*

Após emergir silenciosamente de uma nuvem de vapor, descalço, com o torso descoberto e enrolado em uma toalha de linho que o cobria da cintura para baixo, Ashraf, o *mukkeyisate*, massagista do *hammam*, aproximou-se da fonte de mármore. Lá, deitado e relaxado, sob uma cúpula perfurada por onde entravam feixes de luz atenuados pela penumbra do local, esperava-o um cliente especial da sauna, uma das mais antigas da cidade. Ashraf era o único que podia tocá-lo. Untou as mãos com um óleo que, antes de ser espalhado sobre o corpo do cliente, já estimulava o olfato dele. Era o breve ritual anterior a estalar suas articulações, espremer com tanta delicadeza quanto determinação pescoço, braços e mãos, pernas e pés, dar-lhe tapas vigorosos nas costas com um único objetivo: relaxá-lo e aliviá-lo. Quem recebia esse tratamento tão delicado e exclusivo era o líder dos Guardiões, Rashid. Para esse homem temido e respeitado pela comunidade, o sofisticado e exótico amálgama de luz, calor, sons e perfumes era uma válvula de escape que o permitia esquecer os negócios. Uma paz que estava com os minutos contados.

Pelo longo e estreito corredor ecoavam passos apressados, enquanto ao fundo se ouvia o constante gotejar da água que escorria das toalhas estendidas nas cordas penduradas no teto.

Era o caminho que ia da entrada da sauna à sala onde Rashid estava deitado.

— Senhor — chamou com uma voz trêmula e entrecortada tanto pelos nervos por ter de dar a notícia que o levara até ali quanto pelo esforço que havia feito ao correr. — Senhor... — Tomou ar e soltou tudo o que devia dizer de uma vez. — Senhor, houve problemas na entrega e não foi possível realizá-la.

Rashid continuou deitado de bruços, sem reagir. Gotas de suor escorriam paralelas pelas costeletas do rapaz, que chegavam à altura do lóbulo das orelhas. A camisa, que originalmente era marrom, havia ficado de um tom mais escuro, próximo ao chocolate, e grudava na pele. Ele mantinha os olhos cravados nas costas escuras e peroladas de gotas de suor, que pareciam uma tábua envernizada. Um instante depois percebeu um movimento.

De fato, enquanto inspirava profundamente, Rashid girou a cabeça até encontrar os olhos de seu interlocutor, que, sem se atrever a sustentar o olhar, baixou-o em sinal de respeito, porém também de temor.

— Como isso aconteceu? — perguntou ao rapaz em um sussurro sonolento, como se tivesse acabado de despertar.

— Houve uma explosão e...

— Uma explosão? Quer dizer um atentado? — Pouco a pouco, à medida que foi se endireitando até ficar sentado no banco de pedra, recuperara um timbre de voz mais adequado à autoridade que ostentava.

— Não... Não... — negou o informante com tom dúbio, pouco convincente. — Não achamos que tenha sido um atentado. Ao que parece... Pelo que dizem as autoridades, tudo indica que foi um acidente.

— Um acidente? Que tipo de acidente? — perguntou já de modo mais enérgico.

— Parece que um fogão da casa contígua ao café explodiu e, por azar, era geminada ao cômodo em que seria feita a entrega, e nossos homens...

— ... Morreram. — Rashid se encarregou de terminar a frase enquanto o rapaz assentia sem ousar erguer o olhar. — Que se encarreguem do enterro... E onde está o pacote com as relíquias?

Agora o rapaz já não sabia para onde olhar, como se portar ou como falar. Rashid pulou do banco em que estivera sentado até esse momento e ficou de pé. Segurou o queixo do outro com uma das mãos, levantou seu rosto e, ao olhar fixamente para eles, pôde ver medo em seus olhos.

As pupilas escuras do rapaz não paravam de se mover para a esquerda e para a direita. Evitava ter de enfrentar diretamente o olhar desafiante de Rashid. Sentia-se apavorado e, mais que medo, estava tomado pelo pânico.

— Perguntei onde estão as relíquias — reforçou o líder dos Guardiões, detendo-se em cada uma das palavras.

O rapaz começou a tremer da cabeça aos pés. Não era capaz de articular nem uma palavra e Rashid só conseguia acompanhar o movimento incontrolável de corpo dele, sacudindo a cabeça compulsivamente. Negava mais vezes.

Rashid precisou interpretar seus gestos.

— Não? O que você quer dizer com não? — O rapaz estava boquiaberto, e o lábio inferior pendia enquanto dava cabeçadas. — Está me dizendo que não recuperaram o pacote? Que se perdeu?

A atitude de Rashid havia mudado. O estado de relaxamento proporcionado por Ashraf antes das más notícias já estava distante. Ele agarrou o rapaz pelos ombros e o sacudiu.

— Responda, por favor! — exigiu com urgência. — Não me faça perder a paciência, você se arrependerá! — ameaçou.

Sem saber como, o rapaz conseguiu projetar uma voz do interior de seu corpo estremecido.

— Não o encontramos, senhor. Depois que retiraram os escombros e os três corpos, não havia nem rastro do pacote. Não sabemos o que pode ter acontecido.

Rashid levou as mãos à cabeça. Afundou os dedos nos cabelos molhados sem parar de bufar, o que não pressagiava nada bom.

— Desapareça da minha frente! Suma! — gritou, e sua voz retumbou nas paredes da sauna.

O rapaz partiu por onde viera como uma alma levada pelo diabo.

Rashid pensava em um ritmo frenético. Ele devia se apoderar de umas relíquias, cuja existência praticamente ninguém conhecia. No entanto, elas desapareceram depois do maldito acidente, e não havia forma de saber em que mãos foram parar. Rashid decidiu que passar um tempo na piscina talvez clareasse suas ideias. Antes de mergulhar, fechou os olhos e moveu os lábios. Sabia que devia proferir uma breve prece enquanto colocava primeiro o pé esquerdo e entrava; então, afundou até a altura do pescoço no tanque de água quente.

Respirou profundamente e ergueu o olhar seguindo as nuvens de vapor que se elevavam para o teto de vidros coloridos. Fechou os olhos e sentiu que tinha uma revelação.

Quando se recuperou do susto, Saleh enfiou a cabeça por uma fresta. Era bastante estreita, mas lhe permitira acompanhar tudo que ocorreu antes da forte explosão. Passando entre os escombros, chegou ao lugar que minutos antes seu tio Abdul ocupava.

— Tio, tio! Você está bem? Você está bem? Tio, por favor, responda! — gritava em vão Saleh para um corpo sem vida que dificilmente poderia responder. Coberto de poeira da cabeça aos pés, seu tio Abdul estava apoiado na mesa e, embaixo de um braço, Saleh viu sobressair a manga de uma das túnicas que um dos outros dois homens estivera observando com tanta devoção. Chorando, levantou o braço frio, tirou a peça de roupa e a colocou junto das outras duas que estavam no interior do pacote, que, com a explosão, havia caído da mesa. Estendeu as túnicas, sacudiu-as e as dobrou com muito cuidado, guardando-as dentro do pacote. Mais tarde decidiria o que fazer com ele.

A reunião dos Guardiões havia tomado uma decisão.

— É preciso recuperá-lo de qualquer maneira! — gritou Rashid.

— Não temos certeza se o sobrinho de Abdul levou o pacote com as relíquias — apontou um dos Guardiões.

— E você acha que não vale a pena investigar, Kamal? Não encontraram mais ninguém no café além dos corpos sem vida de nossos dois homens e de Abdul, mas havia outros dois empregados lá, e um deles era o sobrinho, o beduíno, de quem curiosamente ninguém teve mais notícias desde o dia do trágico acidente. Não acham estranho ele não aparecer no enterro do tio? Não pode ter simplesmente desaparecido. — E estalou os dedos.

— Dizem que voltou para seu povoado — comentou Ahmed.

— Então, se isso for verdade, devemos averiguar onde ele mora. Iremos buscá-lo e o obrigaremos a falar. Não sei por que, mas estou convencido de que esse maldito beduíno está com as túnicas, e fico mal só de pensar que podem cair em mãos erradas.

O eremita

Mosteiro de Montserrat, março de 1910

Uma dor de ouvido o atormentava. À tarde, o padre Bonaventura Ubach havia marcado uma reunião particular com o abade. Ia lhe dizer algo importante, então, precisava estar em plenas faculdades, não podia se distrair com uma maldita dor de ouvido. Quando retornou para Montserrat após sua viagem à Terra Santa, a dor que há alguns anos tinha lhe tirado o sono reapareceu. Mas agora sabia como combatê-la e estava disposto a fazê-lo. O padre Bonifaci, o encarregado da farmácia, recomendara que aplicasse óleo de orelha-de-urso e, assim que experimentou, soube que havia acertado na mosca. Por isso, de manhã, o padre Ubach saiu para procurar uma das plantas mais distintas que cresciam nas gretas das rochas da montanha. A planta não apenas possuía a propriedade de aliviar hemorroidas, reduzir a pressão arterial e melhorar tosse e resfriados como também era uma excelente aliada contra a dor de ouvido, como a que o padre Ubach sofria. Costumava crescer perto do Santo Sepulcro, onde, segundo dizia a lenda, surgiu a imagem da Mãe de Deus.

Ele saiu do mosteiro em direção ao local. Em seguida, abandonou os caminhos mais frequentados e teve de adentrar um azinhal denso e sombrio. O padre Ubach notou que o bosque se fechava sobre sua cabeça com a espessa ramagem, coberta de musgo, e que a claridade se desvanecia pouco a pouco, deixando apenas um tênue fio de luz para seguir o Camí de l'Arrel, repleto de samambaias, espargos, gilbarbeiras e outros arbustos que arranhavam sua batina. Parou um pouco para ter certeza de que estava indo pelo caminho certo. Fazia tanto tempo que não se embrenhava por ali que hesitava sem convicção de estar indo por onde devia. Respirou fundo e deixou que um forte cheiro de nozes e folhas úmidas enchesse seus pulmões; uma vez situado, retomou a caminhada por um atalho íngreme que o levou até a encosta ensolarada da montanha. Começava a vislumbrar os cumes e as partes mais claras; lá, entre sulcos e elevações tortuosas que a natureza havia esculpido, crescia a orelha-de-urso, e bem perto ficavam as cavernas. Ubach arregaçou um pouco a batina para subir melhor a encosta. Tirou uma pequena faca e cortou a planta pela raiz.

Enquanto cortava o pedúnculo, lamentou ter de levá-la, pois admirava aquela maravilha da flora. Considerava um milagre da natureza que, em um entorno tão inóspito e pouco propício, essa planta fosse capaz de conquistar seu espaço e crescer de maneira insolente em meio às pedras. Após pegar uma boa quantidade, extrairia o óleo, molharia um algodão com ele, o aqueceria um pouco e o aplicaria no ouvido dolorido; no caso, ambos. Deixaria os algodõezinhos ali, taparia a cabeça com o capuz para se proteger das correntes de ar e esperaria que chegasse a hora de ir ver o abade.

Ubach desceu a encosta e, ao sacudir a batina, ouviu uma voz que dizia:

— Já tem o que precisa?

O monge, surpreso porque achava que não havia ninguém ali em cima, virou-se de repente e viu a figura de um homem saindo do interior de uma caverna. Era um senhor de idade, corpulento e com ombros um pouco encurvados. Havia prendido o cabelo em um rabo de cavalo, sua barba era branca e vestia uma camisa de cor indefinível; nos pés, usava sapatos bastante gastos.

— Que Deus o abençoe! — cumprimentou de maneira afável. O padre Ubach supôs que estas seriam suas terras.

Não teve de perguntar nem quem era nem de onde vinha porque ele mesmo se encarregou de esclarecer as dúvidas do monge.

— Estou passando uns dias nessa caverna, alguns dias de retiro da vida mundana ativa — acrescentou. — Faço isso todo ano. Venho aqui para rezar.

— Mas como? — atreveu-se a perguntar o padre Ubach, que agora estava sentado em uma pedra ao lado da entrada da caverna.

— É um costume de tempos atrás. Um antepassado meu foi um eremita de santo Onofre, sabe? Imagino que meu costume se deva a isso. Mas — apontou, enquanto levava lentamente a mão à parte superior da cabeça para coçar o cocuruto — devo reconhecer que sou um admirador e humilde seguidor da eremitagem; da forma de agir desses homens de Deus, porta-estandartes do amor místico, fiéis servidores da tradição cristã de Montserrat...

— E o que busca exatamente?

— Quando jovem, eu costumava provocar desordem por esse mundo de Deus, perseguindo não sei muito bem o que, e, veja só, finalmente acabei encontrando o que buscava nessa serra maravilhosa, entre esses atalhos meio escondidos pelo bosque, sempre bordados de romeiro e outras ervas curativas. — Apontou para o maço de orelha-de-urso que Ubach segurava. — Tenho certeza de que nesses atalhos, nessas paragens — e abriu os braços para abranger a entrada da caverna —, em algum de seus recantos, está esculpido o segredo do rastro humilde daqueles anacoretas que encontraram a paz e a sabedoria. E o fizeram aqui, com austeridade. Considere essa caverna minha cela de retiro e meditação. Um lugar para se proteger dos ruídos que nos impedem de ouvir a palavra de Deus. E olhe que viajei até o longínquo Oriente. Ao voltar, percebi que somente posso encontrar o verdadeiro conhecimento de todas as coisas dentro de mim quando me sinto em paz comigo mesmo, e isso aconteceu aqui.

Ubach o ouvia espantado. Não sabia que ainda havia eremitas, muito menos nas cavernas da montanha.

— E você... O que o traz até aqui em cima? — perguntou o eremita ao padre Ubach. — A orelha-de-urso?

— Sim e não — respondeu o monge.

— Como? — perguntou o anacoreta franzindo o cenho.

— Colher essa planta me serviu como desculpa para sair para tomar um pouco de ar. Preciso falar com o abade sobre uma questão delicada e não sei como fazê-lo.

— Você confia em si mesmo, em suas possibilidades?

— Sss... im — disse, finalmente.

— Não me pareceu muito convincente.

— Sim, sim, estou plenamente convencido do que quero fazer. Na verdade, já venho fazendo o que devia: preparei-me de corpo e alma para realizar um trabalho para o qual me considero pronto, mas tenho medo da resposta do abade. Temo que ele não veja do mesmo modo que eu.

— Está vendo aquela árvore ali? — O eremita apontou para uma árvore frutífera viçosa diante deles.

— Sim — respondeu Ubach depois de se virar para o bosque.

— Muito bem! E está vendo aquelas outras árvores, mais jovens, que se erguem decididas? — indagou o eremita.

— Sim, claro, estou vendo. — Ubach olhou para os cinco troncos robustos e sadios que apontavam para o céu.

21

— Muito bem — repetiu o eremita. — Nelas está a resposta para suas dúvidas.

O monge não sabia o que responder nem onde o homem queria chegar com aquele jogo. Ficou observando em silêncio a árvore frutífera e as outras em volta. E não conseguia responder nada que lhe parecesse coerente.

— Sinto muito, mas não consigo ver, não sei dizer.

— Observe. Um homem observador e estudioso como você pode adivinhar. — E acrescentou: — Com frequência, as respostas mais simples estão bem diante de nosso nariz.

Ubach não parava de pensar, mas não achava nenhuma resposta.

Depois de um tempo tentando, finalmente desistiu.

— Eu me rendo, me dou por vencido.

— Ah, não, meu caro, isso não é nenhuma guerra, pois justamente você sairá ganhando.

O eremita se levantou e em três passos chegou à árvore. Colocou-se bem embaixo da copa, se abaixou, arrancou um galho dela e outro da árvore vizinha e retornou para a entrada da caverna, onde o padre Ubach o esperava, agitado e hesitante.

— Como se pode saber se já estamos preparados? — perguntou de maneira retórica. — Exatamente assim. — E lhe mostrou os dois galhos. — Quando você está preparado, abandona a árvore para seguir seu caminho, mas sem se esquecer jamais de suas origens. — Ubach estava boquiaberto. — Entende?

Ubach meneou a cabeça da esquerda para a direita.

— Francamente, não — reconheceu o monge.

— Muitas árvores alongam seus galhos até tocar o chão, para criar raízes e começar uma nova vida ligada à árvore mãe. Como se fosse uma árvore ninho, como se, a partir de um galho, de um broto, surgisse uma nova; mas, na verdade, suas raízes estão em uma árvore ao lado, alta e frondosa, de cujas ramificações esses galhos decidem sair por conta própria, à margem do tronco central. No entanto, observe — dizia, apontando com um dedo para o solo por onde as raízes saíam —, ela sabe muito bem onde tem suas origens. — O eremita fez uma pausa para que Ubach pudesse assimilar suas palavras e continuou: — É muito simples, a árvore representa o mosteiro e, portanto, você e o abade são esses galhos, partem da mesma árvore, mas estão prontos para seguir cada um seu próprio caminho. Você é o que irá embora do mosteiro para cumprir a tarefa para a qual se preparou. Está acompanhando? — perguntou o eremita.

— Sim, agora sim... — Ubach finalmente entendeu a metáfora.

— O abade o conhece, o aprecia e confia o suficiente em você?

— Sim, com certeza! — assegurou Ubach.

— Então não se preocupe. Sua sabedoria lhe permitirá entender que é hora de partir para iniciar um projeto mais importante.

Ubach se viu então não apenas capaz de convencer o abade de que havia chegado a hora de abandonar o silêncio de sua cela em Montserrat como também de persuadi-lo de que estava destinado a realizar aquele projeto.

— Reverendíssimo Dom, tenho de lhe expor um projeto para o qual me preparei durante os últimos anos que passei estudando na Terra Santa e que agora me vejo capaz de levar adiante.

— Irmão Ubach, você é um exemplo de esforço, fidelidade, sacrifício e perseverança. Sua vida se centra no conhecimento da palavra de Deus. — O abade Deàs fez uma pequena pausa e continuou elogiando-o. — E tanto seu exercício espiritual e de devoção quanto seu trabalho de pesquisa histórica e seu conhecimento e domínio linguístico são verdadeiramente notáveis.

O abade Josep Deàs levava em conta a formação que Ubach havia recebido nos últimos anos na Escola Bíblica de Jerusalém, onde tinha feito um curso do idioma sírio, com o padre Savignac; um de árabe básico, com o padre Janssen; e outro de arqueologia bíblica, com o padre Abel.

Além disso, e principalmente, dedicou-se a aprofundar seu conhecimento das Sagradas Escrituras com o padre Dhorme, assim como à prática de explicar o significado dos textos do Antigo e do Novo Testamento, interpretando-os de maneira crítica; ou seja, especializou-se em exegese bíblica.

— Sou todo ouvidos, irmão — declarou o abade, convidando-o a expor sua ideia.

— Obrigado, Reverendíssimo Dom — agradeceu Ubach, e iniciou sua explanação. — Um homem moderno que se dedique a ler a Bíblia será assaltado, desde as primeiras páginas, por uma série de perguntas para as quais nem sempre conseguirá encontrar uma resposta com facilidade. O leitor quer saber, entre outras coisas, em que lugar se situam geograficamente os fatos narrados, em que época ocorreram e que relação há entre os homens que desfilam pelas páginas das Sagradas Escrituras e os fatos que conhecemos como história universal. Além disso, quer saber, e essa pergunta é muito mais urgente e muito mais difícil de responder, o que se oculta sob os estranhos relatos bíblicos, tão distantes de nossa mentalidade moderna... É inegável que muitas páginas da Bíblia desconcertam totalmente o leitor. Só se pode dar uma explicação adequada a muitos textos colocando-os em relação ao terreno onde nasceram.

"Para entender a Bíblia, é preciso conhecer a história, os costumes, as formas de vida dos países onde transcorre, sua geografia... Não basta estudar isso em um livro. A natureza de um país se reflete necessariamente em sua história, que, por sua vez, é em boa parte filha da própria natureza, e por isso é preciso procurar a harmonia, o equilíbrio entre ambas. Isso não é tudo na Bíblia, mas é uma parte importante, a casca que se deve afastar para ver e conhecer bem a obra divina."

— Creio que estou entendendo — disse o abade. — Interessa-o adquirir um conhecimento experimental do país bíblico, e para isso quer percorrer e pisar nas regiões relacionadas às Sagradas Escrituras. Por fim, quer pesquisar diretamente, *in loco*, o passado das terras abençoadas dos profetas, dos apóstolos, de Jesus e Maria. Entendi bem? — perguntou o abade.

— Exatamente, Reverendíssimo Dom, isso mesmo! — respondeu Ubach, entusiasmado ao ver que o abade o havia entendido de imediato. — Vejo que compreende a necessidade de ver para poder entender melhor e, sobretudo, para assimilar. — Ubach queria organizar tudo que descobrisse em um livro, em catalão e ilustrado, que facilitasse a compreensão da mensagem. Elaborar uma Bíblia ilustrada. — Quero percorrer o caminho de Moisés e Abraão, conhecer aquelas terras, do Egito à Mesopotâmia, para me aprofundar em todos os capítulos. Estudar o folclore das regiões a fim de contribuir para a elucidação de determinados trechos, me familiarizar com a fala para não perder nenhum detalhe, nem uma palavra dos textos sagrados. Na verdade, nesses anos não apenas estudei árabe mas também grego, para poder traduzir o Novo Testamento do original. Também aprendi sírio, que é muito similar ao aramaico, a variante popular do hebraico em que está escrito o Antigo Testamento. Além disso, gostaria de tentar reunir uma coleção de objetos que ajude a visualizar o percurso e que poderia fazer parte de um pequeno museu bíblico que poderíamos montar aqui, em uma sala do mosteiro, sob a Montanha Sagrada e o olhar atento de nossa Virgem Bruna.

O padre Ubach deteve um momento sua argumentação e constatou que o abade seguia suas palavras com um sorriso nos lábios e balançando a cabeça para encorajá-lo a continuar sua acertada exposição.

— Toda informação que reunir nos servirá para elaborar alguns mapas que acompanharão a Bíblia ilustrada e ajudarão a localizar os fatos em um marco geográfico e histórico, de modo que, situados em seu ambiente, os personagens bíblicos se tornem mais reais e sua mensagem chegue mais viva e poderosa a nossos leitores. Nos últimos anos, Reverendíssimo Dom, abundantes achados arqueológicos permitiram conhecer melhor as antigas civilizações milenares, suas normas de vida, seus comportamentos e os códigos morais pelos quais pessoas contemporâneas aos personagens da Bíblia se regiam. Assim, ficará muito mais simples comparar afirmações bíblicas com as ideologias daquele tempo, e as velhas figuras bíblicas deixarão de ser sombras escuras que desfilam silenciosamente sobre um contorno impreciso e difuso para se tornar claras e nítidas à luz da história.

— Não devemos perder de vista em nenhum momento que estamos falando de um texto religioso — interrompeu o abade.

— As Sagradas Escrituras perseguem um objetivo fundamental: difundir uma mensagem religiosa. Pretendem explicar a história de Deus com os homens, o que Deus fez, o que lhes deu e o que exige em troca.

— Exatamente para que ninguém se esqueça disso devemos realizar esse trabalho, Reverendíssimo Dom... Deixando bem claro esse objetivo e explicando a intenção dos escritores bíblicos, conseguiremos fazer com que a vontade que reside nas páginas das Escrituras seja entendida. Falta ao texto sagrado uma dimensão real, seu contexto e suas origens. Por isso estou certo — e agora via que o abade Deàs também estava — de que o contato com a terra e a compreensão da mentalidade do Oriente serão fundamentais para consegui-lo.

— Também é imprescindível entender que, desde a origem das lendas israelitas e do Antigo Oriente que constituem a base da Bíblia, sem esquecer o Apocalipse, passaram-se milhares de anos — enfatizou o abade. — Durante esse tempo, Deus foi se revelando de uma maneira mais clara e precisa até culminar com a revelação total e plena que é Jesus Cristo. As leis primitivas da Bíblia possuem uma moral rudimentar que repugna nossa sensibilidade atual: a lei da vingança ou da retaliação, o amor ao próximo reduzido apenas aos da própria tribo, as normas sobre as mulheres prisioneiras, o divórcio, a poligamia... Deus foi se adaptando à capacidade ética e mental do gênero humano. Pretender o contrário seria atentar contra as leis fundamentais da natureza...

— Começa a se aproximar de meu raciocínio — reconheceu Ubach. — Quanto mais elementos tivermos para interpretar aqueles tempos, maior a possibilidade de que se entenda a mensagem. Por isso peço que me dê permissão para me formar como biblista e, assim, poder criar a Bíblia de Montserrat e, com isso, fundar o Museu Bíblico.

O abade se levantou e lhe deu sua bênção.

— Outra coisa: você não está pensando em fazer esse périplo sozinho, está? — quis saber o abade Deàs.

— Não, abade, um jovem sacerdote belga, companheiro de estudos na Escola de Jerusalém, o padre Joseph Vandervorst, me acompanhará.

— Que Deus Nosso Senhor e a Mãe de Deus os protejam.

O abade Josep Deàs achava muito oportuna a ideia de Bonaventura Ubach. Há anos participava de uma corrente cultural que alentava o renascer de Montserrat como uma força criativa e expansionista que daria a Ubach não apenas a possibilidade de ampliar esses conhecimentos bíblicos, como de oferecê-los a todos. O abade Deàs lhe deu carta branca porque estava imbuído do catalanismo cultural do momento, inspirado pelo renascimento catalão que se traduziu em uma expansão de Montserrat. Tinha isso muito claro, pois o ambiente da época, de força criativa, o conduzia nessa direção. E também pela convicção que o padre Ubach lhe transmitiu. Não por acaso, quase na mesma época, também surgiram monges com esse espírito renascentista e de mente aberta. O padre Albareda começou a estudar a história da regra beneditina em todo o mundo. O padre Tobella comprou todos os volumes que, alguns anos depois, comporiam a base bibliográfica da Biblioteca de Montserrat. Seu padrinho começou a estudar os manuscritos do canto gregoriano e de suas origens. Era um movimento irrefreável em direção ao conhecimento. As providências para suprir os gastos da viagem não consideraram nenhum problema. Enquanto aguardava o recebimento de dez mil pesetas que o conselho abacial ia lhe conceder, Ubach conseguiu reunir dinheiro, próprio e de amigos, para iniciar seu périplo bíblico.

Entre duas águas

A sirene deu o sinal de levantar âncora, e o navio, balançando de bombordo a estibordo, começou a se afastar da costa de Jaffa. No mesmo instante em que zarpavam, o sol começou a se pôr, e a animação que até então tinha acompanhado os passageiros diminuía. Abatidos e cabisbaixos, desciam um após o outro para as cabines. Vandervorst ficou fumando no convés, e Ubach decidiu dar uma volta para ver as dependências do *L'Étoile*. Era um navio luxuoso, com cabines, restaurantes, salões e compartimentos de primeira, segunda e terceira classes. No entanto, os dois religiosos viajavam na quarta. Antes de voltar a seus singelos aposentos, Ubach terminou seu passeio com uma visita à capela — com o Santíssimo dentro do sacrário — que ocupava a popa da embarcação.

Encontrou seus companheiros de classe — tinha comprado um bilhete de quarta de ponte, sem direito a comida — instalados sobre seus tapetes e almofadas; conversavam, olhavam e liam o Corão. Quando o vaivém das ondas se atenuou e o sol começava a se pôr, eles se levantaram para recitar, virados para Meca, as orações regulamentares de sua lei. Ubach não quis ficar para trás quanto ao fervor religioso e, virando-se para Jerusalém, começou a proferir as palavras das completas do ofício monástico: *Jube, Domine, benedicere. Noctem quietam et finem perfectum...*, que recitou da mesma forma que eles, em voz alta até o final. Depois de cumprir com seus deveres religiosos, chegou a hora de jantar. Todos tiraram de suas bolsas tâmaras, pepinos, pão e outros mantimentos, acompanhados de chá ou café.

— Quer nos acompanhar, padre? — perguntou um dos árabes com quem Ubach, horas antes, tinha conversado um pouco.

— Agradeço o convite, mas tenho tudo de que necessito — respondeu Ubach em perfeito árabe enquanto lhe mostrava algumas fatias de pão, um pedaço de queijo, um punhado de azeitonas e um saquinho com peras que havia comprado no mercado.

O monge se retirou para seu canto para comer tranquilo, porém mantendo sua atenção na conversa do grupo de árabes.

— *Hâda massihi tamam, radjul tàyeb.* — Ouviu o que diziam sobre ele: "Esse homem é um bom cristão, é bondoso. Ofereçamos a ele uma xícara de chá."

E um dos jovens do grupo aproximou dele um copo com delicada polidez para que o pegasse.

— *Tafàddal* — disse ele. "Pegue."

— Aceito com muito prazer — respondeu o monge. — Não queria que achassem que antes, quando me convidaram para jantar, pretendia evitar sua companhia, pois não era isso. Todos somos filhos de Alá, seu Deus e também o meu. Eu e vocês acreditamos nele e em uma retribuição futura, o céu para os bons e o inferno para os maus e rebeldes. Portanto, preocupem-se em amar Alá, cumpram bem os preceitos morais de sua religião, vivam como bons irmãos e confiemos em Alá, que é infinitamente bom e misericordioso.

— Muito bem, sim, concordamos, mas você acredita no senhor Issa, ou Jesus, como vocês o chamam — esclareceu o muçulmano. — Nós também o veneramos como profeta, porém não o consideramos Deus.

— É verdade que nós, cristãos, acreditamos que ele é Deus, e com total convicção. E alguns estão inclusive dispostos a derramar sangue, incluindo o próprio, para obrigar os outros a aceitar essa crença. Agora, suponho que, da mesma maneira que não os recrimino por acreditarem em Maomé, o maior de seus profetas, vocês também não me consideram um inimigo por acreditar na divindade de Jesus, ou Issa, como vocês o chamam.

— Não, não, de forma alguma — declararam os árabes. — Desde que nos cumprimentamos, você não mostrou aversão nem se recusou a falar conosco; na verdade, todos nós o consideramos como um irmão, por isso o convidamos a tomar o chá conosco.

— Como veem, em que pesem certos pontos comuns, entre sua religião e a minha há algumas discrepâncias essenciais. Uma é, por exemplo, aquela que um de vocês apontava sobre a divindade de Issa. Vocês não creem nele, mas eu sim. Se discutíssemos isso e eu quisesse defender minha crença, seria necessário, sem renegar em nenhum momento seu Corão, livro que respeito por conter muitas coisas boas — reconheceu Ubach —, que ouvissem sem preconceito o que dizem nossas Escrituras, o Evangelho e, acima de tudo, que uma graça e uma luz sobrenaturais de Alá os iluminassem para entendê-las, algo que Ele só concede a quem lhe agrada. Por enquanto, só pediria uma coisa, e espero que não a recusem.

— Diga — disse, solícito, um integrante do grupo.

— Peçam todos os dias a Alá que lhes permita conhecer a verdade, o que sua vontade reserva a vocês e que lhes dê a força e a coragem para cumpri-la sempre.

O grupo de árabes apreciou o pedido do monge, pois perceberam que não lhe interessava convertê-los a sua religião.

Comoveu-os que ele apelasse a sua condição de homens bons, independentemente da religião ou da fé que professassem. Ubach o fez porque sabia que, afinal, a pregação de Alá e a de Jesus se resumiam a um único propósito: "Faça o bem assim como gostaria que o fizessem a você."

E, após ter navegado entre duas águas, mas tendo muito claro em que margem estava ancorado, Ubach foi dormir.

As cartas do arcebispo

Cairo, abril de 1910

— Vocês estão armados? — perguntou o funcionário do Ministério da Guerra.

Os dois monges se entreolharam com surpresa, e o padre Vandervorst se encarregou de responder.

— Levamos apenas um revólver, mas não pretendemos fazer nenhum mal aos beduínos, a menos que nos ataquem primeiro, e Deus nos livre de ter que fazê-lo — apressou-se a esclarecer o belga. — Levamos o revólver para poder expressar nossa alegria com alguma saudação quando chegarmos ao topo da Montanha Santa.

Quando o padre Vandervorst terminou, piscou um olho para o padre Ubach, aproveitando que o secretário estava com a cabeça baixa, escrevendo o que havia acabado de ouvir.

Carregando debaixo do braço o salvo-conduto, em inglês e árabe, que detalhava o itinerário e avisava que estavam armados, saíram em direção ao Mosteiro de Santa Catarina. Lá, precisavam conseguir duas cartas: uma serviria para entrar no Mosteiro do Sinai e a outra era destinada ao monge procurador que havia em

Suez, que seria o intermediário entre eles e os beduínos donos de camelos. As cartas, na verdade, eram autorizações que deveriam ser expedidas pelo temido arcebispo grego Porfirio Logothetes, que precisava aprovar o número de camelos e de beduínos que os acompanhariam, o itinerário e a estadia no mosteiro. Tudo dependia da vontade e do capricho do líder, que não possuía relações muito boas com os latinos.

Conforme se aproximavam de Santa Catarina, as mãos do padre Ubach começaram a suar. O suor aumentou quando, depois de percorrer o jardinzinho que dava para um corredor curto que desembocava em uma espécie de saguão, encontraram o primeiro empecilho. Teve de enxugar duas ou três vezes as mãos na batina antes de estender uma delas para apertar a do secretário do arce-bispo. Sem dar atenção à carta de recomendação da embaixada belga que traziam, o secretário lhes deu as boas-vindas em uma sala pequena situada diante da sala do arcebispo.

— Quantos são e que rota planejam seguir em sua viagem? — perguntou inquisitivamente o jovem de olhos grandes e res-peitável barba preta.

— No total seremos cinco. Três beduínos e nós dois — res-pondeu Ubach, apontando primeiro para o sacerdote belga e em seguida para si próprio. — Temos a intenção de partir de Suez, ir às fontes de Moisés ou Uyun Musa, Serabit al Jadim, passar pelos *uadis* de Garandel e Mukateb e pelo oásis de Feiran antes de chegar a Jabel Musa, ou seja, antes de tocar o céu do Sinai.

— Quantos camelos querem para o périplo? — continuou interrogando-os.

— Dois para montar e um terceiro para as provisões. E é claro que seremos acompanhados por beduínos — respondeu o padre Ubach.

— Impossível — sentenciou o secretário do arcebispo, enquan-to balança a barba cheia de um lado para o outro. — Vocês não podem levar só um camelo de carga. Pensem que precisam levar uma barraca de campanha, duas camas, um fogão, provisões e outros utensílios para a viagem. Portanto, necessitarão de dois ou três camelos para transportar tudo.

Os temores de Ubach se confirmavam. Embora esperasse que não lhes facilitariam as coisas, não imaginava que as artimanhas do arcebispado para obter dinheiro fossem tão evidentes.

— Senhor — começou o padre Ubach em um tom carregado de humildade —, somos dois religiosos e estudantes pobres, viajamos com o mínimo, gastando o menos possível. Nossa barraca de campanha será a abóbada celeste. Dormiremos ao relento; nossa cama será a dura terra, como a dos beduínos. E, no que diz respeito ao fogão, sinceramente — reconheceu, levando a mão ao peito —, não necessitaremos dele porque nos contentamos com a comida fria e com as conservas que esperamos poder comprar aqui, no Cairo.

Diante da sensata resposta do monge e visivelmente incomodado e irritado, o jovem secretário contra-atacou.

— Certo. Se pretendem viajar nessas condições e não necessitam de mais que três camelos, sugiro que, no mínimo, considerem levar um quarto camelo para o *dalil*, o encarregado de guiar sua caravana.

— Desculpe, senhor — respondeu o padre Ubach, arqueando as sobrancelhas, sem entender por que falava com aquele homem em vez de com o arcebispo. — Não entendo muito bem a necessidade que sugere. Os beduínos encarregados de conduzir os camelos devem ter feito o caminho tantas vezes que me atreveria a dizer que poderiam fazê-lo com os olhos fechados. Assim, não acho que necessitemos de nenhum *dalil* para nos guiar.

— Os beduínos nem sempre sabem o caminho e, mesmo assim, vocês ainda precisam de um guia para a caravana, uma pessoa que se responsabilize diante do governo e das autoridades pelo que pode lhes acontecer, que consiga responder diante das eventuais adversidades que podem surgir durante uma travessia pelo deserto.

— Até onde sei, os monges do Mosteiro do Sinai ganharam hábil e admiravelmente a simpatia dos beduínos da península, que não desejam que a paz de suas caravanas seja perturbada. Portanto, desculpe, mas não sei a que se devem esses temores de que possamos sofrer alguma adversidade. Eles são os primeiros interessados em que não haja nenhum incidente.

O secretário não se acovardou ao ver a tenacidade do padre Ubach, não se deu por vencido e continuou tentando obrigá-lo a aceitar o que impunha.

— Sinto muito, mas não posso economizar esse quarto camelo. É praticamente uma obrigação. Se acontecesse algo e o *dalil* não estivesse com vocês, a responsabilidade recairia sobre nossa consciência. Não há mais nada a dizer. Caso queiram fazer a viagem, têm de levar um quarto camelo com guia. Vocês levam quatro camelos para nove dias de viagem de Suez ao Sinai, cus- tando sessenta e cinco francos por camelo, sem contar o direito de entrada no Sinai, que são cento e vinte e cinco francos.

O padre Ubach estava a ponto de perder a paciência. Ele não aceitava que esse simples intermediário com presunções impróprias de sua posição se desse o direito de fazer o que bem entendesse com os destinos dele e do padre Vandervorst, mas se conteve. Pediu a intercessão da Virgem de Montserrat e, reunindo sua calma beneditina, alfinetou:

— Muito me estranha o que você acaba de falar. Franca- mente, sempre ouvi que pagando sessenta e cinco francos se obtinha o direito de viajar por doze dias, e não nove, como disse. Além disso, se o Excelentíssimo e Reverendíssimo Senhor Arcebispo não nos fizer o favor de abrir mão de nossos cento e vinte e cinco francos do tributo de entrada no mosteiro, teremos de renunciar ao nosso projeto de peregrinar por ele. — Ubach mudou ligeiramente o tom para tentar fazê-lo repensar e apelou para o lado espiritual do frio secretário. — Nossos exíguos recursos não são compatíveis com as condições que nos impõe. — E, de repente, deu-se conta de que ainda possuía um ás na manga. — Por outro lado, não sei o que dirá o Excelentíssimo Senhor Embaixador da Bélgica se souber que sua recomendação não serviu de nada — soltou à queima-roupa, enquanto olhava para o envelope que o secretário nem havia se preocupado em abrir.

O jovem secretário olhou para o monge, depois relanceou a carta. Rompeu o selo, tirou uma folha de papel e leu. Após refletir por algum tempo, levantou-se da poltrona que ocupava ao lado do padre Ubach e entrou correndo na sala. Os dois religiosos se surpreenderam com a reação do secretário.

— Funcionou! — exclamou de maneira contida o padre Vandervorst.

— Que Deus permita que assim seja — acrescentou o padre Ubach.

Menos de um minuto depois de tê-los deixado, o secretário saiu da sala com porte sério e perguntou:

— Gostariam de ver o arcebispo?

— Certamente, e com muito prazer, senhor — responderam, contentes. — Para nós será uma grande satisfação poder dizer que cumprimentamos e conhecemos o Excelentíssimo e Reverendíssimo Senhor Arcebispo.

— Entrem, então. — Afastou-se para um lado da soleira da porta e, com um gesto, os convidou a entrar na sala do arcebispo. Era um cômodo pequeno, modesto e ensolarado. Encontraram o arcebispo do Sinai sentado atrás de uma mesa de escritório que tinha como fundo uma biblioteca com as prateleiras repletas de grossos volumes. Porfirio Logothetes era um homem com traços marcadamente helênicos que ressaltavam a majestade de sua hierarquia ao mesmo tempo que lhe davam certo ar de indiferença muito especial, como se estivesse acima do bem e do mal. Na verdade, sua diocese só incluía os mosteiros de Santa Catarina e de Tor, um pequeno povoado da costa, com um número insignificante de fiéis gregos e beduínos. Com certeza, ser a verdadeira autoridade do Mosteiro da Montanha Sagrada do Sinai o tornava mais distante. Ubach sentia respeito por ele, mas não comungava com o status que a Igreja greco-cismática lhe outorgava. Nos tempos antigos, esses arcebispos moravam no Mosteiro do Sinai, mas há uns cento e cinquenta anos já não o faziam e, fora alguma visita isolada, preferiam viver no Mosteiro de Santa Catarina do Cairo, com tudo o que isso implicava: terem uma boa comunicação com o mundo e com o poder. "Querendo ou não, acabam tornando-se indignos", pensou Ubach.

No Sinai, governavam por intermédio de uma espécie de vigário que usava o título de arquimandrita.

— Quem são e o que desejam? — perguntou uma voz grave que veio da barba e do bigode bem-penteados. Usava na cabeça uma espécie de mitra de veludo arroxeado, da mesma cor da túnica, parecida com o *kalluze* grego, no entanto, um pouco mais pregueada e de forma piramidal, da qual descia um véu que cobria seus ombros. Levantou-se e, antes de convidar os dois religiosos a se sentarem em um sofá que ficava a dois passos de sua mesa, estendeu-lhes a mão para que a beijassem respeitosamente. Embora seu coração batesse como no dia em que recebeu o sacerdócio, Ubach tomou a iniciativa.

— Os servidores do Excelentíssimo e Reverendíssimo Senhor Arcebispo são dois pobres estudantes que se dedicaram a estudar as Sagradas Escrituras na escola dos padres dominicanos de Jerusalém e que, apaixonados pelos estudos bíblicos e encantados com a Montanha Santa do Sinai, desejariam realizar uma peregrinação e, ao mesmo tempo, se for possível, seguir o itinerário do povo de Israel pelo deserto da Arábia Pétrea, exatamente como narram os livros sagrados do Êxodo e dos Números.

O arcebispo assentiu com um gesto de cabeça e, quando o padre Ubach se calou, voltou a perguntar:

— E por onde passarão?

— Por Suez, Uyun Musa, pelo *uadi* Garandel, Serabit al Jadim, pelo *uadi* Mukateb e Feiran até Jabel Musa, no Sinai — repetiu Ubach, exatamente como tinha explicado ao secretário alguns minutos antes.

— E que itinerário planejaram para a volta? — interessou-se o arcebispo.

— Se não pudermos voltar por Aqaba, passaremos por Nakhl e de lá subiremos para Cadesbarne, Petra e as regiões do Moab até chegarmos a Jerusalém.

O arcebispo Logothetes cofiou a barba e disse:

— Vocês precisarão de quatro camelos: três para vocês, pois, conforme me disseram, não precisam de mais, e um quarto para o *dalil*, que lhes servirá de guia. O preço para ir até o Sinai é de sessenta e cinco francos por cada camelo. Para voltar, podem ir por onde quiserem depois de prestar contas ao guia dos camelos e de pagar cinco francos por dia, por camelo.

Ubach olhou para ele com preocupação, engoliu em seco e insistiu:

— Monsenhor, quero lhe pedir, por favor, que não nos obrigue a aceitar a companhia de um guia de caravana, considerando que isso causaria um descalabro em nossa já apertada economia.

— Não posso consentir com uma solicitação tão ousada — respondeu energicamente. — Além disso, devem lembrar que precisam fazer outro pagamento: o direito de entrada no mosteiro, que é de cento e vinte e cinco francos.

Ubach tinha a impressão de que não chegariam a lugar nenhum, pois era a segunda vez que se deparava com a mesma negativa, primeiro do secretário e agora do arcebispo. Decidiu voltar a adotar uma atitude humilde para apelar a sua compaixão. Sem exagerar e sem perder seus grandes dotes para a persuasão, iniciou seu relato.

— Monsenhor, gostaria que soubesse que desde que começamos nossos estudos, há quatro anos, temos nos privado e abstido de muitas necessidades, e, inclusive, algumas vezes, pulamos uma refeição. Certamente deve se perguntar o porquê. Simplesmente para economizar e poder cumprir nosso único objetivo, nossa única meta: antes de deixar essas terras benditas para retornar a nosso destino, queremos visitar o Sinai; se não o fizermos agora, nunca poderemos fazê-lo, pois duvido que uma oportunidade tão propícia volte a se apresentar. — Ubach fez uma pausa e aproveitou para olhá-lo nos olhos. O arcebispo fez um sinal com a mão para que continuasse. E assim ele o fez: — Monsenhor, acredito que será muito doloroso voltar para nossos países sem ter podido admirar esse antiquíssimo e venerado mosteiro do qual o senhor, Excelentíssimo e Reverendíssimo Arcebispo, é o superior ou sem ter podido sequer folhear um único volume de sua célebre e riquíssima biblioteca.

Ubach percebia que o arcebispo estava amolecendo e que a rigidez e a firmeza que tinha demonstrado há alguns instantes cediam. Aproveitou para concluir seu discurso apelando à condição do monsenhor Logothetes de facilitador, deixando claro que era ele quem tinha o poder.

— E também penso no que dirão nossos discípulos quando, comentando algum dia o Pentateuco, souberem que por tão pouco — e o padre Ubach semicerrou os olhos e juntou o dedo indicador com o polegar para mostrar que estavam tão próximos quanto eles de conseguir seu objetivo —, por quase nada, perdemos uma oportunidade excepcional para realizar um estudo tão interessante que esclareceria passagens difíceis desse livro.

Fez-se silêncio e, como se despertasse de um sono curto e intenso, o arcebispo reagiu. Levantou-se de súbito, abriu a estante e tirou alguns cadernos de anotações. Ubach e Vandervorst seguiam seus movimentos com o olhar, perplexos.

— Aqui, nos protocolos, está estabelecida a tarifa para os turistas que viajam à península, e não podemos modificá-la nem abrir nenhuma exceção. Entendem? Se fossem peregrinos — começou a dizer de maneira aflita enquanto virava sem parar páginas e páginas do volumoso livro —, poderíamos fazê-los passar como tais, como fazemos com os russos, que recebem uma tarifa mais baixa, porém... assim será impossível.

— É impossível encontrar alguém com mais aparência de peregrino que nós, monsenhor! — exclamou o padre Ubach. — Já viu, Excelentíssimo e Reverendíssimo Senhor Arcebispo, algum turista que viaje com um único camelo de carga, sem fogão, sem cama, sem barraca de campanha, resignado a dormir à intempérie, expondo-se talvez não à morte, mas a contrair alguma doença com graves consequências só por amor ao estudo das Sagradas Escrituras?

O arcebispo voltou a se comover com as palavras tocantes, tão honestas e repletas de razão do monge que o olhava através dos vidros redondos de seus óculos. E começou a dar sinais que fizeram Ubach achar que o grande Porfirio Logothetes começava a ceder.

— O que nunca vi é um peregrino que, após chegar ao Sinai, volte por Nakhl ou por Aqaba em vez de retomar o caminho e retornar por Suez. Seus planos de viagem são tão ousados que não sei que tipo de pessoa faz uma coisa do gênero. Por isso também não sei que tarifa aplicar.

— Excelentíssimo e Reverendíssimo Senhor Arcebispo, tem muita razão. Mas permita que lhe diga que concebemos nosso plano de volta precisamente com a esperança de gozar de uma tarifa especial e confiando em sermos tratados como peregrinos.

— Considerando que vocês são sacerdotes como nós e que realmente fizeram e fazem um grande sacrifício ao empreender uma excursão tão ousada, com tantos desconfortos e poucos recursos, é justo que os dispense de aceitar um camelo com guia, e só estarão obrigados a pagar três, exatamente como queriam.

— Obrigado, monsenhor! — O padre Ubach sorriu satisfeito.

— Um momento. — O arcebispo fez um gesto com a mão para conter o excesso de euforia do monge. — Mas devem levar em conta que isso é só de Suez ao mosteiro. Para ir de Aqaba a Nakhl, façam o favor de alugar os serviços de um camelo com *dalil*.

— Às suas ordens, Excelentíssimo e Reverendíssimo Senhor. Faremos o que nos indica, e tanto o padre Vandervorst — e trocou um olhar com seu companheiro belga, que havia permanecido calado durante o tempo inteiro e que agora voltava a sorrir e lhe piscava um olho — quanto eu ficamos imensamente agradecidos por essa grande demonstração de amabilidade.

— Quando chegarem ao Sinai, poderão se hospedar lá por três, quatro ou até oito dias se quiserem. Poderão visitar o que acharem conveniente do mosteiro e seus arredores. Porém, terão de se contentar com a dieta dos monges, que consiste em feijão, lentilha, azeitonas e outros alimentos do tipo.

— Ora, monsenhor, não se preocupe com isso! Estamos bastante acostumados a esse regime de vida. Seu servidor é um monge beneditino, e o glorioso são Benedito imitou os monges orientais nas vigílias noturnas e na prescrição de refeições frugais, entre muitas outras coisas. De modo que estou bem acostumado a comer feijão, couve, azeitonas e bacalhau. Aliás, monsenhor, teremos de pagar alguma taxa de entrada no Mosteiro da Montanha Santa?

— Não, de maneira nenhuma! — soltou, com força, o arcebispo. — Estão isentos do pagamento.

Porfírio Logothetes pediu que passassem no dia seguinte para buscar as duas cartas, a que lhes permitiria a entrada no Mosteiro do Sinai e a outra para o monge procurador de Suez, que atuaria como intermediário com os cameleiros beduínos. Despediram-se do arcebispo agradecendo novamente seu gesto e sua deferência. Beijaram sua mão e, depois de fazer duas reverências ao estilo grego, apressaram-se a percorrer as salas até o corredor que os levava aos jardinzinhos da saída. Quando saíram, o padre Ubach e o padre Vandervorst se abraçaram e explodiram de alegria e de emoção pelo que haviam passado. Após o primeiro momento de euforia, e enquanto atravessavam um beco dos bairros muçulmanos do Cairo, o padre Vandervorst perguntou ao padre Ubach:

— Você tem ideia do que conseguiu?

— Do que você está falando?

— A agência Thos, Cook & Son disse que a tarifa de qualquer guia do Sinai para levar duas pessoas à Montanha Sagrada e voltar por Gaza ou por Petra até Jerusalém, o que seria nosso caso, chega a cento e cinquenta francos por pessoa ao dia, mais a taxa de entrada no mosteiro, que são mais cento e vinte e cinco francos. Se fizer as contas, verá que uma viagem como a nossa, de trinta e cinco dias, custa mais de cinco mil francos, uma quantia que não podemos pagar por nada no mundo. Louvado seja Deus! — exclamou o belga. — Economizamos alguns trocados que nos servirão muito bem.

De fato, o padre Vandervorst estava absolutamente certo, pois economizaram um dinheiro que não possuíam. No dia seguinte, depois de terem apanhado as cartas do arcebispo, dedicaram o dia inteiro a preparar suas coisas, fechar caixas, pacotes e aprontar as provisões antes de partir para Suez. Para trinta e cinco dias de viagem, calcularam precisar de setenta latas de conserva de quatrocentos gramas, uma para cada uma das duas refeições. Também conseguiram uma dúzia de latas de concentrado de carne com o qual poderiam preparar algumas xícaras de caldo nutritivo que os ajudaria a se recuperar da fatigante travessia, pois não encontrariam água potável até o sétimo dia de viagem. Acrescentaram uma vasilha lacrada de trinta e seis litros às outras coisas para que servisse como contrapeso para as caixas de conservas. A tudo isso, tiveram de somar três quilos de café moído, açúcar, biscoitos e dois litros de álcool para o fogareiro. O restante, o padre Ubach confiou que Deus Nosso Senhor e a Virgem proveriam.

Vandervorst necessitava de ar. Precisava deixar para trás as paredes da Escola de Jerusalém, que o asfixiavam. Com os anos, sentia-se cada vez mais enclausurado, mais enjaulado. Por isso, quando soube que Bonaventura estava partindo para percorrer os cenários da Bíblia, não pensou nem um instante e se lançou imediatamente ao que imaginava que seria o caminho para a liberdade. Em primeiro lugar, correu para o quarto do companheiro de estudos para pedir que o deixasse acompanhá-lo; depois, em segundo lugar (e mais importante), informou isso a sua diocese.

Saiu-se bem nas duas tarefas. Seus superiores acharam louvável e honorável (foram os adjetivos que usaram) que um de seus sacerdotes seguisse os rastros de Moisés. De sua parte, Bonaventura não opôs nenhum obstáculo, muito pelo contrário. Achou boa ideia ter companhia para uma travessia com essas características e alguém com quem discutir e comparar opiniões quanto às descobertas que faria. Ubach, no entanto, deixou bem claro que, ao se comprometer a acompanhá-lo, Vandervorst teria de se adaptar a seu itinerário, visto que o tinha preparado meticulosamente e não aceitava nenhuma mudança. Até o fez assinar uma espécie de contrato em que se comprometia a não abandonar a viagem uma vez iniciado o périplo, por mais duras que fossem as etapas, as aventuras ou desventuras que o deserto pudesse lhes proporcionar. Vandervorst ainda ria ao se lembrar de que teve de assinar um documento solene, escrito pelo próprio Ubach, para garantir que ficariam juntos até o final dessa história de ressonâncias bíblicas, não importa o que acontecesse.

Eu, Joseph Vandervorst, abaixo assinado, como componente da expedição destinada a percorrer os cenários bíblicos conduzida pelo padre Bonaventura Ubach, comprometo-me a obedecer ao chefe da expedição e dou meu consentimento para me colocar, assim como meus pertences, à inteira disposição e sem reservas ao serviço do objetivo da expedição mencionada acima, a partir de hoje e até a data de nossa chegada, estimada em trinta e cinco dias, e me comprometo, tanto se alcançarmos o objetivo quanto se fracassarmos, a acatar todas as consequências que possam surgir. E também certifico meu compromisso de ajudar no que for preciso e de qualquer maneira para o sucesso da expedição. Para atestar, assino abaixo em Jerusalém, no dia 3 de abril do ano de 1910.
Assinado: Joseph Vandervorst.

Paciente, resignado e de saúde relativamente boa, Vandervorst disse a Ubach:

— Não duvido de que, ao ajudar a Deus, terei de suportar as mesmas penas que você. Isso implica dormir no chão e ao ar livre, comer pouco, não beber vinho e inclusive me privar de fumar, que é o pior que pode acontecer a um belga. Em todo caso, advirto, para que não tenha uma surpresa, que sou propenso ao que chamamos de urticária. É uma praga que, infalivelmente, me ataca toda vez que mudo de lugar ou de clima. Felizmente não é perigosa, e não acredito que possa nos impedir de seguir nosso caminho.

Disso Vandervorst não tinha nenhuma dúvida; mas não tinha tanta certeza se voltaria a pisar no seminário, fosse no Oriente ou no Ocidente. Sua entrada lá aconteceu em circunstâncias estranhas; não fora motivada pelo chamado da fé, mas pela necessidade de sair de casa e livrar sua família de um fardo, de uma boca para alimentar. Os Vandervorsts ofereceram o filho à Igreja porque, como bons cristãos, acharam que, se Nosso Senhor os havia abençoado com outro filho, o melhor que podiam fazer era colocá-lo a serviço de Deus Todo-Poderoso. E foi assim que um jovem Vandervorst se tornou padre e, graças a seus estudos, acabou encontrando um jovem monge de Montserrat que o contagiou com sua fé e sua paixão pelas Sagradas Escrituras. No entanto, o padre Vandervorst possuía outras inquietações, buscava outros objetivos e, embora lhe custasse reconhecer, encontrou-os justamente seguindo os rastros dos filhos de Israel.

Caminho de Suez

— No Sinai?! Duas pessoas sozinhas no monte Sinai?! Duvido! É impossível voltarem — vaticinava um dos padres dominicanos, apoiado no batente da porta do mosteiro.

— Voltarão, sim, com certeza, homem de pouca fé! Os padres Ubach e Vandervorst são muito espertos e saberão superar qualquer dificuldade — opinou um monge, enquanto os dois religiosos se despediam dos integrantes da comunidade que os havia acolhido em Jerusalém.

Nem todos, nem em Montserrat nem em Jerusalém, viam com clareza e facilidade como uma empreitada com essas características poderia terminar bem. O projeto do padre Ubach era ambicioso e perigoso, e tinha despertado muita expectativa em uns e muitas críticas e reticências em outros.

Um sol tênue, preguiçoso, ainda adormecido, surgia pouco a pouco no horizonte. O calor dos raios começava a atingir a traseira de um jumento branco que, em um bom ritmo, puxava uma carroça repleta de caixas, pacotes, baús e outras bagagens. Poucos metros atrás do animal, um monge beneditino e um missionário caminhavam rumo à estação central a fim de pegar o trem que devia levá-los a Suez.

Ao chegarem à estação, enquanto colocavam a bagagem no trem, os dois religiosos subiram no vagão da terceira classe. A simplicidade e a espontaneidade que pontuavam o compartimento estavam intimamente relacionadas aos que ocupavam o vagão. Era um espaço único e um tanto claustrofóbico. Os assentos eram bancos de madeira distribuídos em fileiras mais ou menos alinhadas ao longo do vagão compartilhado pelos mais autênticos representantes do país: muçulmanos, coptas, gregos... Todas as etnias e religiões viajavam misturadas, alheias a tudo que as separava. Unidas sem se dar conta, acima de exigências e preceitos que o vaivém do trem se encarregava de fazer desaparecer.

O padre Ubach estava fascinado com o mosaico que se mostrava diante de seus olhos. Bem em frente havia duas filas de rostos com a pele olivácea e lustrosa, finos e alongados sobre pescoços muito compridos que denotavam a origem copta. Descendentes diretos dos antigos egípcios, os coptas possuíam fisionomias idênticas às feições, que ele havia contemplado milhares de vezes, dos indivíduos presentes nas pinturas dos antigos sepulcros e paredes dos templos.

Mais à frente, cruzou o olhar com um xeique que cobria a cabeça com um lenço grande e branco. Ubach, consciente de que o homem ostentava um título de grande distinção entre os muçulmanos, reservado apenas aos descendentes do grande Profeta, dedicou-lhe uma ligeira reverência com a cabeça, que o xeique aceitou e agradeceu semicerrando os olhos. O choro de uma criança que se aproximava nos braços da mãe o fez desviar o olhar. Ela passeava para cima e para baixo pelo corredor do vagão balançando a criança para acalmar seu choro. Ia de um lado ao outro, indiferente, fazendo tilintar as pulseiras e tornozeleiras de metal com vidro que levava nos braços e nos pés descalços. Era uma mulher alta e corpulenta. Ubach e Vandervorst não conseguiam ver praticamente mais nada dela, o restante precisavam intuir. Ela estava coberta de cima a baixo com um véu de seda preta. A burca cobria sua boca, seu pescoço e seu peito. Ubach se fixou no pedaço de tela que se mantinha um pouco acima do lábio superior graças a uma cordinha que subia para a testa e seguia até atrás da cabeça, escondida no rosto por um tubinho dourado de vime que tapava todo o nariz e parte da testa. Como só se viam seus olhos, que eram enormes e muito expressivos, ele ficou cativado pelo olhar marcado com *kohl* preto, um cosmético fabricado com pó de antimônio. Na verdade, por medo de ofendê-la, Ubach não a observou por mais de cinco segundos. Não foi nada difícil. Dois homens que se sentaram a seu lado chamaram sua atenção. Estavam vestidos com túnicas azuis longas e cobriam a cabeça com uma espécie de boné de algodão branco.

De compleição robusta e ossos largos, possuíam bocas grandes e cílios pretos em abundância, olhos amendoados em rostos morenos que o sol havia curtido enquanto trabalhavam a terra na qual o padre Ubach, suspirando, desejava pisar. Todos andavam, falavam e gritavam sem se preocupar com quem estivesse ao lado. Um pai repartia pedaços de pão e queijo de cabra entre as crianças da família, que estavam havia um bom tempo reclamando e choramingando porque o trem ainda não tinha partido. Não muito longe, um árabe bebia ruidosamente de seu *ibrik*, uma pequena moringa de cobre que podia conter qualquer líquido. A seu lado, um homem tinha cuspido a ponta de um pepino que havia mastigado e segurava com firmeza uma xícara de chá. Ao lado dele, um passageiro colocou debaixo do banco os calçados e se acomodou em seu minúsculo espaço, passando a massagear os pés com a mão e a contar seus dedos. Alguém apoiou o cotovelo pela janela onde outro passageiro apoiava a cabeça e olhava com indiferença os garotos que passeavam pela plataforma gritando que tinham as últimas notícias do jornal ou vendendo guloseimas. Dois árabes entraram carregando caixas. Um deles levava amendoins, sementes de melancia, abóbora e grão-de-bico torrados e vendeu um cartucho por cinco centavos, certamente como jantar. Ubach e Vandervorst, no entanto, foram atraídos pelo outro, que, surpreendentemente, ofereceu-lhes ostras frescas e baratas. Dificilmente teriam outra oportunidade para usufruir de um alimento tão luxuoso por aquele preço.

Quando o quadro já estava cheio de cores, um copta de boina e uniforme amarelo-escuro entrou e gritou da porta do vagão:

— *Tadkare, tadkare!*

Todos levaram a mão ao peito porque era o momento de mostrar o bilhete ao fiscal. Cumpriram a exigência com maior ou menor rapidez, menos um passageiro. O padre Ubach fixou o olhar em um rapaz magro. Ele havia se encolhido em um canto do compartimento para tentar passar despercebido pelo inspetor; na verdade, tentava evitar o cobrador.

Porém, o encontro era inevitável. As longas pernas uniformizadas do copta pararam diante do rapaz, que estava sentado com as costas na parede do vagão, envolvendo as pernas com os braços, como se não quisesse ver o cobrador, mas notando sua presença autoritária.

— Bilhete! — gritou.

O rapaz não se mexeu.

— Bilhete! — voltou a gritar o homem uniformizado, acompanhando suas palavras com um pontapé na coxa do rapaz encolhido.

O rapaz tirou o rosto de entre as pernas. Era escuro e estava muito sujo, e seus olhos eram negros e redondos, limpos e brilhantes, porém estavam tomados por terror e medo. Uma mecha de cabelos, também negros, caía pela testa e deixava entrever uma cicatriz.

— Não tenho, senhor — respondeu.

— Então terá de descer. Venha.

O homem uniformizado o agarrou pelo braço com a intenção de arrastá-lo para a porta. O rapaz, no entanto, não se mexia.

— Levante-se ou bato em você! — ameaçou o cobrador, empunhando um porrete que levava na cintura.

— Não, senhor, por favor, não me bata, por favor — pediu o garoto, choramingando, ao mesmo tempo que se protegia com os braços da possível agressão.

O inspetor não podia perder mais tempo e o agarrou pelo braço, ergueu-o de um puxão e o conduziu a empurrões até a saída.

— Não pare! Venha, se manda, fora! — ordenou.

O rapaz, porém, deteve-se, porque na direção contrária vinha um jovem religioso, pequeno e enxuto, que sorria para ele por trás de uma barba cheia e óculos de lentes redondas, que rodeavam olhos pequenos e vivos. Sua figura miúda contrastava com a energia que transparecia de sua força interior. Usava uma batina escura e, na cabeça, uma *kufiyya*, um grande lenço de algodão cru preso com um *egal*, um cordão grosso feito com pelos de cabra à prova dos ventos mais impetuosos.

Era o padre Ubach, que se dirigiu ao copta para pagar a passagem do rapaz até Suez.

Nesse momento, um apito rasgou o ar irrespirável do compartimento, seguido de uma sacudida que anunciava que o trem começava a correr sobre os trilhos.

Os beduínos do procurador

Beduíno vem do árabe *badawi*, termo que significa "habitante do deserto". Alguns deles esperavam os padres Bonaventura Ubach e Joseph Vandervorst em Suez para começar o périplo que os levaria em uma primeira etapa até o Sinai, através de uma série de escalas. Assim que chegaram a Suez, no lado ocidental da desembocadura do canal no mar Vermelho, seguiram para Porto Tawfik, onde ficava a residência dos padres franciscanos que aceitaram hospedá-los. No meio do caminho, um monge se aproximou.

— Deus os proteja! Bem-vindos a Suez! Sou o padre Thiebault. Você deve ser o padre Ubach e você, o padre Vandervorst — apresentou-se um monge que foi recebê-los calorosamente. O padre Thiebault seria seu guia e cicerone durante a curta estadia, tempo somente para acertar os papéis para os camelos e os beduínos com o procurador do Sinai.

— Obrigado, irmão. Sim, somos nós, em carne e osso — confirmou o monge de Montserrat. — Você é muito amável ao nos acolher em sua casa — acrescentou, com uma expressão de gratidão.

— É o mínimo, mas muito obrigado por suas palavras — disse o religioso, que pegou as malas. — Com sua licença. — E ao mesmo tempo apareceu um homem, um criado que o acompanhava, que os ajudou a levá-las ao carro. — Que tal a viagem? Aproveitaram a vista? — perguntou Thiebault ao guardar a bagagem dos dois monges.

— Ah, com certeza, linda vista panorâmica! — respondeu Ubach, que não tinha conseguido tirar nenhuma fotografia no lago Timsá porque a rota não contornava sua frondosa ribeira, mas passava pelo meio do arenoso e árido deserto. — As águas esverdeadas dos lagos Amargos, os bosques de palmeiras e as plantações de algodão que vimos ao nos aproximar de Suez não se comparam com a vista da grande Bubastis, a cidade dos grandes faraós. Todos, desde Kefren e Keops, passando por Ramsés II, absolutamente todos, decidiram torná-la célebre com o grandioso templo que lá edificaram, consagrado à deusa Bastet. Com certeza, aproveitamos muito o trajeto — reconheceu Ubach.

Enquanto o padre Thiebault e o criado colocavam as bagagens no carro, Ubach e Vandervorst não conseguiram deixar de olhar para um grupo de homens e camelos que estava sob um toldo, esperando. "Dentre eles deverão sair os cameleiros que nos acompanharão", pensou Ubach; no entanto, nada mais longe da realidade. Não imaginava que lhes negariam a possibilidade de levar camelos e beduínos.

Caminhavam placidamente pela rua principal de Porto Tawfik, a avenida Helena. Sombreada por árvores e palmeiras, a avenida era a artéria principal onde pulsava toda a vida dessa pequena ilha europeia plantada no meio do mundo árabe, na ponta do mar Vermelho. Era uma pequena porção de terra cercada de água e construída artificialmente a partir das grandes quantidades de areia e terra extraídas durante a construção do canal. Unia-se a Suez por um dique através do qual passavam uma estrada e a ferrovia.

— Vocês moram em um lugar muito bonito, diferente da feia e repulsiva Suez — ponderou Ubach em um ataque de sinceridade, que não ocultou a impressão pobre e desagradável que a visão da cidade do canal tinha lhe causado.

— Obrigado, irmão — reconheceu o padre Thiebault. — A verdade é que dou graças a Deus por poder servi-lo nesse canto da Terra Santa. É uma região muito interessante, não apenas por ser uma encruzilhada de caminhos e religiões, mas também por seu aspecto.

— O que você quer dizer?

— A certas horas, marés bastante altas inundam boa parte da terra, às vezes chegam a alcançar dois ou três metros de altura. Quando baixam, a terra fica seca e limpa, e é tão confortável caminhar por ela que trabalhadores e pedestres a usam como estrada para ir da costa à ilha de Porto Tawfik e vice-versa.

— Curioso — comentou o padre Ubach. — Agora que comentou isso, me lembrei de que alguns racionalistas recorrem a esse fenômeno para dar uma explicação puramente natural para a passagem dos israelitas pelo mar Vermelho.

— De fato, quem não crê costuma recorrer a esse fenômeno para colocar em dúvida o extraordinário feito de Moisés de dividir as águas. Tudo depende de como é interpretado — disse o padre Thiebault, acrescentando: — Atravessar esse mar fechado que separa o Egito da península do Sinai e da Arábia é uma metáfora para o batismo. Através da água, o povo se libertava da tirania de Satanás e do pecado; os israelitas atravessaram as águas do mar Vermelho para se dirigir à Terra Prometida, do mesmo modo que o cristão inicia o caminho da salvação pelo batismo.

Eles continuaram conversando sobre as Sagradas Escrituras e o projeto que o padre Ubach tinha em mãos até chegarem à Paróquia de Santa Helena, onde os padres Ubach e Vandervorst se alojaram na pequena residência que o padre Thiebault havia lhes cedido generosamente.

Uma vez instalados, decidiram voltar a Suez para fazer uma visita ao procurador. Queriam resolver o quanto antes as questões práticas da viagem ao Sinai: os camelos, os beduínos e o preço. Para isso, precisavam entregar a segunda carta assinada pelo arcebispo, a que estava destinada ao procurador. Já haviam ganhado a confiança de Porfirio Logothetes e agora precisavam obter a simpatia de Nathaniel, companheiro dele na Igreja greco-cismática. Não em vão haviam advertido Ubach de que, se quisesse realizar uma viagem ao Sinai com garantias de sucesso, devia se render à vontade dos gregos, que eram ironicamente chamados de príncipes do país. Eles decidiam tudo. Não apenas apontavam e escolhiam os camelos de que necessitariam — o que os dois viajantes já tinham constatado no encontro com o arcebispo — como escolhiam quem guiaria a caravana. Os gregos também decidiam quais *jebeliyé* seriam os felizardos que acompanhariam os viajantes. Os cameleiros integrantes dessa tribo também eram chamados de montanheses. Eram descendentes dos cem escravos valacos que o imperador Justiniano enviou ao Sinai para proteger os monges do Mosteiro da Montanha Sagrada das incursões dos beduínos.

Quando chegaram ao seu destino e depois de executar os cumprimentos e as cerimônias habituais, entregaram ao procurador a carta do arcebispo Logothetes.

— Não há camelos — declarou o procurador laconicamente após ler a missiva enquanto ajeitava, com as mãos viradas para trás, sua trança, que foi colocando dentro do *kalluze*.

— Por acaso não recebeu a carta que lhe escrevemos de Jerusalém para ter a bondade de preparar o que fosse necessário?

— Não recebi nada, sinto muito — respondeu, seco e sério.

— E agora, se me dão licença — disse, de modo displicente —, tenho de deixá-los, estou sendo aguardado. Voltem amanhã às dez e veremos se é possível fazer algo para conseguir os camelos.

Deixou-os aborrecidos e contrariados, antes que pudessem dizer qualquer coisa.

No dia seguinte, às nove e meia os padres já esperavam na casa do procurador, mas este não apareceu até as dez, como lhes dissera. A surpresa foi enorme.

— Gostariam de um café? — ofereceu o procurador enquanto ordenava a um criado que servisse duas xícaras. — Até essa tarde não saberei nada definitivo sobre seus camelos.

— Por que isso? — perguntou Ubach, remexendo-se desconfortavelmente na cadeira.

— A comunicação com a costa da Ásia está interrompida desde a noite passada porque alguns fios arrebentaram. Essa tarde tentaremos esclarecer a situação.

Depois de travar uma conversa mínima, só para terminar o café, os dois religiosos se despediram do grego até a tarde.

Uma vez na rua, sentados em um dos bancos de pedra à beira-mar em Porto Tawfik, o padre Ubach perguntou ao companheiro belga:

— Joseph, você não tem a impressão de que estão nos enganando?

— Sim, acho que sim, irmão. Estão abusando de nossa santa paciência.

— É só impressão minha ou o procurador quer receber algum dinheiro para resolver o assunto? Não faz sentido ele dificultar as coisas, ainda mais depois de termos visto beduínos e camelos quando descemos do trem.

O padre Vandervorst assentia com a cabeça e lhe dava razão.

— Dessa tarde não passa. Não podemos nos permitir perder mais tempo.

— Você pensa em lhe oferecer alguma quantia?

— Não! Eu não pensei nisso. Além disso, que dinheiro? O nosso está contado para a viagem, Joseph. Ameaçaremos com um possível telegrama ao arcebispo e aos nossos respectivos cônsules expondo a situação e veremos como o procurador reage.

Enquanto isso, dedicaram-se a contemplar os barcos que, subindo ou descendo pelo canal, desfilavam majestosos a poucos metros deles.

Naquele instante passaram um navio holandês, o correio das Índias, mais tarde um carvoeiro inglês, um da Transatlântica espanhola, um colosso alemão com quatro ou cinco pontes repletas de viajantes... Assim relaxaram e se esqueceram das dores de cabeça que o descaso do procurador lhes causava.

Graças à incompetência de quem devia ser a autoridade competente do Suez, todos sabiam o que estava acontecendo com eles, e os religiosos não paravam de encontrar beduínos de diferentes tribos que ofereciam amavelmente seus serviços e camelos para fazer a viagem; porém, como não eram *jebeliyé*, recusavam as propostas. Estavam nas mãos dos gregos e não tinham outra saída. Apenas a paciência permitiria vencer as dificuldades.

— Certo — proclamou o procurador erguendo o olhar da carta que havia acabado de ler como se fosse a primeira vez que o fazia. — O arcebispo diz que devem pegar três camelos, acompanhados por beduínos, até chegar ao Sinai e que depois, para voltar, necessitarão de um guia, um *dalil*. Correto?

— Sim. — Os dois assentiram com a cabeça, sem entender nada.

— Acompanhem-me, mostrarei a vocês as montarias e os cameleiros.

Convidou-os a entrar no pátio da procuradoria para examinar os cameleiros, a maioria beduínos jovens que ganhavam a vida indo de um lado para o outro pelas terras de seus antepassados, e lhes mostrou quais seriam os deles.

— Saleh é um rapaz de 23 anos. Descendente da tribo beduína dos *jebeliyé*, que, como os *tiaha* e os *twara*, emigraram para a península do Sinai; é um bom elemento. Não é xeique nem *dalil*, mas não há dúvida de que possui capacidade para ser guia de caravana. No entanto, devo lhes fazer uma advertência: é um pedinte nato. Pode incomodá-los durante toda a viagem querendo gorjetas por qualquer coisa. Meu conselho é que se imponham e o façam ver que esse comportamento não é adequado para alguém que deseja ser tratado como um guia. Ele adquiriu esse vício há alguns meses, quando trabalhava no café de seu tio no Cairo.

Magro, de estatura mediana, aspecto feroz e olhos de pícaro, dirigiu-lhes um olhar em que Ubach captou uma mistura de rancor e desprezo.

O procurador continuava com as apresentações.

— Id é um cameleiro veterano. Tem 45 anos e sua aparência acabada se deve, como ele mesmo diz, ao excesso de trabalho que arrastou durante sua vida. — O homem, gordinho e com mais pelos no rosto que cabelos na cabeça, lançou-lhes um sorriso cúmplice e deu de ombros ao dizer: "Acabarei o dia arrebentado, mas minha experiência lhes convém." — Embora seja difícil se recuperar no final da jornada, quase não fala e come pouco. Mora aqui em Suez com a mulher e os dois filhos. Interessa-o subir o Sinai para visitar uns sobrinhos que estão morando lá. E finalmente lhes apresento Djayel. É da idade de Saleh, mas são como a noite e o dia. Ninguém diria que ele não nasceu no ambiente de uma aristocracia refinada, e sim sob o couro preto das tendas beduínas. É gentil, respeitoso e sempre anda limpo. — Neste dia, usava uma túnica de seda com um cinto de couro fino e na cabeça uma *kufiyya* e um *egal* muito elegantes. — É um homem bastante atencioso. Isso significa que prontamente tombará o camelo no chão para facilitar a descida se tiverem de fazer alguma coisa.

— Certo, padre Nathaniel.

Mas o procurador interrompeu o padre Ubach.

— Permitam-me lhes sugerir levar Suleiman. — E apontou para um garoto com aspecto frágil que saiu de trás de um dos camelos para a surpresa dos dois monges. — Sim, é o mais jovem. Não tem nem 10 anos, mas seu pai quer que comece a aprender quanto suor custa o pedaço de *qurç*, o pão dos beduínos, que é comido todo dia à sombra da tenda. — Os dois monges se entreolharam, deram de ombros e aceitaram o que parecia uma imposição do padre Nathaniel. — Não se preocupem, ele não exigirá nenhum custo adicional — acrescentou o procurador.

Suleiman, sério e de aparência docemente melancólica, tinha o olhar de um menino que teve de crescer rápido demais, sem tempo para se divertir como outros garotos de sua idade. Parecia consciente da situação, apesar de ter o olhar perdido no horizonte, onde o sol, um disco acobreado, começava a dar indícios de querer se esconder.

O padre Nathaniel se encarregava de administrar, em nome do arcebispo, os assuntos econômicos na província. E era inevitável que, de um modo ou de outro, sem nenhuma má-fé nem má vontade, lançasse mão de algum truque. Formalizaram o contrato, realizaram o pagamento estipulado e se despediram com um aperto de mãos.

— A que você acha que se deve a mudança na atitude do procurador? — perguntou Vandervorst a Ubach.

— Não sei, Joseph. Ele deve ter lido nosso pensamento e talvez temido que relatássemos seu comportamento a instâncias mais elevadas. Seja como for, não importa. Temos tudo de que necessitamos para ir atrás dos rastros do povo de Israel.

Diante dos camelos e prestes a subir neles pela primeira vez, não conseguiu evitar pensar na fábula de Esopo. O sábio grego dizia que, quando os humanos viram um camelo pela primeira vez, se assustaram e, intimidados pelo grande tamanho do animal, fugiram apavorados. Porém, após alguns instantes, perceberam que era inofensivo e não só se atreveram a se aproximar como tentaram domesticá-lo, passaram uma corda por seu pescoço e a deram às crianças para que o levassem. A moral é muito simples: é natural que o desconhecido nos inspire receio, prudência e desconfiança. É preciso observá-lo e, inclusive, lidar com ele para perder o medo e se acostumar. O padre Ubach não tinha nenhum medo de ter de subir no animal, pelo contrário. Transmitia-lhe paz e serenidade. Sobretudo por seu passo tranquilo e por seus olhos, grandes e límpidos, que davam uma sensação de companhia agradável. Sentados sobre suas barrigas, os camelos esperavam os passageiros.

A corcova do animal recebeu Ubach como se fosse um sofá quente e acolhedor. Uma vez montado, ao sinal do beduíno, o camelo se levantou, e a caravana começou a seguir os rastros do povo de Israel. Bonaventura se deixava balançar sobre o animal, onde estava muito à vontade.

A lentidão que os camelos exigiam para atravessar tanto os terrenos planos quanto as dunas e os *uadis*, leitos que costumavam estar sempre secos, exceto nos dias de chuva abundante, era o ritmo perfeito para estudar o terreno.

Com uma grande manta dobrada, o biblista tinha conseguido fazer um banco amplo e confortável sobre as duras colunas da desmantelada cadeira árabe, colocada sobre a grande corcova do animal. Na frente e atrás sobressaíam duas longas alças de madeira. Utilizava a de trás como respaldo e a dianteira era multiuso: podia usá-la para pendurar a câmera Kodak ou o cantil, por exemplo, mas, quando queria, amarrava uma corda ligando as duas alças e a usava como estribo para descansar os pés.

Podia ficar de frente, de lado, de costas para os sufocantes raios de sol, com as pernas afastadas, com um pé dobrado sob a outra perna. Instalado nesse mirante privilegiado, Ubach mergulhou na realidade construída nas Sagradas Escrituras para se embeber da beleza dos recantos e dos lugares que proporcionavam novos detalhes e pontos de vista para explicar as passagens da Bíblia. No entanto, o deserto era imprevisível, e Ubach teve de dobrar e guardar os textos e os mapas porque diante dele se formava uma tempestade que requeria total concentração.

Quando chegou a Porto Tawfik, seu contato o informou que o homem que procurava, Saleh, já não estava lá. Mahmud supôs que, se ganhava a vida como cameleiro, devia passar poucos dias em casa. De fato, Saleh havia saído em uma caravana que iria subir o Sinai e não voltaria antes de, no mínimo, quinze dias. Então, Mahmud decidiu: entraria no deserto, mas não sozinho, e sim com um grupo de beduínos sob as ordens de um xeique que costumava trabalhar com os monges gregos, encarregados de administrar os mosteiros de Santa Catarina e do Sinai. Tinham por hábito carregar tudo de que necessitavam lá em cima. Mahmud saiu rumo ao Sinai apenas um dia depois da caravana de Saleh. Era a melhor maneira de passar despercebido e segui-lo até um ponto em que pudesse interrogá-lo para descobrir onde guardava as túnicas.

O oásis ou as fontes de Moisés

Duas horas antes da partida, formou-se uma forte ventania. À uma da tarde, os barcos que deviam levá-los à costa da Ásia estavam sendo carregados. Os quarenta e cinco minutos de duração normal da travessia a remo com tempo aprazível e mar calmo se transformaram em sete. O barco voava sobre as águas em direção à praia de Schatt. Lá, conforme combinado no contrato, camelos e beduínos os esperavam. O padre Ubach aguardava impacientemente o momento de poder pisar em terra firme, mais sagrada que nunca! E isso porque estava se fartando de rezar.

— Já estamos na Ásia, graças a Deus! — exclamou o monge quando conseguiu colocar um pé na praia arenosa completamente forrada de conchas.

No entanto, a tempestade de vento não esmorecia. Parecia até ter piorado, e suas rajadas dobravam as palmeiras e levantavam areia, fazendo pedrinhas baterem na pele endurecida dos camelos, que, mesmo acostumados, passavam horas queixando-se com sonoros grunhidos.

— Rápido, rápido, carreguem os camelos e vamos seguir caminho — ordenou Ubach.

Apesar da adversidade do clima, após alguns minutos, as malas, as caixas e os demais volumes estavam amarrados em cima do *jamal*, o camelo de carga, e seus *heguins*, os camelos corredores ou de montaria, que até há pouco estavam deitados, com a barriga encostando no chão, arrumados e prontos para receber o peso sobre as corcovas.

A paisagem inteira estava envolta por uma espessa nuvem de areia. Agora era impossível perceber qualquer objeto a uns dez ou doze metros. Depois de umas três horas, a travessia se tornou um pouco mais suportável. Avançavam com lentidão através de uma nuvem de areia e poeira que não os havia abandonado durante todo o caminho. Impulsionada por um vento seco e quente, as partículas em suspensão os envolviam e os obrigavam a proteger a cabeça com um lenço e tapar o rosto e a boca para não engolir poeira. Porém, conseguiram avistar algumas sombras esverdeadas e escuras. Conforme os camelos avançavam em direção a esses corpos opacos, foram capazes de abrir um pouco mais os olhos rodeados por uma casca arenosa e avistar um gracioso grupo de palmeiras: chegavam a um oásis.

O oásis de Uyun Musa ou as fontes de Moisés. Em meio ao terreno seco, emergia, como uma miragem, o verde de uma vegetação exuberante. Ubach pensou, com seriedade, que essas ilhas de vida no meio da mais absoluta aridez mereciam ser qualificadas como verdadeiros milagres.

Enquanto seu camelo afundava os cascos cansados em uma terra que queimava, ele não conseguia parar de pensar na história que tinha lido em sua cela de Montserrat. Era a história de um professor e um grupo de alunos que organizaram uma expedição ao deserto para poder estudar *in situ* as formas de vida existentes em um lugar tão inóspito. Passaram semanas observando o entorno, recolhendo amostras... Uma vez concluído o estudo, quando já começavam a voltar, foram surpreendidos por uma tempestade de areia que os desorientou. Convencidos de que seria muito difícil que alguém os encontrasse, aventuraram-se a voltar a pé pelo deserto. Passavam os dias, os mantimentos acabavam e, quando olhavam para o horizonte, os alunos e o professor viam apenas areia e mais areia. Certo dia, um dos garotos que não perdia a esperança teve a impressão de ver uma pequena mancha verde ao longe.

— Olhem, olhem! — gritou. — Estou vendo uma vegetação lá adiante! É um oásis! — garantiu. — Lá encontraremos ajuda.

Os outros estudantes se levantaram e, protegendo os olhos com as mãos à testa, observaram o horizonte. Vislumbraram a vegetação e se convenceram de que a salvação estava cada vez mais perto. No entanto, o professor estava parado e calado, olhando-os, pesaroso. Depois de um bom tempo de meditação, disse:

— Isso não é um oásis, é uma alucinação, fruto do cansaço, do calor e da falta de comida. A desidratação e o desejo de se salvar os fazem ver vegetação onde só há areia. Devemos seguir o caminho que a bússola indica para o povoado mais próximo.

Os alunos tentaram em vão convencer o professor, que se manteve firme em sua decisão. Após hesitarem um pouco, decidiram ir em direção ao oásis, enquanto o professor ficou sentado em sua duna.

À medida que se aproximavam da mancha, a visão foi se tornando mais real, até que, ao chegarem, puderam comprovar com os próprios olhos que era mesmo um oásis, que abrandou sua sede e fome, e os beduínos que moravam ali lhes indicaram o rumo correto para retornar ao povoado.

Uma vez recuperado, um grupo de estudantes voltou à duna onde tinham deixado o professor para lhe contar que não era uma miragem, mas algo muito real; contudo, sua surpresa foi enorme quando viram que lá não havia ninguém. Só conseguiram notar algumas pegadas que iam na direção oposta ao oásis. Seguiram-nas até onde foi possível, pois a partir de certo ponto o vento as havia apagado. A história conta que, quando os estudantes voltaram ao povoado, ergueram uma estátua em memória do professor, e aos pés se lia a seguinte inscrição: "A quem soube, com convicção, determinação e sem abrir concessões, defender suas próprias teorias."

Ubach rememorava essa leitura que tanto o havia emocionado no exato instante em que, ao passar sob uma palmeira, precisou abaixar a cabeça para que um galho carregado de tâmaras não o atingisse. O tamanho do oásis não era nada de outro mundo, porém incluía vários tipos de árvores, algumas delas frutíferas, como romãs, algarobeiras e oliveiras, palmeiras, tamarindos e pereiras.

Saleh, o guia da caravana, fez as honras com os beduínos que habitavam o oásis e que deviam cultivar algumas hortas que pareciam de cevada, trigo e hortaliças.

— Passaremos a noite aqui e amanhã retomaremos a viagem para o Sinai. Convém descansar depois do dia de hoje.

— Certo — aceitou o padre Ubach, que já descia do camelo para dar uma volta por aquele lugar repleto de paz e quietude.

Primeiro deu uma olhada. Depois se dirigiu a uma das fontes de água que lhe davam as boas-vindas.

Um pequeno lago que exalava um forte odor o fez torcer o nariz.

— Apesar do mau cheiro, essa água tem propriedades curativas — explicou um velho beduíno que estava sentado embaixo de uma palmeira com um saco de tâmaras.

— *Salam aleikum* — cumprimentou Ubach. — Ouvi dizer que a água dos oásis têm mesmo propriedades curativas.

— *Aleikum as-salam!* Nem sempre, mas a desse oásis sim — assegurou o habitante do deserto.

— Você a bebeu? — interessou-se o monge, custando a se convencer de que a água fosse potável.

— Como? Pergunta se bebi água desse lago? Não, não precisei; mas, ao que parece, quem o fez não apenas saciou a sede bebendo-a, como também se curou de toda doença ou ferida que pudesse ter. Por isso, segundo dizem as lendas, esse oásis era antes uma das principais fontes de riqueza, e em volta dele se erguia um pequeno núcleo comercial frequentado por pessoas de todos os cantos do reino que vinham para provar a água. Se quiser, você pode prová-la...

O beduíno não ficou para comprovar se o ocidental lhe deu ouvidos ou não. Colocou o saco cheio de tâmaras nas costas e desapareceu.

O olhar de Ubach passeou pelas águas, repugnantes tanto à vista quanto ao olfato. Uma leve e fina camada de areia cobria a superfície do lago, e era possível ver uma quantidade considerável de cascas de um pequeno inseto preto que lhe dava uma aparência de podridão, não convidando a beber nem um gole. O padre Ubach sentia isso, apesar de não conseguir tirar da cabeça que, segundo o livro do Êxodo, a água deste oásis havia amenizado a sede do povo de Israel, pois Moisés o deteve neste local para dela beber. Em todo caso, teria um gosto tão amargo que não conseguiria beber nenhuma gota.

Na verdade, das dez fontes que ali emanam, só duas são potáveis.

Finalmente, não conseguiu se conter, ajoelhou-se e afundou os lábios na poça de água que em outros tempos talvez tenha sido cristalina. Teve de cuspir imediatamente: não se podia beber. No entanto, estava convencido de que este oásis era o lugar onde o povo escolhido havia parado, obedecendo ao seu líder.

Abandonou a ideia de beber das águas que, segundo afirmara o beduíno, eram curativas. Ubach não duvidava de que os beduínos a bebessem nem de que, inclusive, elas pudessem fazer algum efeito (não nocivo, claro).

Procurou uma sombra para se entregar ao estudo dos textos sagrados até que a luz minguou tanto que as letras se moviam pela página como se fossem formigas. Guardou os livros, as anotações e voltou caminhando calmamente até o local onde haviam montado um pequeno acampamento.

Era a hora do jantar. Encontrou o padre Vandervorst preparando os mantimentos.

— Padre Ubach, o que quer para jantar?

— Qualquer coisa, Joseph.

— Eu tinha pensado em uma refeição leve. O que acha de abrirmos uma caixa de rosbife, comermos um punhado de azeitonas como acompanhamento e uns biscoitos de sobremesa? — propôs o belga.

— Acho uma boa opção — aceitou o biblista. — E nossos cameleiros, o que comem?

— *Qurç* e tâmaras. Eles estão ali. — Esticou o braço para apontar os três beduínos. Estavam sentados embaixo de uma palmeira, diante de uma panela de bronze e um monte de cinza fumegante.

— E como se arranjarão com a água e a farinha para fazer o pão?

— Com aquela panela pequena e *jillé*.

— *Jillé*? — indagou o monge.

— Sim, padre Ubach, *jillé* é excremento de camelo.

Ubach ergueu as sobrancelhas por cima dos óculos redondos e parou de mastigar duas azeitonas que havia colocado na boca.

— Id foi quem fez uma massa com água e farinha na pequena panela. Enquanto isso, Djayel e Saleh acenderam o fogo com alguns galhos finos e um pouco do carvão animal que Suleiman trouxe. O fogo agora já se reduziu a cinzas, e só restam acesas as brasas de *jillé*. Quando Id deixou a massa homogênea e plana, como se fosse uma torta redonda, sem usar nenhum outro objeto, colocou-a em cima das brasas, procurando separar a metade, de maneira que houvesse brasas por cima e por baixo da massa e ela ficasse bem-cozida. Entendeu?

Ubach seguia a explicação detalhada de Vandervorst com o olhar voltado para o forno improvisado e assentiu com a cabeça. Estava fascinado.

— Agora eles devem estar prestes a tirá-lo do fogo e reparti-lo — adiantou Vandervorst.

Menos de dois minutos depois, Id, com muito cuidado, afastou a massa das brasas com uma vara de vime. Estava com uma casca aderida à superfície que a tornara mais crocante. Tirou as pedrinhas e o resto de brasas grudadas. O *qurç*, o pão dos beduínos, já estava cozido. Começaram a repartir porções generosas desse alimento simples e frugal que, quente e crocante, era saboreado pelos comensais como se não houvesse iguaria mais deliciosa.

Saleh percebeu que os dois monges o olhavam e os convidou:

— Querem um pedaço? — E lhes mostrou o pão. — Venham. Verão como está delicioso! — garantiu.

Ubach não pensou duas vezes. Levantou-se e foi compartilhar o *qurç*. Sentou-se ao lado das brasas, junto aos beduínos, e pegou o pedaço oferecido por Saleh.

— Bom apetite, padre! — desejaram o cameleiro e os demais beduínos, que sorriam para ele enquanto mastigavam o pão dourado e macio que havia alimentado várias gerações de habitantes do deserto.

— Obrigado! — disse Ubach antes de dar uma mordida em um pão que imaginava muito similar ao que os israelitas deviam assar sob a cinza, tal como havia lido no Êxodo.

Quem parecia desfrutar de verdade era o jovem Suleiman. Era agradável vê-lo comer. Tiveram inclusive que adverti-lo.

— Garoto, coma devagar, não vá se engasgar! — comentou Id entre risadas.

O padre Vandervorst foi procurar a caixa de rosbife, as azeitonas e os biscoitos e compartilharam a mesa como bons irmãos. Quando terminaram o jantar, os beduínos se aproximaram do oásis e conversaram um pouco.

Um deles tirou uma flauta do bolso e improvisou uma melodia. Outro começou a tocar com ritmo a panelinha e, em seguida, um terceiro se uniu com uma toada que foi se intensificando. De repente, colocou a mão atrás da orelha e, subindo o tom, começou a cantar aos gritos, como se tivesse entrado em transe, sem desafinar. Era como se o espírito do oásis se expressasse por essa voz prodigiosa. Então se fez silêncio. A lua emergia sobre o palmeiral e, na quietude da luz estrelada, Saleh explicou a Ubach o sentido da canção.

— Há muitos anos, suficientes para que se tenha esquecido o motivo do aborrecimento, um *badawi* negro se escondeu em uma horta para fugir de seu amo, que o havia ameaçado de morte. De dia, o beduíno negro se escondia entre as plantas e, quando escurecia, untava o corpo com azeite de oliva para escorregar como um peixe dos que tentavam agarrá-lo. Logo, não demorou a correr o boato de que à noite, na horta, havia um duende. Ninguém se aventurava por lá, exceto uma moça, que, de madrugada, dava comida e beijos ao beduíno. Um belo dia, a moça mais bonita do lugar desapareceu para sempre. Todos afirmavam que o duende negro a tinha comido. A horta se encheu de mato. Ainda hoje há pessoas que garantem que nas noites sem lua se ouvem os suspiros de amor e as risadas dos dois apaixonados, que, em cima de uma palmeira, riem do infeliz que se atreve a se aproximar da horta amaldiçoada. É uma história muito bela, não acha, padre?

— Sim, Saleh, é muito bela — respondeu o monge.

E, olhando para a lua, que já não estava cheia, mas sim a ponto de deixá-los às escuras, em uma noite cerrada, não conseguiu se conter e perguntou:

— Você acredita nessas histórias?

O padre Ubach sabia que a maioria dos beduínos, apesar de ser muçulmana sunita, mantinha crenças ancestrais em espíritos ou gênios, como a que Saleh havia acabado de mencionar.

— Você quer dizer da forma como você acredita nas que são contadas nesse livro que está sempre folheando?

Ubach sorriu e fez que sim com a cabeça.

— Boa noite, Saleh.

— Boa noite, padre.

Os olhos de Lia

De todas as suas obsessões, Ubach não conseguia se esquecer de uma: as fotografias. O padre Vandervorst estava amargurado porque, para conseguir uma única foto, ele os obrigava a dar voltas no itinerário marcado e a fazer exaustivas idas e vindas. O padre Ubach, no entanto, garantia que eram necessárias, pois, graças a sua constância e perseverança, era possível alcançar seu objetivo, que nada mais era que capturar com a câmera Kodak um instante, um objeto ou uma pessoa. Mais de uma vez, e mais de duas, o padre belga esteve a ponto de mandá-lo ao inferno, deixá-lo plantado e voltar para Jerusalém. Porém, no dia em que conheceu a filha do prefeito de Kafrinji, uma aldeia de quatro casas que se erguia no meio do nada, a percepção do padre Vandervorst mudou. A mudança que experimentou foi tão importante que talvez sua fé não tenha sido abalada, mas sim sua vocação, que havia tempo se debilitava. Tratava-se do caso das duas mulheres de Jacó. Os textos que o padre Ubach consultava diziam que Rebeca era bonita de rosto e que, em compensação, Lia tinha uma beleza diferente graças a seus olhos finos, um traço difícil de ser encontrado nas mulheres dessas regiões. Quando chegaram a Kafrinji, sua sorte mudou. A caravana precisava parar para que os animais pudessem beber, comer e descansar, exatamente o mesmo que os dois religiosos e os beduínos necessitavam. O *mujtar*, o prefeito do local, saiu para recebê-los.

— *Salam aleikum* — dirigiu-se a ele Ubach.

— *Aleikum as-salam* — respondeu-lhe a autoridade local.

— Precisamos passar a noite em seu povoado. Há algum inconveniente?

— Nenhum! — exclamou o prefeito, e não se conteve ao inquirir. — Avistei-os do telhado de casa, e me perguntava quem são, de onde vêm e para onde vão.

Ubach satisfez a curiosidade do homenzinho com aparência frágil, que não chegava a ter a sua altura, e, pelo modo de falar, teve a impressão de que havia caído em suas graças, pois rapidamente ordenou a um garoto que corresse ao galinheiro para sacrificar uma ave para o jantar. Mandou cozinhar um frango em homenagem aos padres que pararam em seu povoado. No meio do jantar, já haviam conversado sobre tudo, e o *mujtar* falou sobre sua família.

— Tenho três filhos e duas filhas, e eles cresceram muito.

— Que Alá os abençoe e os conserve muito tempo a seu lado enquanto viver.

— Ai, não posso me queixar. Alá se mostrou muito bondoso comigo e com meus filhos. Todos estão bem e trabalham, mas...

— O que quer dizer com esse mas? O que houve?

— Uma de minhas filhas está doente dos olhos faz tempo.

— O que ela tem? Não enxerga bem?

— Não, enxerga o suficiente! — E, junto da exclamação, fez um gesto como se espantasse uma mosca. — O que acontece é que os mantém sempre meio fechados. — O *mujtar* semicerrou os olhos para que o padre Ubach fizesse uma ideia. — E se queixa de que às vezes doem.

O que tinha acabado de ouvir despertou o monge, que até esse momento estava entediado porque a conversa não parecia chegar a lugar nenhum. Ubach aproveitou a revelação da primeira autoridade de Kafrinji para seu trabalho de campo. E fez a seguinte observação:

— O que você diz vem de Alá. Ele outorga a saúde e a doença a quem deseja e quando lhe agrada. Querer adivinhar os motivos dessa conduta de Alá seria algo que sua religião muçulmana condena, da mesma forma que a minha, cristã. A nós, débeis criaturas suas, cabe louvá-lo constantemente e adorar seus intuitos e acatá-los com resignação — concluiu.

— Ah! Os sacerdotes, como você, têm fama de médicos. Acha que poderia curá-la? — quase implorou o prefeito ao padre Ubach.

— Oh, não! Deus me livre. Não tenho nada de médico. Os poucos medicamentos que carrego na bolsa... — Levou a mão ao bornal que tinha pendurado como bandoleira e enumerou o conteúdo: — Aspirina, tintura de iodo, amoníaco, comprimidos desinfetantes... Nenhum desses remédios é adequado para a doença de sua filha. Agora — disse o padre Ubach, chegando ao ponto que lhe interessava —, se me permite, posso lhe fazer uma proposta.

— Uma proposta? — respondeu o *mujtar* com uma nova pergunta. — Fale, que ouvirei.

— Após o jantar, iremos dormir. Amanhã pela manhã, ao nascer do sol, irei ver a moça, examinarei seus olhos e, se houver sintomas de alguma doença, anotarei, tirarei uma fotografia e levarei as duas coisas a um oculista que conheço em Jerusalém. Depois, informarei o diagnóstico e o parecer do médico a você e, além disso, se for necessário, enviarei o remédio que ele prescrever. O que me diz?

— Ui, não, não! Isso nunca. Nunca permitirei que fotografe minha filha — retrucou o *mujtar* levando as mãos à cabeça. — Minha filha é uma mulher e você sabe que esse tipo de coisa...

— O homem parecia triste diante da proposta do monge, que claramente lhe parecia desatinada.

— Sim, eu sei e assumo a responsabilidade, mas também sei que a necessidade não responde a leis. Se quer mesmo que sua filha se cure, não vejo outra opção. Aconselho-o fingir que não vê e pense que tamanho sacrifício será recompensado quando sua querida filha recuperar a saúde — argumentou um persuasivo Ubach.

— Não, não! — continuou negando o *mujtar*, sem parar de se repetir. — Não, não... Isso não se pode permitir, você precisa entender.

— Muito bem, muito bem — cedeu Ubach. — Vamos dormir, e que a noite e as estrelas o iluminem. — Com esse desejo se despediu até o dia seguinte.

Começava a clarear, e o primeiro raio de sol insolente se atrevia a esquentar a areia que esfriara durante a noite, quando um sussurro despertou o padre Ubach.

Conseguiu afastar sua sonolência ao ritmo das preces matinais que o prefeito realizava bem perto, acompanhado da filha. Ubach teve a impressão de ver naquele rosto de olhos pequenos o rosto de Lia.

— Bom dia, *mujtar*! — cumprimentou Ubach com um sorriso de orelha a orelha. — Parece que a noite foi boa conselheira.

O homem fez que sim com a cabeça, pesaroso. Olhou para a filha e depois dirigiu o olhar para o monge, que coçava a barba, limpava os óculos e tirava uma máquina fotográfica da bolsa.

— Não se preocupe, não darei nem um passo se não for em sua presença e companhia. Não penso em aproximar as mãos dela e, obviamente, não a tocarei. Eu a examinarei a distância, e também tirarei a foto a distância. Revelarei eu mesmo a imagem e, exatamente como lhe disse, segundo as indicações do oculista, lhe enviarei o remédio adequado.

— Você não existe! — recriminou o padre Vandervorst. — Deu um jeito de conseguir, mesmo a contragosto do pobre homem, que...

— Que o quê? — protestou Ubach. — Joseph, eu não fiz nada de mau. Ele consentiu, ela obedeceu ao pai, eu tenho a fotografia e, daqui a alguns dias, receberão o remédio. Pode me dizer qual é o problema? Eu não enganei o *mujtar*!

O padre Vandervorst não concordava com os métodos que o padre Ubach usava para conseguir o que queria, pois, para o belga, eram persuasivos demais.

Eram oito da manhã, e o sol já estava muito alto. Despediram-se afetuosamente do *mujtar* e de sua família, com o compromisso de lhes fazer chegar a cura. Montaram novamente nos camelos. O padre Ubach exibia um sorriso de satisfação porque sabia que dentro da câmara fotográfica levava os olhos de Lia.

Bandoleiros, pedras no caminho

E steve a ponto de pagar muito caro por sua ousadia.
O padre Ubach queria voltar de novo pelo sul do mar Morto, mas sua intenção era dar uma volta muito maior que na viagem de ida.

Isso o obrigava a entrar em lugares que talvez nenhum europeu tivesse pisado. Depois de pegar os mantimentos necessários — Ubach costumava levar na mochila pão seco, azeitonas, figos secos, chocolate, ovos duros, carne cozida quando achava que era possível conservá-la e algumas onças de cominho ou chá para poder misturar com água —, se pôs em movimento. O itinerário os levava por uma estrada pouco transitada que rodeava um escarpado encantador, porém de beleza selvagem. Foram pelo lado esquerdo e, após uma longa hora de descida, chegaram a um leito seco.

Era meio-dia, e, depois de uma plácida travessia, em uma curva do leito, um estrondo repentino os surpreendeu. Parecia que um monte de pedras rolava montanha abaixo.

— Virgem de Montserrat! — gritou o monge, que instintivamente fez o gesto de se resguardar de uma chuva de pedras.

O monge, no entanto, empalideceu ao ver a causa do desmoronamento. Dois beduínos cobertos até os olhos e com fuzis nas costas fechavam a passagem, enquanto atiravam furiosamente punhados de pedras.

— O que estão fazendo e quem são vocês que se atrevem a impedir nossa passagem em uma estrada livre? — provocou o padre Ubach, armando-se de coragem.

A resposta foi contundente: mais pedras, das quais Ubach e seus beduínos tiveram de se desviar como puderam. Por sorte os delinquentes tinham tão má pontaria que todos os projéteis passaram ao largo de seus supostos alvos.

— Mas o que vocês estão fazendo? Por acaso não sabem que o homem que estão agredindo é um cônsul? — advertiu um dos cameleiros.

Apesar da seriedade da situação, o padre Ubach não conseguiu reprimir um sorriso, pois, ao se ver de repente revestido de uma autoridade e dignidade que não lhe correspondiam, ergueu-se nos arreios para infundir mais respeito aos dois bandidos. Porém, nem uma coisa nem outra tiveram o efeito esperado na dupla. Cumprimentaram o recém-nomeado cônsul com outra rajada de pedras, enquanto um deles apontava o fuzil para o monge até tocá-lo com o longo cano.

Quando sentiu a arma fria contra a pele, Ubach considerou inútil qualquer resistência e se rendeu.

— Podem pegar tudo que levamos, incluindo o dinheiro — disse submisso ao lhes mostrar os alforjes.

Os beduínos não aceitaram a oferta, e, para aumentar a angústia do padre Ubach e de seus cameleiros, um terceiro malfeitor apareceu por trás e obrigou o monge a descer do camelo, sem deixar de mirá-lo em nenhum momento. A ideia de morrer no meio do deserto atravessou o pensamento de Ubach como um raio.

"Não querem dinheiro, querem me matar", pensou o biblista, que notava as axilas e a batina ensopadas de suor.

Fizeram o padre Vandervorst descer também e, a golpes com a culatra, desviavam os camelos da estrada e os guiavam montanha adentro.

"Para onde estão nos levando?", perguntou-se Ubach, e interrogava com olhos exagerados os cameleiros e o padre Vandervorst, que também estavam apavorados ao seguirem o caminho guiado pelos bandoleiros. "Estão nos sequestrando? Pedirão um resgate? Ou nos matarão?" O padre Ubach estava no limite e, dadas as circunstâncias, começou a se preparar para morrer. Começou a rezar.

Na fenda mais aterradora da montanha, em uma parte onde ela não tocava o chão, detiveram a caravana. No clima sombrio que fazia com que os calafrios se apropriassem de seus corpos, um dos bandidos tirou um punhal e o aproximou do pescoço do padre, abaixo da barba. Ele notou a frieza da lâmina e que sua pulsação se acelerava.

— Se você se mexer, corto seu pescoço — ameaçou o bandoleiro que o havia imobilizado. Enquanto isso, os outros dois se lançaram sobre as comidas e os pacotes que os camelos transportavam.

Um dos cameleiros, o garoto Suleiman, chorava; o outro, Saleh, respondia às perguntas de um dos criminosos com aparente serenidade.

— O que é isso?

— Comida de cristãos.

— Argh! — E, com uma expressão de nojo, pegou as latas de conserva e as espatifou contra a rocha.

Continuando, examinou o restante dos pertences dos dois religiosos.

Remexeram e manusearam tudo que encontraram, incluindo a máquina fotográfica, da qual tiraram o filme e os negativos, rasgaram os cadernos de anotações e, como viram que não havia nada que lhes servisse, jogaram tudo no chão ou contra as paredes do escarpado, testemunhas mudas do espólio.

— O que vamos fazer com esse homem?

Ubach notou que um dos captores falava dele.

— Vamos tirar sua roupa — propôs o outro. — Podemos levar esse vestido preto para as nossas mulheres.

Saleh interveio para tentar convencê-los de que estavam a ponto de cometer um erro.

— Não façam isso! — alertou o cameleiro. — Não veem que sua roupa — continuou, apontando para a batina do padre Ubach — não é feita com nossos tecidos? — Os bandoleiros olharam para Saleh com desconfiança. — Sim, sim! Venham e toquem, comprovem vocês mesmos. Se alguém os visse com esse tipo de roupa, isso poderia comprometê-los a qualquer momento. De onde dirão que a tiraram, do mercado? — perguntou Saleh. — Ninguém acreditará em vocês. Levem em consideração que ele é um xeique que viaja a mando do governo. Se alguma coisa lhe acontecesse, as consequências para vocês e sua tribo seriam terríveis. Por que não me dão ouvidos? Peguem o que quiserem e o deixem ir.

Os ladrões se entreolharam e disseram algo em seu dialeto que nem mesmo Saleh era capaz de entender. O homem que ameaçava o padre Ubach, punhal na mão, revistou-o e tirou seus binóculos, seu relógio, seu dinheiro e, inclusive, uma caixa de fósforos. Pouco tempo depois partiram correndo montanha acima.

"Estão indo! Deixam-nos ir!", pensou Ubach.

Estava claro que as explicações de Saleh os convenceram e que, por medo de que os surpreendessem, abandonaram a ideia de matá-los e levar sua roupa.

— Obrigado, Saleh!

O biblista abraçou o cameleiro, consciente de que sua intervenção certamente tinha salvado suas vidas. O padre Vandervorst, Id,

Suleiman e Djayel se apressaram a recolher seus pertences, colo-caram-nos nos pacotes de qualquer jeito, subiram nos camelos e saíram dali em direção a Madaba. Foram denunciar o assalto e o roubo às autoridades, e inclusive quatro soldados se dedicaram a rastrear a área durante dois dias. Não havia nem rastro dos bandi-dos. Só conseguiram encontrar o pai de um deles, de quem, como represália, confiscaram um cavalo e duas vacas. Incompreensível. No entanto, Ubach entendeu que os soldados do deserto eram, de certa maneira, como os beduínos, e que dois lobos não se mordem.

O vale das águias

Si continuerit aquas, omnia siccabuntur; et si emiserit eas subvertent terram, diz um texto das Escrituras. "Se você retiver as águas, tudo secará; mas, se deixá-las livres, devastarão a terra."

O padre Ubach havia lido essas palavras de Jó muitas vezes, mas até esse dia não chegara a compreender todo seu sentido.

O grito da rainha das aves, uma águia que planava perto deles, fez com que Bonaventura Ubach erguesse o olhar para o céu.

— Sabia que uma águia pressente uma tempestade muito antes que ela comece? — perguntou Saleh ao monge.

— Não, não sabia — respondeu este, arqueando as sobrancelhas, surpreso.

— A águia voa até um lugar alto o bastante para esperar os ventos que se aproximam — explicou Saleh, apontando para uma ave que batia as poderosas asas para longe da caravana. — E, quando a tempestade desaba, posiciona as asas de maneira que o vento a leve acima dela. Enquanto a tempestade causa estragos e destroços embaixo, a águia voa por cima, majestosa e despreocupada com a desordem que pode estar acontecendo no solo.

— Então, embora a pressinta, a águia não foge da tempestade? — quis saber o monge.

— Não foge nem fica presa nela — esclareceu o beduíno. — A águia simplesmente usa a força da tempestade para ser ainda mais forte, subir mais e voar mais alto. Isso graças aos ventos que a tormenta traz. Ela aproveita as forças da natureza.

Os movimentos da águia eram um presságio de tempestade. Quando fizeram os preparativos para a viagem, pensaram em tudo menos na possibilidade de que pudesse chover nessa região em pleno mês de abril.

Atravessando a imponente serra de Raha, as nuvens que os ventos do dia anterior trouxeram em boa hora deixaram cair um néctar delicioso sobre as estepes estéreis e extensas, que passaram de esbranquiçadas para cor de chocolate, sob os raios do sol abrasador. Uma chuva fina, que ia encharcando-os e os obrigava a se abrigar com capas e lenços, parecia aumentar e não ter vontade de parar, muito pelo contrário. Conforme ela se intensificava, os camelos custavam mais a avançar. Os beduínos, apesar de estarem acostumados às demonstrações da natureza no meio do deserto, pareciam assustados. O temor dos dois religiosos era em relação ao que fariam se continuasse chovendo quando anoitecesse. Não possuíam nada com que poderiam fazer um refúgio, nem um plástico qualquer com que fosse possível improvisar uma tenda. Grandes nuvens cinza e azul-escuras roçavam as bases de uma serra escarpada, impulsionadas pelo vento. Mais abaixo, uma colina isolada com o topo um pouco ondulado e os lados descendo como se fossem de chumbo sobre a planície tinham o formato de um dente. A cortina de água se tornava mais espessa, enchendo os leitos secos dos *uadis* e dos rios intermitentes. Esse bem de Deus era o que ajudava a explicar que uma região em teoria erma, plana, arenosa e poeirenta pudesse acolher espaços verdes com romãs, figueiras e amendoeiras. Os cascos dos camelos e as sandálias dos beduínos afundavam cada vez mais em uma lama que transformava a estrada em um caminho lento e pesado.

— Padre Ubach, não sei se poderemos seguir adiante se continuar chovendo assim — anunciou Saleh.

O monge ergueu a vista para o céu e lhe pareceu entrever que a extensão compacta de nuvens começava a se abrir.

— Vamos procurar algum planalto do terreno, um refúgio onde possamos montar acampamento.

Enquanto Ubach propunha isso, o grupo de beduínos que ia atrás deles já se assentava em um recanto, junto ao rio seco, meio abrigado das inclemências do vento graças aos ramos de alguns tamarindos mirrados. Descarregaram os sacos e os tonéis e se sentaram.

— De maneira nenhuma — retrucou Saleh, firme e taxativo, olhando alternadamente para o padre Ubach e para o grupo de viajantes. — Embora estejamos mais expostos aos ventos, acamparemos lá em cima. — Apontou para uma das partes altas do terreno. E acrescentou: — Se chover muito nas montanhas, a água pode descer essa noite torrencialmente. Leve em consideração, padre, que a água viria tão forte e rápido que não teríamos tempo nem de recolher as coisas: ela nos arrastaria.

— Saleh, você acha mesmo que é tão perigoso? — perguntou o monge, que achava que o beduíno estava exagerando. — Lá em cima, com os uivos do vento, não haverá quem pregue o olho. Com certeza há algum recanto resguardado nesse imenso areal onde possamos nos acomodar. Olhe os beduínos...

E apontou para o pequeno acampamento improvisado que acabava de se estabelecer perto de onde eles discutiam. De repente, Ubach pareceu compreender por que seu beduíno não queria passar a noite ali.

— Saleh, posso saber por que não quer acampar aqui? É por causa deles? — O monge apontou para o grupo de beduínos.

— Não, padre, não. Não tem nada a ver com eles. Precisa acreditar em mim: é perigoso dormir onde corria o rio ou perto da margem. Embora agora esteja mais seco e árido que o próprio deserto, não podemos confiar nesse lugar.

— Mas, Saleh, aqueles homens são beduínos como você e não hesitam em passar a noite aqui.

— Que façam o que quiserem. Vou acampar lá em cima. Não posso obrigá-lo, padre. A decisão é sua. Amanhã, ao nascer do sol, retomaremos a marcha para o Sinai. Boa noite.

Deixou-o sem que o padre pudesse lhe responder, porque puxou as rédeas do camelo no qual estava. Suleiman o seguiu diante da perplexidade de Vandervorst, Id e Djayel. Dirigiram-se a uma passagem estreita bastante pronunciada ao lado do *uadi* onde o grupo de rapazes, dois beduínos e os dois religiosos, se preparavam para passar a noite. O cansaço venceu quase imediatamente os integrantes das duas caravanas. Após descer dos camelos, eles se dividiram pelo acampamento improvisado. Foram tomando posições ao redor de uma fogueira que Id e Djayel se encarregaram de acender. Cobriram-se e se encolheram debaixo de mantas, lenços e capas, esperando que o primeiro raio de sol surgisse.

Embora as nuvens parecessem estar começando a se abrir, elas arrependeram-se de seu gesto. Não se espaçaram, ao contrário, se tornaram cada vez maiores, e a profecia de Saleh se cumpriu.

A chuva que havia caído na serra foi penetrando pelos leitos dos rios que se encontravam secos e sedentos, não oferecendo nenhum tipo de resistência, dando boas-vindas aos braços de água que ameaçavam chegar ao mais seco e poeirento recanto. A força da água aumentava ainda mais com a ajuda da chuva que começara a cair. Essa soma provocou uma avalanche de água com uma força impossível de ser contida, aumentando o leito dos *uadis* e dos rios intermitentes, engolindo tudo que encontrava no caminho. Quando Ubach e Vandervorst se deram conta de que não era um sonho, de que o pesadelo era muito real, já era tarde para reagir. O caudal da correnteza demoníaca já havia apagado da superfície o acampamento vizinho, e eles eram os próximos. Os camelos se soltaram e corriam pelo deserto como se levados pelo diabo, e os religiosos e os dois beduínos, entre goles de água turva, esforçavam-se com grandes braçadas para se manter flutuando e encontrar algo a que se agarrar, uma caixa, um galho, algo sólido o suficiente para se aferrar à vida. Nada. Era inútil lutar contra a força desatada da natureza. Ubach desistiu, sem resistir.

"Se essa for a vontade de Deus, que assim seja", pensou, e se deixou derrubar pelas águas que o engoliam. Id e Djayel conseguiram se agarrar ao galho de um arbusto raquítico que foi suficientemente forte para aguentar o peso dos dois homens, que ofegavam, já salvos, ao lado da correnteza. Levado pela água, o padre Vandervorst passou diante deles, tentando pedir ajuda em vão.

— Socor... Arrrggggh! — Ao abrir a boca para pedir ajuda, engoliu um monte de água misturada com areia que praticamente o submergiu nas águas turvas.

O assombro pelo que haviam acabado de ver teria sido capaz de perturbar seus sentidos e de tê-los feito perder a calma. No entanto, ao contrário, armados de valentia, os dois beduínos reagiram como um único homem e atiraram um galho robusto o suficiente para que o sacerdote belga pudesse se agarrar.

Tiveram tanto azar que, na primeira tentativa, Djayel escorregou pelo lodo que se formava na ribeira e acabou batendo na cabeça de Vandervorst com o galho que lhe estendiam, afundando-o assim um pouco mais no *uadi*. Correndo paralelamente à correnteza enfurecida, o jovem beduíno fez uma segunda tentativa, e a sagrada providência permitiu que, no instante em que metade do corpo de Vandervorst emergia das águas, o cameleiro lhe mostrasse o galho e o religioso o agarrasse com as poucas e minguadas forças que restavam. Id correu para onde Djayel estava tentando salvar o corpo maltratado do padre belga.

— Que Deus o abençoe... — conseguiu dizer.

— Você está bem, padre? — perguntou Id.

Vandervorst assentiu com um leve movimento de cabeça porque não tinha forças para falar. No entanto, se esforçou para perguntar:

— E Bonaventura?

Não havia nem rastro do padre Ubach nas águas desatadas.

Saleh e Suleiman viram tudo de sua atalaia, tocada pelos ventos, mas resguardada da enchente repentina. Saleh soltou alguns impropérios pensando na teimosia do monge e correu para o camelo. Subiu e o açulou para que se lançasse montanha abaixo. O percurso que o *uadi* faria era imprevisível, porém, quanto mais vantagem tivesse sobre a correnteza impetuosa e caprichosa, mais possibilidades teria de resgatar o monge, se possível, são e salvo. Avançou até o ponto em que o fluxo fazia uma curva. Lembrava-se de que a apenas alguns passos de camelo dali estava a grande pedra de Hajar el Marash. Havia muitas plantas e arbustos em volta da pedra e um imponente ninho de águias. Era enorme e lendária para os beduínos. Conforme os anciões contavam, uma grande águia-de-cabeça-branca, animal considerado sagrado, havia morrido ali. Saleh esperava chegar e poder encontrar a ajuda de uma das veneráveis aves que, com pose arrogante, costumavam ficar impávidas em cima da pedra. O caudal do *uadi* nesse lugar não era tão profundo e ele conseguiu distinguir na água marrom uma sombra escura, um vulto arrastado pela força da água. "O padre Ubach!", pensou Saleh. Fixou-se no ponto em que estava uma das águias, agarrou a corda e enfiou a mão dentro do saco que carregava. Os dedos nervosos passeavam pelo interior da bolsa, apalpando o fundo e as paredes de couro, mas não havia nem rastro do que procurava. Finalmente o encontrou em um canto. Do interior da bolsa tirou um pedaço de carne seca que tinha sobrado do jantar e que teria lhe servido de almoço, acompanhado de um resto de *qurç*. Amarrou-o a uma corda, girou-o três vezes sobre a cabeça e, com a força centrífuga obtida, conseguiu lançar a ponta com os pedaços de pão e carne amarrados com o impulso e a pontaria adequados para que batesse na sombra preta levada pela correnteza, as costas do padre Ubach. Ao mesmo tempo que a corda rodava sobre sua cabeça e antes de lançá-la à água, Saleh olhou para a águia e assobiou para ela.

— Fiuuuu! Fiuuuu!

A ave reagiu ao segundo assobio. Soltou as garras afiadas com que se segurava à pedra, abriu as asas — que uma vez estendidas e por um instante conseguiram tapar o sol — e, depois de voar o tempo necessário para dominar a situação, lançou-se bruscamente sobre a presa que o beduíno lhe indicava marcada pela corda e pelo pão sobre a água. A águia irrompeu subitamente sobre o pedaço de *qurç* envolto em carne e, indiretamente, suas poderosas garras agarraram o padre Ubach. Saleh sabia que as fortes garras da águia eram capazes de aguentar muitos quilos, porém tinha certeza de que o peso do corpo do padre e de sua roupa molhada faria com que soltasse o fardo.

Dito e feito. Uma vez que o tirou da água, desfez-se dele rapidamente. Na verdade, o grande peso a desestabilizou e ela não conseguira levantar voo. Diante disso, grasnou e preferiu soltá-lo. O corpo do padre Ubach fez um baque surdo quando bateu no chão de pedras e areia e rolou alguns metros até que ficou estendido com os braços em cruz como se fosse um cristo crucificado.

Saleh se apressou a ir em seu auxílio, ao mesmo tempo que chegavam o padre Vandervorst, Id, Suleiman e Djayel. O sacerdote belga se ajoelhou ao lado do monge para verificar se tinha pulso, apalpando o pescoço dele. Para se assegurar, aproximou a orelha do tórax do companheiro e ouviu um fraco batimento cardíaco.

— Ele está vivo, ele está vivo! — anunciou, empolgado.

Os beduínos esboçaram um sorriso tímido, mas seu olhar era de incerteza. Vandervorst virou Ubach, colocou-o de barriga para cima e, com os braços grudados no corpo para fazê-lo expulsar a água contida nos pulmões, começou a fazer uma respiração artificial. Com uma das mãos nervosa, Vandervorst localizou o lugar de compressão para aplicar a massagem, exatamente na metade inferior do esterno, na parte central do peito. Posicionou a base da mão esquerda nessa área e pôs a direita sobre ela, entrecruzando os dedos e evitando que tocassem o peito de Bonaventura. Enquanto rezava um pai-nosso, comprimia o esterno com um bom ritmo. O belga sabia que a cada cinco massagens tinha de intercalar duas insufladas.

Abaixou-se para introduzir, soprando, ar nos pulmões de um padre Ubach asfixiado para estimular sua respiração e facilitar a expulsão da água que havia engolido.

Depois de um tempo de fricções, pancadas, pressões e baforadas de ar, Ubach tossiu e cuspiu um jato d'água, e Vandervorst o colocou de lado para ficar mais firme. Ele renasceu, dando graças a Deus e, sobretudo, ao padre Vandervorst, que o havia arrancado das garras da morte.

— Obrigado, Joseph... — sussurrou.

— Não fale, Ventura. Você precisa recuperar o fôlego e respirar de maneira normal. E, se quiser agradecer a alguém, agradeça a Deus e, sobretudo, a Saleh, que deu um jeito de tirá-lo da água com a ajuda de uma águia.

Ubach sorriu, voltou a tossir — ainda restava um pouco de água em seus pulmões —, olhou para o beduíno que estava ao lado do padre belga e assentiu duas vezes com a cabeça. Nesse momento, lembrou-se do Salmo 91, versículo 4, que mencionava a rainha das aves que fazia seu ninho nas pequenas reentrâncias das montanhas desse vale sagrado: "Ele te cobrirá com suas plumas; sob suas asas encontrarás refúgio." E pensou que eram palavras carregadas de razão.

As minas dos faraós

O barulho de uma explosão retumbou pelas rachaduras das paredes basálticas. O grande ruído se amplificou por causa dos imensos blocos de granito e basalto que sustentavam o caminho daquele largo rio que entrava pelo arenito e que lhes dava as boas-vindas.

— Virgem Santa, o que foi isso? — perguntou, sobressaltado, o monge, que teve de puxar as rédeas para acalmar seu camelo.

Ubach passeou o olhar pela paisagem ao mesmo tempo encantadora e assustadora, procurando a causa. Iluminado por raios de um sol avermelhado, prestes a se esconder sob o horizonte, o contraste do preto do basalto com o rosa do granito, mais a auréola de bronze, outorgavam ao vadi Magara, a grande caverna, a gruta imponente, um nome muito adequado: *Magara* significava "caverna". E, de fato, ali se elevava uma montanha cheia de cavernas e minas que escondiam grandes tesouros, provavelmente os mais antigos do mundo, explorados por diversas dinastias de faraós.

Outro barulho alto estraçalhou a visão idílica que Ubach tinha a sua frente.

— São as minas? — perguntou Ubach a Saleh.

— Sim, padre — respondeu, sensibilizado, o beduíno.

— Mas eu tinha certeza de que não estavam mais ativas e que ninguém as explorava.

— Exatamente.

— E então? É o que estou pensando? — questionou, desconfiado.

— Sim, *abuna*, são saqueadores. Britânicos. Arrancam as poucas inscrições que restam gravadas nas paredes das cavernas e levam as preciosas pedras verdes geradas dentro dessas montanhas...

E uma terceira explosão acabou de convencer Bonaventura de que devia fazer alguma coisa. Se a mão destruidora do tempo com o flagelo de ventos, chuvas e tempestades parecia ter respeitado os monumentos dessa antiga civilização, não estava disposto a consentir que um contemporâneo de sua civilização, por assim dizer, pois era evidente que não tinha nem um pingo de civilidade, destruísse os tesouros conservados durante séculos. Ubach não conseguia suportar o espólio.

Sem esperar que os camelos se agachassem, escorregando da garupa para o pescoço do animal e dando uma cambalhota, Ubach saltou para o chão. Com a câmera nas mãos fez um sinal a Saleh.

— Irá me acompanhar? — perguntou, sem esperar a resposta do beduíno enquanto subia a montanha.

O cameleiro o seguiu, mas o padre Vandervorst levantou a voz para advertir seu companheiro de caravana.

— Bonaventura, tome cuidado. Esses sujeitos não têm escrúpulos.

— Levarei isso em conta, Joseph, não se preocupe — respondeu, subindo a encosta.

Arquejando, chegou à primeira entrada de uma das cavernas que dava acesso às minas. O desgosto ficou evidente no rosto do monge. As paredes da primeira escavação, feita de maneira natural e que antigamente acolheram inscrições gravadas pelos faraós, estavam totalmente desfiguradas. Via-se o rastro da espoliação por toda parte. Fragmentos estilhaçados e espalhados pelo chão. Paredes raspadas, abertas, arrebentadas, vexadas, despojadas de tudo que haviam contido, fosse pela ação das picaretas e das máquinas ou por explosões de dinamite. No entanto, Ubach não era o único desolado.

— *Benengeli, benengeli, benengeli!* — repetiu Saleh três vezes.

O beduíno tinha cravado os olhos nas paredes com um olhar tomado pelo ódio. Ubach o repreendeu:

— Saleh, não diga isso. Não adianta nada insultá-los dizendo que são filhos de bastardos ou de sangue impuro. Os pais deles não têm nenhuma culpa, e tenho certeza de que eles são uns ignorantes que, cegos pelo dinheiro, não sabem o que fazem.

— Mas então o que vamos fazer, *abuna*? Ficar aqui, de braços cruzados, vendo-os levar o que não lhes pertence?

— Não, Saleh, não assistiremos impassíveis a essa barbárie. Por isso quis subir para falar com eles.

— Falar? — gritou, exasperado, o beduíno. — Eu acabaria com os problemas muito antes!

— Sim, já imagino como você faria, Saleh, mas essa não é a solução.

"Bum!"

Não apenas ouviram essa explosão muito mais próxima que as outras mas também tinham quase certeza de que havia sido muito mais potente. Algumas paredes da galeria onde se encontravam tremeram, e um ou outro pedaço se soltou. Decididos a deter os saqueadores, Ubach e Saleh seguiram o rumor das vozes e o repicar das ferramentas. Após alguns metros, encontraram um espaço a céu aberto, mas dentro da estrutura da caverna grande viram que se erguia um acampamento com quatro tendas mirradas, caixas empilhadas de um lado e um monte de escombros do outro. Tinham diante de si aqueles que perpetravam sem escrúpulos os atos de vandalismo com o consentimento tácito, passivo, da população nativa, que não se opunha porque a ação trazia dinheiro para sustentar suas famílias.

Havia um grupo de beduínos às ordens de um inglês que sorria observando o punhado de turquesas que examinava nas mãos.

— Deus o guarde — cumprimentou o padre Ubach de cima, e começou a descer sem receios, saltando decidido por uma encosta rochosa até chegar ao pequeno acampamento.

Surpreso, o inglês se pôs em guarda sacando um revólver que levava na cintura e apontando na direção por onde desciam o monge e o beduíno.

— Não, não atire — pediu Ubach, erguendo as mãos. — Não estamos armados.

— Quem são vocês? O que querem? — perguntou o inglês, ameaçador, sem deixar de apontar para eles e franzindo o cenho e o bigode que escurecia seu rosto ligeiramente sujo de poeira das detonações.

— Meu nome é Bonaventura Ubach, sou monge e arqueólogo. Estamos nos dirigindo ao Sinai e, ao ouvir seus, como diria, gritos de alegria, nos perguntamos o que estão fazendo aqui.

— Nada que seja da sua conta, padre — interrompeu-o bruscamente o inglês. Os beduínos haviam parado de trabalhar e acompanhavam a discussão segurando as ferramentas. — Se não querem se meter em problemas, é melhor voltarem por onde vieram! Entenderam? — E brandiu o revólver apontando indistintamente para Ubach e Saleh.

O monge se fixou em uma mesa fora das tendas e em um punhado de pedras preciosas de cores verde-maçã e azul-celeste.

O inglês o viu e tornou a advertir:

— Não pense em dar nem um passo em direção a essa mesa, padre, a menos que queira ir para o céu de repente, sem passar pelo Sinai. — O inglês voltava a dar sinais de começar a se zangar e de que aquilo podia acabar mal.

— Não, não se preocupe, não me aproximarei — disse Ubach, que parecia não se alterar nem um pouco com o risco que ele e Saleh corriam. Tinha de demonstrar integridade diante daquele indivíduo, mas fervia por dentro. — Vejo daqui que são turquesas, as mesmas pedras que foram utilizadas para levantar os impérios de dinastias de faraós tão importantes quanto Keops, Amenemhat III e IV ou Tutmosis III. O que não sei é se você conhece a história dessas pedras.

— Essa história não me importa. Não me venha com histórias. Já falei, é melhor que você e seu cameleiro voltem por onde vieram e sigam seu caminho até o Sinai, se não quiserem se arrepender. — E sacudiu o cano do revólver que segurava com força.

— Ah, não, não, nós já vamos. Mas antes gostaria que soubesse que essas turquesas, depois de extraídas de seu habitat natural, perdem a cor, o brilho.

— Do que você está falando?

— Bem, se as tirar daqui, levá-las ao porto mais próximo, embalá-las e enviá-las ao mercado de Londres, não as aceitarão porque terão perdido o valor. Entendeu? Digo isso porque poderia se poupar de toda essa destruição, visto que ao fim não tirará nenhum proveito, não obterá nenhum benefício.

— E o que um monge como você entende de pedras preciosas?

— Sim, você tem razão, eu realmente não entendo nada de pedras preciosas — reconheceu Ubach. — Mas já lhe disse que entendo um pouco de história e sei o que aconteceu com um conterrâneo seu, pois... Você é britânico, certo?

— Isso não é problema seu!

— Certo. Como eu dizia, um conterrâneo seu, um tal de MacDonald, que ganhava a vida mais ou menos da mesma maneira, passou por essas minas alguns anos antes de você e seu grupo. — E apontou para os beduínos, que, vestidos com túnicas sujas e velhas, esperavam para continuar o trabalho. — Com resultados... — Ubach fez uma pausa, conseguindo a atenção do inglês.

— Com que resultados? — gritou, impaciente.

— Resultados desastrosos. MacDonald convenceu uma sociedade bancária da capital britânica a fazer negócios com essas turquesas tiradas de maneira ilegal e sem permissão; mas, por desgraça, a cor das pedras foi se apagando e, como consequência, não foram vendidas, os banqueiros foram à falência e MacDonald ficou reduzido à miséria.

Fez-se silêncio, e Ubach rematou seu argumento:

— Como vê, MacDonald achou a penitência no pecado.

O inglês, que tinha acompanhado o relato do padre Ubach primeiro com indiferença e depois com atenção, foi baixando o revólver. Desse modo, o monge conseguiu dobrar a vontade do saqueador, dentro das minas dos faraós, somente com palavras.

Quando saíam novamente, Saleh perguntou a Ubach:

— É verdade o que explicou sobre as turquesas?

— Óbvio que sim, Saleh.

— E acha mesmo que esse inglês lhe dará ouvidos e deixará de explorar as minas?

— Não, na verdade, não acho, Saleh, mas já o adverti. Agora é ele com sua consciência — sentenciou Ubach enquanto saltava as pedras para descer até onde o restante da caravana os esperava.

No horizonte se percebia uma cortina de areia que se aproximava, era o presságio de uma tempestade iminente.

Ubach não deu atenção, mas Saleh achou estranho. Apesar da hora e da tempestade de vento e de areia que se vislumbrava no lugar de onde vinham, observou um grupo de oito beduínos chegar. Eram os mesmos que já os haviam seguido até o oásis de Musa e que agora também se detinham. Pareciam seguir sua rota. Porém, o mais provável era que todas as caravanas seguissem o mesmo caminho para ir ao Sinai ou ao Mosteiro de Santa Catarina e fizessem as mesmas paradas. O aspecto das túnicas sujas e desfiadas não deixava lugar a dúvidas de que pertenciam a uma classe baixa e miserável. Não possuíam camelos e carregavam os sacos de farinha e os cantis de água nas costas, atados com uma corda de algodão que passava pelo peito. Saleh não gostava desse tipo de companhia. Não estava errado; entre os viajantes andrajosos se encontrava o homem que os Guardiões enviaram para seguir seus passos, mas ele não sabia.

— Gostaria de lhe explicar uma coisa — sussurrou Saleh no ouvido do padre Ubach, que havia acabado de descer do camelo.

— Diga. Do que se trata?

— Padre, há dias quero falar com você, porque acredito haver algo que deveria saber.

O monge o observou com curiosidade, e o beduíno continuou:

— Acho que devo contar a você, mais que ao padre Vander-vorst. Não é que eu não confie em *abuna* Joseph, mas... Não sei, acho que devo contar a você, padre Ubach.

— Vá em frente, Saleh, pode me contar o que quiser. O que o preocupa?

— É uma questão pessoal sobre a qual nunca falei com ninguém — reconheceu o jovem enquanto dirigia seu olhar desconfiado ao grupo de beduínos que os seguiam desde o *uadi* das fontes de Moisés. Ubach não percebeu que Saleh olhava com desconfiança para os carregadores que agora descansavam a certa distância, após ter levado sacos e tonéis pesados nos próprios braços por todo o deserto.

— Sou todo ouvidos — disse o padre Ubach para encorajá-lo a começar, disposto a ouvir o cameleiro como quem ouve uma confissão.

— Há alguns meses fui trabalhar uma temporada no Cairo, no café de meu tio. Certa tarde, enquanto eu recolhia caixas nos fundos do café, meu tio recebeu a visita de dois homens.

— E o que tem de estranho em seu tio receber visitas?

— Nada, *abuna*, mas aqueles dois homens... como posso dizer, eram diferentes.

— Diferentes? — indagou Ubach.

— Sim, não eram o tipo de cliente que frequentava o café de meu tio. Estavam muito bem-vestidos. Não quero dizer que os clientes do café fossem uns esfarrapados, mas você me entende: a pose, a forma de caminhar, de fumar, de falar... Eram de outra classe. Um era alto, magro, de pele muito escura e com um bigodinho recortado que quase não sobressaía sobre os lábios. O outro era mais gordinho, com o cabelo curto, encaracolado e grudado na cabeça. Estavam sentados na mesa conversando quando, de repente, uma forte explosão no bar ao lado fez retumbar as paredes. A onda de choque matou os três, incluindo meu tio Abdul.

— Puxa, sinto muito, Saleh. Meus sentimentos. Você deve sentir muito a falta dele. Posso imaginar. Essa noite rezarei por seu tio.

— Ah, muito obrigado, padre. Sinto mesmo muita falta dele, porque, de certa maneira, o tio Abdul foi como um pai para mim, mas... não é isso exatamente que queria lhe contar.

— Não? Pois conte, conte. — Ubach achava que Saleh precisava falar da perda do tio e compartilhar a angústia que o havia acompanhado durante tantos meses.

— Acontece que meu tio e esses homens estavam fechando um acordo, um negócio para adquirir umas peças que me pareceram muito valiosas. Umas relíquias que poderiam ser de seu interesse, *abuna*.

— E do que se trata, Saleh? Como são essas relíquias? — perguntou Ubach, franzindo o cenho para demonstrar seu interesse.

— São três peças de vestuário de cores vivas, folgadas, que chegam até a metade do joelho.

— Eram como túnicas?

— Sim... túnicas. Duas pareciam de adulto e a outra era pequena, como de uma criança. Tinham bastante valor...

— E de onde saíram essas túnicas? — quis saber Ubach.

— Eles estavam falando da igreja de Abu Serga... Isso lhe diz alguma coisa?

As mãos de Ubach começaram a suar e seus olhos brilharam. Não achava que fosse possível seu cameleiro estar lhe falando justamente do mesmo assunto que rondava sua cabeça havia algum tempo. Ele não conseguia acreditar que, no meio do deserto do Sinai, estivesse falando sobre as túnicas coptas.

— Sim, Abu Serga, a Igreja de São Sérgio do bairro copta do Cairo.

— Sim, essa mesma. — E Saleh repetiu o que contaram: — Segundo a tradição cristã, embaixo dessa igreja havia uma cripta, que ainda existe, onde haviam guardado com grande zelo, desde tempos imemoriais, evidências da passagem da Sagrada Família pelo Egito, exatamente no local em que anos mais tarde construíram a igreja.

Ubach abriu e fechou os olhos várias vezes para ter certeza de que não sonhava, que o que ouvia era real. Eram as relíquias que ninguém nunca tinha conseguido ver e Saleh lhe oferecia a possibilidade de fazê-lo.

— E onde estão essas túnicas agora, Saleh? — perguntou, sem demonstrar a emoção que agitava seu ânimo.

— Depois da explosão eu me assustei, *abuna*. Peguei o pacote e, antes de voltar para Porto Tawfik, decidi levá-las ao lugar de onde saíram, Abu Serga, a igreja que meu tio frequentava. Agora o padre Cirilo se encarrega de cuidar das túnicas.

— Saleh! — exclamou Ubach. — Saleh! Quando voltarmos a Jerusalém teremos de nos separar porque preciso seguir minha viagem para a Mesopotâmia, mas gostaria que nos encontrássemos no Cairo e que você me acompanhasse a Abu Serga. Tem de me levar até essa igreja. Eu gostaria de conversar com o padre Cirilo e poder ver as túnicas.

— É claro, *abuna*, assim o farei. Conte com isso — respondeu Saleh, que pressentia que a confiança que o padre Ubach tinha lhe inspirado poderia fazê-lo merecedor de lhe confiar as túnicas.

Ubach passou a noite muito agitado. Às vezes cochilava, mas, quando achava que ia conciliar o sono, uma imagem terrível e espantosa lhe aparecia em sonhos. Era uma espécie de gênio ou demônio com corpo de cão, patas de águia, garras de leão, cauda de escorpião, cabeça de caveira com chifres de cabra e, nas costas, quatro asas abertas. Uma figura que vira centenas de vezes nos livros de estudo, a figura que representava o vento do deserto; mas agora a observava colossal e agitada, batendo as asas e cobrindo o acampamento com seu hálito pestilento. Sobrevoava desenhando círculos como se a qualquer momento pudesse arrancar pela raiz as palmeiras do oásis com suas garras.

O padre Vandervorst foi atacado durante a noite por uns animaizinhos diferentes dos que incomodavam o padre Ubach, mais reais, mais incômodos e mais asquerosos: ratos. Esses roedores, que precisavam dar um jeito de sobreviver a cada dia, nessa noite devem ter celebrado um grande festim. Desfrutaram de um banquete, afundando os bigodes nos bornais e nas bolsas para roer o pão, o queijo e os restos de mantimentos que deveriam ser o café da manhã dos dois religiosos.

Quando quiseram dar a ordem de levantar o acampamento para ir embora, não encontraram ninguém em volta.

— Mas... Mas... — repetiu, aturdido, Ubach. — Onde estão os beduínos? Desapareceram?

Um calafrio percorreu as costas do monge. De repente pensou que a visão daquele espírito infernal podia não ter sido um sonho, que havia planado sobre os beduínos e os tinha levado.

— Saleh! Saleh! — Os gritos do padre Vandervorst o devolveram à realidade.

E, de fato, de trás de um pé de tamarindo, que um dia tivera flores esbranquiçadas e rosadas, surgiu o rosto escuro do guia da caravana. Surpreso pela urgência do grito, Saleh, com uma careta no rosto, se aproximou do irmão belga.

— Bom dia, padre. O que são esses gritos? Hoje é domingo, não?

— Sim, mas nem por isso vocês devem descuidar de seu trabalho. Assim foi estipulado no contrato que assinaram, lembra, Saleh?

— Sim, *abuna*, claro, e mantenho a palavra que dei e assinei, mas achei que iam rezar uma missa.

— Não se preocupe, podemos celebrar a eucaristia e ler a palavra de Deus em cima de um camelo, viajando, onde quer que seja, não há nenhum problema; não se preocupe. Pode-se honrar a Deus em qualquer lugar e de qualquer maneira, porque Ele está em todas as coisas e em todos os lugares. Então vá procurar os outros. Depois de tomar o café da manhã prosseguiremos nossa viagem.

A lei do deserto ou a prova de fogo

Reunidos embaixo de uma acácia, em um acampamento ao sul da península do Sinai, os integrantes de um tribunal deliberavam sobre o castigo. Avaliavam qual seria a punição mais adequada àquele ultraje. Uma ofensa que havia ferido a dignidade da tribo, profundamente indignada pelo que considerava uma injúria imperdoável e que não podia ficar impune.

— Aqui está a prova do delito, de seu atrevimento!

O *mubesha*, o homem que, pela idade, possuía a autoridade naquele tribunal, levantou um papel e o mostrou aos outros. Enquanto o brandia com força, gritava:

— Aqui está a prova do que muitos já sabíamos e que esse papel comprova! — E começou a ler em voz alta o *ghazal*, um poema de amor que supostamente o acusado se atreveu a escrever e que devia ser inspirado no que rodeava os dois amantes: "Ela me olhava com os olhos negros de uma gazela domesticada / que usasse um colar. / Sua pele é firme como ouro puro e seu corpo perfeito / se move como um galho dobrado pelo vento. / Seu ventre oferece uma delicada curva e seu decote / se enche com um seio orgulhoso..."

— Que passe pela prova de fogo!

— Temos de cortar sua língua!

101

— Não merece outro castigo!

— O que fez é repugnante!

— E as mãos! Cortemos também as mãos para que não possa voltar a escrever obscenidades como essas — sugeriu outro integrante do tribunal.

— A *bisha'a*, a *bisha'a*! A prova de fogo!

Com as mãos, que já queriam amputar, o acusado tapava os ouvidos para não ter de ouvir mais acusações nem recriminações. Amarrado pelos pés e pelas mãos e escoltado por dois integrantes da tribo, o rapaz que havia ousado expressar o que sentia pela moça que amava, mas que não lhe correspondia, assistia à deliberação.

Nesse ponto do julgamento, a caravana do padre Ubach chegou ao oásis.

— O que estará acontecendo? — perguntou ao restante da caravana, apontando com o queixo para a acácia. E, sem esperar que alguém pudesse responder, puxou as rédeas de seu camelo e se dirigiu para aquela reunião.

— *Salam aleikum!* Deus os guarde — disse o monge como cumprimento.

— *Aleikum as-salam* — responderam os integrantes do tribunal.

— Sejam bem-vindos — disse o *mubesha*. — Podemos lhes oferecer nossa hospitalidade. Se quiserem se aproximar das tendas — indicou três tendas que se levantavam alguns metros atrás da acácia —, com muito prazer lhes daremos o tratamento que merecem como os hóspedes que são.

— Muito obrigado. — Lançando um olhar aos homens reunidos e ao rapaz que estava sob a acácia, Ubach perguntou: — E você, não nos acompanha?

— Sim, claro, em seguida — respondeu o *mubesha*. — Antes devemos resolver uma questão delicada.

— E se pode saber do que se trata?

— Esse rapaz — e o *mubesha* apontou para um rapaz aterrorizado e amarrado sob a árvore — manchou a honra de uma de nossas famílias. E devemos castigar seu crime.

— Vocês têm certeza de que ele é culpado, quero dizer, há provas ou é sua palavra contra a dele?

— Embora tenhamos a prova que o corrobora — e lhe mostrou o poema —, ele afirma que não o escreveu. Afirma que não sabe escrever e que, portanto, dificilmente poderia ser o autor dessa poesia. Além disso, garante que nunca viu a moça em questão.

— E como pretendem averiguar a verdade? Fazendo com que escreva para comprovar se a letra é a mesma? — sugeriu o monge.

— Não é necessário. Com a *bisha'a*, a prova de fogo, sanaremos a dúvida — anunciou o *mubesha*.

— A *bisha'a*? E em que consiste?

— É um método infalível que desde tempos imemoriais nossos antepassados usavam para descobrir quem mentia e quem falava a verdade. É muito efetivo. Agora verá. Acompanhe-me. — Ele fez um gesto com as mãos grandes que destilavam bondade e garantiam justiça.

Ubach obedeceu ao homem magro de cabelos curtos e brancos e se sentou ao lado de um dos integrantes da assembleia que atiçava o fogo. Achou estranho, mas observou melhor para confirmar que o que tinha na mão não era um pau para remover as brasas, e sim uma colher que esquentava nas chamas da fogueira.

Era uma colher enegrecida, que antigamente tinha sido de metal reluzente, mas que, com o uso, havia perdido a cor original. Esquentava-a girando-a, tanto pelo lado côncavo quanto pelo convexo, para se assegurar de que ficasse em brasa. Quando o *mubesha* decidiu que já estava suficientemente quente, mandou chamar o acusado e ordenou que retirassem a colher das chamas. A cor preta dela mudara para vermelho incandescente.

103

Quando o rapaz se aproximou da assembleia que o julgava e viu a luz vermelha que a colher desprendia pela alta temperatura, empalideceu, engoliu saliva e, tremendo, pegou-a como pôde, porque estava com as mãos amarradas, para levá-la à boca. Ubach pensou que o rapaz não suportaria e confessaria antes de lamber a colher, como imaginava que a maioria dos acusados submetidos a essa prova devia fazer. Surpreso diante da atitude valente do jovem, Ubach viu que a colher desaparecia de sua vista e afundava na boca do garoto. Uma ação que repetiu três vezes e que causava dor e angústia só de vê-la. Na terceira, o rapaz soltou a colher, que ricocheteou contra uma das pedras que rodeava o fogo e quase queimou a perna de alguns dos homens do tribunal. Com as mãos — porque era evidente que não conseguia articular uma palavra — reclamava um copo d'água. Ofereceram-lhe um em seguida. Não engoliu; fez apenas uns gargarejos para refrescar o interior da boca, os dentes e a língua, então, uma vez encontrado alívio, cuspiu. Depois de alguns minutos, Ubach foi testemunha de um fato excepcional. O *mubesha* e outro integrante da assembleia se levantaram do círculo que tinham formado ao redor do fogo, aproximaram-se do rapaz e o fizeram abrir a boca. Primeiro um e depois o outro a inspecionaram. Não demoraram muito a ditar a sentença.

— O fogo não engana! Pode ir! — anunciou o *mubesha*.

Não houve nenhuma reação por parte do restante da assembleia, que acatou a resolução ditada pelo fogo. Liberaram o rapaz que, ainda com mãos e pés amarrados, fugiu correndo para as tendas.

O *mubesha* se aproximou de Ubach e lhe disse:

— Esse é um homem livre.

— Sim, mas como soube?

— O fogo não engana — repetiu o líder da assembleia. — Após ter colocado a colher na boca e a lambido três vezes, ele não ficou com nenhuma ferida nem chaga. Isso é um sinal inequívoco de que dizia a verdade e de que estávamos enganados. E, agora, será um prazer matar um camelo e compartilhá-lo com você e com os integrantes de sua caravana.

— Bem, agradeço, mas não será necessário. Temos comida e...

— Não pode escolher, devemos receber qualquer pessoa que chegue a nossas tendas como merece, assim diz a lei do deserto.

Ubach pensou que lhe produzia mais satisfação compreender os homens e as razões que os levavam a cometer suas ações do que condená-los por seus atos.

A pérola do Sinai

—Uaaauu!
O grito de Suleiman interrompeu de repente o silêncio e ecoou seco no deserto. Assim o jovem beduíno resumiu o que sentia ao ver pela primeira vez a pérola do Sinai, o *uadi* de Feiran. Disseram-lhe que era o mais maravilhoso, o mais extenso, o mais variado e o mais poético de toda a península. Ao adentrar ali nos lombos de seus dóceis camelos, todos ficaram boquiabertos com a grandiosidade e a majestade da paisagem que já se intuía da entrada. Os flancos do vale se aproximavam e estrangulavam uma estrada onde árvores e arbustos se multiplicavam, junto às diferentes tonalidades de granito que tingiam as rochas das paredes.

Granito branco, vermelho, cinza, pórfiros... O caleidoscópio cromático era de uma beleza tão extraordinária que Ubach custava a encontrar as palavras para descrevê-lo em seu diário de viagem.

No fundo, a única cor que dominava com um forte contraste era o azul do céu e as cristas irregularmente dentadas de uma montanha lendária: o Benat, a montanha das moças. Conta-se que duas moças beduínas não conseguiram se casar com os jovens que amavam e, ao se verem obrigadas a aceitar pretendentes que não eram de seu agrado, antes de violentar seu coração, preferiram fugir e se esconder nessa montanha, onde morreram de fome.

Com exceção de Id, que tinha família, os cameleiros, induzidos por sua juventude, deixaram a imaginação correr à solta com histórias lisonjeiras sobre essas ou outras moças ao longo da travessia por esse *uadi*, que bem podia ter sido o cenário de alguns dos relatos de *As mil e uma noites*. Durante quase uma hora passearam pelos exóticos jardins, dignos do Éden. O rio dava lugar a uma série de plantações de trigo, tabaco, melancia e pepino sob a sombra de majestosas palmeiras, atravessando bambuzais e pisando em um grosso tapete de painço, hortelã e outras ervas aromáticas. Um bosque de tamarindos grossos, altos e espessos, que mal deixavam passar alguns finos raios de luz, engolia a vegetação verde e viçosa.

Os galhos das palmeiras e dos tamarindos se entrecruzavam sem ordem, com total liberdade; reinava uma exuberante anarquia que teria deliciado qualquer jardineiro.

A estrada passava por baixo desse tálamo e o camelo de Ubach abria caminho para a caravana. No início, conseguiam avançar sem dificuldade e, como os galhos que incomodavam eram finos, podiam ser quebrados sem esforço; porém, conforme adentravam mais, toparam com tamarindos com troncos de quase um metro de diâmetro e galhos que não cediam tão facilmente. Algumas pancadas de cabeça e de pescoço do hábil camelo que abria caminho lhes permitiram vencer os obstáculos naturais. No entanto, assim que o animal afastava os galhos para passar, estes voltavam a opor resistência, açoitando com malícia o peito do monge. Em um reflexo, Ubach puxou as rédeas do camelo para detê-lo um pouco e poder afastar os galhos. O animal, porém, não entendeu que devia parar, interpretando o puxão como um sinal para voltar a correr, e assim o fez. Soltou um bramido e saiu como uma alma levada pelo diabo do labirinto de palmeiras. E com isso galhos puxavam o monge do camelo.

— *Ya Mariam el adra!* Virgem Santa de Montserrat! — gritou Ubach ao notar que perdia o equilíbrio e a verticalidade.

A princípio, pensou que fosse uma sorte seus pés terem ficado presos nos estribos de corda, pois assim não cairia, mas imediatamente se deu conta com horror de que essa opção era ainda pior. Dessa forma, o animal corria como um desesperado, com Ubach pendurado de cabeça para baixo, com as pernas para cima entre as patas traseiras. O monge passava a alguns dedos dos troncos robustos dos tamarindos e a não mais que meio palmo dos calhaus que cobriam o leito do rio seco. Só conseguia rezar para que o camelo continuasse em linha reta. Uma simples mudança repentina de rumo do animal e o movimento pendular que descrevia o teria levado a uma morte certa, fosse abrindo sua cabeça como uma melancia contra uma árvore ou espatifando-o no leito seco e pedregoso. Felizmente, o anjo da guarda do biblista voltou a salvá-lo. Um providencial Saleh, que tinha visto o balanço e as sacudidas do padre Ubach enquanto seguia pendurado nos arreios, açulou seu camelo até alcançar o animal desembestado. Puxou a corda para freá-lo e depois estendeu o braço a Ubach para ajudá-lo a recuperar a posição e a dignidade sobre a corcova do camelo, que agora já estava muito mais calmo.

— Está bem, padre? — perguntou o beduíno.

— Sim, Saleh — respondeu o monge.

Não sabia quanto tempo havia passado naquela situação, mas o sangue tinha subido a sua cabeça e já não estava vermelho, mas arroxeado como uma tâmara.

— Teve sorte.

— Sorte?

— Sim, seu camelo é o mais alto da caravana. Sua vida foi salva graças a isso e a você não ser muito alto.

Ubach olhou para trás para ter uma ideia do trecho que tinha percorrido pendurado no camelo e se apavorou. Levou as mãos à cabeça quando dirigiu o olhar para o espesso bosque de tamarindos e arbustos com galhos retorcidos e troncos que sobressaíam da espessa vegetação. Não chegava a entender como não havia saído pior.

— Virgem Santa! Eu renasci! — exclamou.

— Com certeza — reconheceu Vandervorst.

As patas alongadas dos camelos afundavam na areia macia que cobria o chão, e mesmo os cameleiros que iam a pé caminhavam com dificuldade, pois a areia chegava até os tornozelos. Mal entraram nesse prodígio da natureza quando uma melodia e alguns gritos de festa os surpreenderam. A poucos passos, erguia-se um acampamento de tendas pretas. Ubach sabia que os beduínos chamavam essas tendas de *beit sha'ar*, "casa de couro". O motivo era simples: eram feitas, principalmente, de couro de cabra e de camelo. O couro de cabra utilizado para essas tendas era poroso quando estava seco, mas, com as primeiras chuvas, a pele encolhia e se tornava impermeável.

Os árabes beduínos vivem juntos, como um clã. E agora o grupo do padre Ubach se aproximava de um acampamento onde era de se supor que mais de uma família morava. As tendas não se avizinhavam, mas formavam um grande círculo. Na verdade, era um grande redil, pois dentro os rebanhos de cabras ou cordeiros estavam bem-protegidos. Como havia muitas tendas, a caravana dos religiosos passou diante das tendas que estavam mais afastadas do centro do barulho e da gritaria. Do alto do camelo puderam perceber que eram eminentemente familiares, de couro de bode, rústico e grosso, que servia para manter os habitantes abrigados do vento frio e o interior seco. No verão, as laterais eram arregaçadas, levantadas e serviam para dar sombra. Geralmente eram tendas baixas, retangulares, porém muito práticas. As laterais podiam ser enroladas para deixar entrar a brisa ou fechadas hermeticamente quando chovia ou para resguardar das tempestades de areia. Prendiam-nas com paus, e as extremidades do couro eram afixadas com cordas amarradas em estacas fincadas na terra.

Começaram a atravessar o acampamento, que parecia uma aldeia erguida no meio do deserto, até chegar perto de uma tenda em cuja entrada havia uma grande lança cravada no chão, que representava o emblema da autoridade do proprietário.

Foram recebidos por um garoto que estava uma pilha de nervos.

— Sejam bem-vindos! — saudou, com voz aguda, um rapaz magro e vivaz. — Deixem os camelos e os presentes naquela tenda — ordenou aos beduínos que Saleh conduzia enquanto apontava para uma tenda preta que ficava um pouco afastada do restante do acampamento.

Estava claro que o garoto tinha achado que eles eram convidados do casamento que celebravam. Não se atreveram a corrigi-lo.

— Não se distraiam e voltem logo para pegar um bom lugar: o *hagalla* está a ponto de começar. — E correu para a tenda maior, que havia lhes indicado.

Era a tenda de chefe ou xeique, onde se realizava a cerimônia. Seguindo as indicações do intrépido rapaz, desceram dos camelos e os deixaram ir para que pudessem pastar à vontade. Id se ofereceu para ficar vigiando seus pertences.

— Vão, andem — incitou, enquanto movia as mãos como se espantasse moscas.

Ubach, Vandervorst, Suleiman, Djayel e Saleh se apressaram para chegar a uma tenda muito concorrida e abarrotada de pessoas sentadas no chão atapetado do recinto, agarradas nas cordas que pendiam das abas, nas vigas ou sentadas em cima de sacos de grãos. Qualquer lugar era bom para se acomodar e não perder nem um segundo do que estava para começar. As lamparinas que aqueceriam a noite desprendiam uma luz que envolvia a cena com uma auréola que Ubach chamaria de bíblica.

— O *hagalla* é uma das danças mais antigas de nosso povo — sussurrou Saleh. — Uma dança realizada antes da celebração dos casamentos. É muito divertida. Observe, esses homens que estão se colocando em fila são os *kefafin*. Estão se preparando para cantar e bater palmas.

— Sem música? — perguntou Ubach.

— Sim, no começo não há música, mais adiante se unirão os pandeiros, os alaúdes e a percussão. Mas, agora, os homens animam a moça a dançar sozinha com seus cantos e com o ritmo que marcam batendo palmas. Olhe, essa é a *hagalla* — indicou Saleh, apontando para uma jovem vestindo uma túnica longa e com a cabeça e o rosto cobertos por um véu. A dança girava ao redor da moça, que levava o nome da dança.

— É a noiva? — Ubach se interessou pela jovem, que atraía olhares de toda a multidão amontoada embaixo da tenda.

— Sim, é a futura esposa, que se protege com um véu para respeitar sua honra e a de sua família.

A jovem começou a mexer os quadris ao ritmo marcado pelos homens, balançando o corpo e caminhando com passos curtos diante da fila formada por eles, que a animavam com aplausos e canções. Os braceletes que levava nos pulsos e que chegavam até o meio dos antebraços, além de aros no pescoço, em volta da cabeça e nos tornozelos, começaram a tilintar.

— O que dizem exatamente esses cantos? — quis saber Ubach.

Apesar de ter um conhecimento de árabe excelente, custava a entender certas expressões das tribos do deserto, por mais que entendesse o significado geral da mensagem.

— A letra fala da vida da moça. Diz como ela é, o quanto cresceu e que muito em breve será uma mulher linda, uma esposa e mãe maravilhosa, e que o homem que se casar com ela tem muita sorte.

— O noivo está entre o grupo de homens que canta para ela? — perguntou Ubach ao observar que todos os homens que faziam parte do grupo estavam vestidos da mesma maneira: com túnicas brancas imponentes e imaculadas.

— Sim, agora saberemos quem é — respondeu Saleh, com expectativa.

Enquanto isso, a dançarina, com um lenço e um bastão nas mãos, continuava se movendo diante dos homens, envolta pelo tilintar agitado de seus braceletes e aros e pela canção contagiante da multidão. Então parou diante de um dos homens. Agarrou-o pelo braço e dançou um pouco.

— É esse? — perguntou Ubach.

— Não sei, depende.

— Depende do quê?

— Da moça lhe oferecer um de seus braceletes.

A *hagalla* dançava com um dos homens, mas apenas durante um tempo; depois fez o mesmo com cada um dos integrantes do grupo.

Saleh lhe explicou o significado do baile.

— *Abuna*, ao que parece, os homens do grupo de *kefafin* são o pai, os irmãos, o tio e os primos da moça.

Nesse momento, os cantos cessaram porque a moça se deteve diante de um dos rapazes jovens. Obrigou-o a dar um passo à frente e, quando os cantos e as palmas recomeçaram e voltaram a marcar o ritmo, aproximou dele o lenço e o bastão, enquanto dançava saltitando em volta do rapaz. Ao terminar, ajoelhou-se por algum tempo e lhe ofereceu um dos braceletes. O rapaz, o noivo, aceitou-o e, por sua vez, ofereceu-lhe outro bracelete como símbolo de seu compromisso. Aquela era a representação, a encenação, de uma proposta real de casamento. Uma explosão de gritos de alegria com música, agora sim, transformou o ato em uma cerimônia festiva; era difícil não participar nem se contagiar com a farra e a alegria da tenda.

Após esse espetáculo para os sentidos, Saleh explicou a Ubach que a tradição beduína não permitia os encontros e que, portanto, os jovens noivos só podiam trocar algumas poucas palavras antes do casamento. Os pais se reuniam e, se aceitassem, assinavam um contrato diante de um terceiro, e o casal podia se unir. O pai da noiva recebia um dote. Podia ser dinheiro, uma cabra — que valia em torno de setecentos shekels — ou, em função das possibilidades da família, podiam dar um camelo, que custava entre sete e oito mil shekels. O convite para o casamento era feito amarrando um lenço branco flamejante sobre a tenda preta da família da moça. Todos que quisessem podiam comparecer.

A comemoração durava sete dias. E eles haviam chegado no sétimo. A noiva só aparecia no último dia, quando todos os convidados levavam um presente. Homens e mulheres festejavam separadamente. Durante a festa, comiam em abundância e realizavam corridas de cavalos ou camelos.

Decidiram ficar dois dias. Ubach também tinha interesse em fazer anotações e fotografias de um evento que lhe parecia muito similar aos celebrados nos tempos imemoriais e bíblicos.

Nas redondezas do acampamento, em uma esplanada onde eram realizadas as competições, o padre Ubach viu meia dúzia de beduínos treinando um grupo de éguas. Aproximou-se.

— Vocês me deixariam montar em uma?

Os beduínos o olharam e reconheceram o atrevimento do homenzinho pequeno e seco, mas de olhar vivaz.

— Você é quem sabe — responderam.

Sem perder um instante, aproximou-se de um espécime magnífico. Acariciou o pescoço, o peito e o lombo do animal. Preta, com olhos brilhantes e um corpo de graciosidade surpreendente, espantava as moscas que a rondavam movendo as crinas ao vento. Ubach montou, e o animal não o estranhou, justamente o contrário. Esperava a ordem para se pôr em movimento. O padre não demorou muito a dá-la e, algumas vezes a passo e outras a trote, passeou pelo *uadi* como se fosse um xeique. No entanto, o animal notou de repente um esbarrão no ventre, que Ubach havia lhe dado sem querer, com o salto do sapato. A égua empreendeu então uma corrida a galope que o cavaleiro inexperiente e imprudente que a montava não conseguia impedir. Corria desembestada, quando, subitamente, o estribo onde o monge apoiava o pé esquerdo se partiu; sem ter tempo de liberar o pé direito, Ubach quase foi ao chão, e tentou manter o equilíbrio com a perna direita levantada. O animal se deu conta de que o cavaleiro estava a ponto de cair e parou imediatamente. Dois beduínos foram auxiliá-lo e o pegaram pelos braços, enquanto um terceiro agarrava as rédeas e dizia a Ubach:

— Viu como ela parou? Isso demonstra que essa égua é puro--sangue.

Enquanto Ubach recuperava o fôlego, Joseph Vandervorst tinha assistido meio escondido a uma espécie de ritual que, paralelamente, os homens realizavam em outra tenda. Lá, Vandervorst ratificou que seu amor pela divindade era bastante terreno. Estava prestes a descobrir o que seria para ele sua pérola do Sinai. Era Mileia, uma dançarina profissional que realizava outro tipo de dança. Estava descalça. Vestia uma túnica ajustada, do qual só se entreviam algumas partes de seu corpo. Tinha a testa adornada com pedrinhas brilhantes que chegavam até a curva do nariz. Os olhos eram ressaltados graças a um fino traço de *kohl*, o pó vegetal que embelezava seu olhar enigmático. Os braços estavam cobertos até o pulso de braceletes que tilintavam em perfeita sintonia com o adorno que se via no tornozelo. Posicionou-se com a cabeça baixa no meio da tenda, imóvel. Esperava o sinal.

O tinido das platinelas de uma espécie de pandeiro, o *daf*. Clinc, clinc. E, depois, o som seco que fazia a palma da mão quando batia, indistintamente, no couro de cabra esticado sobre o *derbak*, o instrumento de percussão mais importante, e na madeira que marcava o ritmo. Dum-tac-tac e dum-dum-dum-tacadum-taca-tac-tacadum. Ouviu os primeiros compassos, e, como se tivesse acabado de despertar de um sono profundo, Mileia começou a se mover aos poucos. Começou a se contorcer delicadamente.

Sua intenção era que seu corpo desenhasse um oito muito sugestivo com os quadris. Começou com o direito, que movia para baixo e ao redor de seu eixo, e depois fez o mesmo com o esquerdo. O mecanismo desses movimentos era o seguinte: primeiro deixava cair um quadril para um lado, e baixava em seguida o que havia ficado acima. Logo, o que estava abaixo subia.

Mileia enfatizava os movimentos de subida dos quadris, e ela mesma gostava de se contemplar. O som sinuoso e inebriante do *derbak* e do *daf* acompanhava o jogo sensual dos quadris até completar o desenho de um oito no ar cada vez mais quente da tenda. Depois de marcar a coreografia, caminhou. Mileia transformou um movimento simples e natural dos quadris ao caminhar em um espetáculo muito atraente para os olhos da dúzia de homens que a observava. Diante de tal espetáculo, tremiam, e a umidade no interior da tenda era tão grande que o suor grudava as túnicas nas costas e nos torsos molhados. Como se fosse uma serpente, Mileia se embrenhou entre os homens que a observavam, entre eles Vandervorst. O belga olhou em volta e percebeu que eles despiam a dançarina com o olhar. Também constatou que ela, consciente do efeito que causava e das paixões que despertava, deixava-se levar e abria caminho com a música a golpes de quadril, com movimentos impudicos e serpenteantes com a mão esquerda apoiada na cintura e contorcendo o outro braço, praticamente insinuações. Dobrava o corpo para um lado, inclinava-se para o outro, enquanto abria a boca como se suspirasse de prazer. Agora Mileia passava na frente dele. Vandervorst se sentiu incomodado e tentado a sair da tenda e ir embora. Mas não o fez. Ela deve ter notado alguma vibração ou sensação, pois parou diante dele, respirando ruidosamente, olhando-o fixamente e sem deixar de balançar o corpo. Seu estado de agitação havia aumentado, ele suava e seu coração batia — dum-dum-dum-tacadum-dum — com mais força que o *derbak*. E agora Mileia estava muito perto, ainda mais. Sentiu seu hálito quente, o roçar de sua túnica, o calor de sua pele escura e o cheiro doce que ela exalava. Em outro momento de sua vida, o jovem sacerdote teria fechado os olhos, porém optou por mantê-los bem abertos, para não perder nenhum detalhe do espetáculo. Ela o observou com seus olhos negros e brilhantes, e Vandervorst não conseguiu sustentar o olhar.

Fechou os olhos, mas depois de alguns segundos estendeu as mãos para tentar roçar aquela túnica. Quando os abriu, ela já fugira para longe de seu alcance. Olhou para as mãos e fechou os punhos, apertando os lábios em sinal de impotência. Pela segunda vez, pensou que seria melhor sair dali. No entanto, novamente, decidiu ficar e continuar olhando. Ficou para ver que, depois de inebriar todos os homens presentes na tenda, Mileia parou diante de um deles — que mais tarde se saberia que era quem a havia contratado — para lhe oferecer um de seus braceletes. A dançarina fez uma reverência para ele, uma genuflexão, para lhe dar a joia e, com quatro dum-dum-dum-duns e dois tinidos, pôs um ponto final à dança. Para o padre Vandervorst, a dança foi mais um passo em sua particular travessia pelo deserto da fé; a dançarina o havia levado a graus impensáveis de agitação, a lugares aonde nem ele próprio sabia que podia chegar.

O código de hospitalidade

Ninguém esperava. Aconteceu no dia seguinte ao do casamento, pela manhã, enquanto recolhiam a bagagem e se preparavam para retomar a viagem. Ubach e os cameleiros se despediram dos noivos, da tribo que os havia acolhido e devotado um tratamento delicado e uma hospitalidade generosa que nunca tinham visto antes, convencidos de que a hospitalidade do beduíno era única. Essa recepção aos estrangeiros dificilmente podia se comparar à dispensada por qualquer outra cultura, e sem dúvida era impossível ocorrer no Ocidente, onde todos desconfiam dos forasteiros. Vandervorst, com a desculpa de colher uma flor para seus estudos de botânica, se desviou para a tenda onde Mileia estava. Queria se despedir como Deus manda. Entrou e, com muita delicadeza, afastou uma das cortinas que separavam a entrada do cômodo principal.

— O que você está fazendo aqui? — perguntou ela, sem se surpreender ao vê-lo.

Havia acabado de se levantar e penteava o cabelo. Era um doce combate, um espetáculo digno de se ver, um estica e puxa entre os cabelos cacheados e o pente governado por suas mãos bordadas com tatuagens de hena, adornos e incrustações douradas. Vandervorst ficou maravilhado ao ver a longa, cacheada e rebelde cabeleira negra que, no dia anterior, não imaginava que se escondesse presa pelos lenços e véus que envolviam sua cabeça.

— Desculpe. Não a incomodarei muito — apressou-se a dizer Vandervorst.

— Não, não se preocupe, sua presença não me incomoda de jeito nenhum, justamente o contrário — respondeu Mileia com um sussurro, e continuou desembaraçando a cabeleira com uma delicadeza digna da suavidade de seus cabelos, que pareciam impossíveis de domar.

— Estamos partindo. — E apontou para fora da tenda. — E, antes de ir, queria lhe dizer...

— O que queria me dizer? — interrompeu-o em um tom de voz quente, dirigindo-lhe um olhar que perturbou ainda mais o jovem sacerdote.

— Acho... Acho que você é a mulher mais bela que já pisou nessa Terra.

— A mais bela? Como sabe? Conheceu muitas outras mulheres? — quis saber a dançarina.

Parou de desembaraçar os cabelos, levantou-se e ficou diante de Vandervorst. Vestia apenas com uma diáfana túnica branca de algodão. Os raios de sol mornos que entravam na tenda permitiam seguir a silhueta perfeita das insinuantes curvas de seu corpo.

— Não, na verdade, você tem razão. Não conheci muitas mulheres, para não dizer nenhuma — admitiu Vandervorst. — Mas tenho certeza de que nem sequer um pretendente que oferecesse todas as riquezas de sua casa para obter seu amor estaria à altura de consegui-lo.

— Por quê? — quis saber a moça, curiosa após ouvir uma afirmação tão contundente.

— Porque não há no mundo dinheiro nem riquezas suficientes ao alcance de qualquer homem que possam igualar sua beleza, e querer comprá-la seria um insulto a você.

Esse comentário tocou o coração de Mileia.

— Você me adula com suas palavras honestas e sinceras — respondeu, levando a mão ao peito, no lado do coração, que batia inusitadamente rápido.

— Não consigo acreditar que não esteja acostumada a receber os elogios de seus admiradores. Certamente a adulam e adoram com todo tipo de lisonja.

— Não... — E baixou a cabeça. — Você está muito enganado. Os elogios, as lisonjas, os louvores... Tudo que recebo é em vão. Suporto uma severa condenação: danço para os homens sabendo que aspiram a passar a noite comigo e que sonham com isso, mas sei que nunca poderei estar com nenhum deles.

— Por quê? — Vandervorst estranhou ao pensar que uma mulher como Mileia pudesse estar condenada a viver sozinha por toda a vida. — Quem diz que isso tem de ser assim? Quem lhe impôs essa pena?

— É uma história muito longa e não conseguirei explicá-la agora que o esperam para ir embora...

Um grande barulho vindo de fora, do acampamento, interrompeu de repente a conversa. O ruído vinha de uma multidão, uma turba gritando, correndo, dando a impressão de estar envolvida em uma briga, embora fosse justamente o contrário. A gritaria havia sido provocada pela chegada de um rapaz com a camisa esfarrapada e ensanguentada ao acampamento.

— Ajudem-me, ajudem-me, por favor! — gritou desesperadamente, enquanto os integrantes da tribo o rodeavam. Ubach e os cameleiros fizeram o mesmo.

Vandervorst e Mileia saíram da tenda, movidos pela curiosidade, e se uniram ao grupo.

— Querem me matar! Querem me matar! — repetia, gritando insistentemente.

— Acalme-se! Você está ferido? — perguntou o chefe da tribo beduína. — Quem lhe deseja tanto mal a ponto de querer matá-lo?

— A família da mulher que amo e todo o acampamento. Já me torturaram — e tocava o peito e os braços, que estavam ensanguentados e cobertos de pancadas —, mas, em um momento de descuido dos vigias, consegui escapar. Agora me perseguem e peço, por favor — ele caiu de joelhos, implorando ao líder do acampamento —, que me ajudem.

O xeique passou a mão pelo queixo, olhou para o rapaz que lhe pedia ajuda, e não demorou muito para dar uma resposta.

— É óbvio que pode ficar. Nós o acolheremos.

O rapaz se lançou a seus pés para beijá-los.

— Obrigado, senhor, muito obrigado... — disse o jovem, inclinando-se para agradecer a seu salvador.

O xeique, no entanto, não o permitiu. Segurou-o pelos ombros, fez com que se levantasse e, olhando-o nos olhos, advertiu:

— Você é bem-vindo e será bem-recebido, mas... — Fez uma pausa, ergueu a mão direita e, segurando o dedo mínimo com o polegar, marcou o tempo que ele podia ficar no acampamento. — Só por três dias. Assim diz o código de hospitalidade e terá de respeitá-lo, certo?

O rapaz, que já não sorria, assentiu com a cabeça.

— Mehmet! — gritou o xeique.

Do interior da tenda saiu um homem que se colocou às suas ordens.

— Senhor?

— Providencie que não lhe falte nada.

— Sim, senhor. — Fez uma reverência com a cabeça; depois se dirigiu ao jovem fugitivo: — Acompanha-me?

Os dois homens se afastaram, as pessoas começaram a se dispersar, e Ubach, que conhecia alguns costumes beduínos, admitiu que aquele lhe fugia. Não hesitou em perguntar a Saleh.

— Eu não conhecia esse código — admitiu. — É uma mistura de generosidade e honra.

120

— Isso mesmo, *abuna*. Qualquer viajante que chegue à tenda do mais rico ou do mais pobre dos árabes beduínos sabe que será bem-recebido e alimentado durante três dias antes que alguém lhe pergunte quem é e o que quer.

— E imagino que violar essas leis de hospitalidade seja uma grande desonra.

— Não apenas isso. Segundo essa lei não escrita que todo beduíno conhece, todos têm o direito a ser protegidos enquanto permanecerem em suas tendas.

— E a família da garota e os que o perseguem? — quis saber Ubach.

— Os perseguidores terão de respeitar a inviolabilidade do lar beduíno. Caso contrário, poderiam originar conflitos e brigas ou até confrontos graves entre tribos. Não conheço nenhum caso, mas sei que os beduínos são um povo de tradições, e tradições devem ser respeitadas — assegurou Saleh.

Antes de ir embora, entretiveram-se um pouco mais no acampamento. Ubach preparava sua bagagem, caixas e pacotes, recolhia seus pertences e revia mentalmente a cena que havia acabado de presenciar quando notou que lhe davam tapinhas nas costas. Virou-se e se surpreendeu ao perceber quem o chamava.

— *Abuna*, deixe-me ir com você — pediu o rapaz que há apenas alguns instantes havia solicitado resguardo e proteção ao chefe do acampamento e que tinha desaparecido com um dos serviçais do xeique no interior da tenda.

— O quê? — indagou, perplexo, o padre Ubach.

— Por piedade, eu lhe imploro. — E voltou a se ajoelhar em um gesto igual ao que fizera antes ao apelar para o código de hospitalidade diante do xeique. — Vi que estavam prestes a partir, então, assim que me livrei do serviçal, vim correndo porque não sabia se ainda o encontraria ou se já teria ido.

— Sinto muito, rapaz, mas não pode vir conosco — respondeu Ubach com firmeza.

— Mas, *abuna*, deixe que o acompanhe pelo menos até o Sinai, depois eu me viro. Imagino que estejam indo para lá.

— Sim, exatamente — confirmou o monge.

— Preciso que me aceite em sua caravana. É uma questão de vida ou morte.

— Mas, rapaz, não estou entendendo — respondeu Ubach em um tom seco e azedo. — Há apenas um instante, todos presenciamos sua chegada, sua história comovente e seu pedido. Aceitaram-no, e pode ficar aqui três dias, e agora quer ir embora? — perguntou Ubach erguendo as sobrancelhas por cima das lentes redondas dos óculos. — Qual é o sentido de tudo isso? Pode me explicar?

— Se permitir que me una a sua caravana, *abuna*, ganharei tempo. Assim, quando meus perseguidores entrarem no acampamento dentro de três dias, eu terei bastante vantagem sobre eles. Além disso, o que vou fazer depois, ao ter expirado o período que o código de hospitalidade me concede, completamente sozinho no deserto? Não sobreviverei.

— Ah, entendo. Quer despistar seus perseguidores. E, quando chegar ao Sinai, o que pensa em fazer?

— Não sei, *abuna*, logo pensarei em algo, ou me oferecerei para trabalhar como carregador ou peão para alguma das caravanas que param aos pés da Montanha Sagrada — explicou o rapaz com a cabeça baixa sob o atento olhar do monge.

Ubach respirou fundo e pensou que não podia recusar. Sua obrigação era ajudar a quem pedisse. Se não o fizesse, teria durante a vida inteira um peso na consciência, e o remorso por não ter prestado auxílio a uma pessoa necessitada o perseguiria.

— Tudo bem, pode vir conosco, mas terá de ir a pé, junto aos beduínos; não há montarias para todos.

— Que Deus o abençoe, *abuna*, muito obrigado! — E começou a lhe dar beijos, primeiro nas sandálias empoeiradas e em seguida nas mãos.

— Levante-se, rapaz, levante-se. Não precisa... — pediu Ubach com insistência. — Vamos logo. — E Ubach chamou o restante da caravana para contar a novidade. — Aliás, como se chama?

— Mahmud. — Ele pronunciou seu nome com um sorriso de satisfação.

Enquanto isso, do outro lado do imenso oásis de Feiran, estavam acampados os beduínos que, como eles, iam para a Montanha Sagrada. Avançavam de maneira muito mais custosa: sem camelos, a pé e carregados como mulas, começavam a reunir forças. Um deles, no entanto, se deu conta de que um dos companheiros, que tinha se unido ao grupo em Porto Tawfik, já não se encontrava com eles. A terra parecia tê-lo engolido.

Dois príncipes

O Sinai é como a montanha de Montserrat. Um maciço de rochas de granito alaranjado, bastante isolado dos profundos e selvagens rios intermitentes. Grandioso, sublime e encantador. O Sinai se apresenta sem mirantes nem contrafortes, com os lados arredondados sulcados de precipícios e penhascos; coroado com ameias gigantescas, escarpas e picos como se fosse uma grande fortaleza, um castelo inexpugnável erguido em meio à extensa planície de Ar Raha. Esse era o espetáculo que a natureza lhes oferecia e que os homens da caravana bíblica pararam para contemplar.

— É a montanha da revelação, a Montanha Santa, a Montanha da Lei, a Montanha de Moisés. É a montanha escolhida por Deus para estabelecer a aliança perpétua com seu povo. Dessa tribuna gigantesca, o Eterno legislador promulgou sua Lei.

Ubach conversava com a montanha, encantado e em êxtase. Contemplava o maciço que se erguia no meio da planície onde, de qualquer um de seus recantos, podia-se ver o topo coberto de uma espessa névoa e, de vez em quando, os resplendores deslumbrantes dos raios que caíam.

Para subir ao topo da montanha, onde, segundo a tradição, Moisés recebeu as Tábuas da Lei, Ubach e o restante da caravana atravessaram toda a planície ao passo indolente dos camelos em direção aos pés do imponente maciço. Lá ficava o Mosteiro de Santa Catarina.

Cruzaram um frondoso bosque de choupos, depois contornaram as margens de algumas hortas e jardins. Amendoeiras, figueiras e outras árvores frutíferas cresciam junto às filas de ciprestes, sempre presentes ao lado dos mosteiros gregos. Depois de atravessar um pequeno leito seco, pedregoso e arenoso, começaram a subir por uma rampa curta que os conduziu a uma grande porta. Era curioso ver ali um grupo de árabes, sentados ao lado de seus camelos, ou às paredes do mosteiro. Levantaram-se e se aproximaram para receber os cameleiros.

Cumprimentaram-nos com uma acentuada reverência e então se juntaram em um caloroso abraço, acompanhado de um beijo.

— Que a paz esteja com você — disseram uns aos outros, e gestos de alegria e efusividade se espalhavam entre todos os beduínos congregados diante das portas do mosteiro, que estavam fechadas.

Depois dos cumprimentos, Saleh fez os camelos se agacharem com a ajuda de Suleiman; e Id e Djayel bateram à porta. Enquanto esperavam que o monge porteiro aparecesse, aconteceu algo que Ubach não acreditava ser possível presenciar. A cena ocorria a alguns metros de onde esperavam, acompanhada pelos gritos das pessoas que acessavam o mosteiro como se fazia antigamente. Ubach e Vandervorst se entreolharam e conseguiram ler seus pensamentos, que o belga verbalizou.

— Espero que possamos entrar por essa porta — disse, apontando para a que estava fechada diante deles —, e não por aquela.

Indicou uma janela estreita que havia no meio da fachada da parte oriental da muralha. Justamente por lá, fazendo malabarismos e exercícios de ginástica e equilibrismo, os monges entravam no mosteiro em outros tempos. Houve uma época em que a única porta do local estava murada e se abria somente quando vinha o patriarca de Constantinopla. Era preciso entrar por uma janela alta das muralhas. Esse costume, que acreditavam abolido, ocorria diante de seus olhos. Um a um, içavam os peregrinos por uma corda que dois monges fortes e robustos atiravam de cima. Ubach pensou que seria preciso ser realmente valente, pois os peregrinos podiam ser de constituição magra e frágil, como o padre Vandervorst, ou pessoas com boa saúde, como Id, seu cameleiro. O espetáculo provocava certa animação entre os beduínos que acompanhavam a subida; também entre os seus, que assobiavam e batiam palmas. A animação foi interrompida de repente por uns gritos de consternação. Os berros aumentaram, porque um dos beduínos que era içado perdeu o equilíbrio e ficou pendurado no meio do caminho. Não podia continuar nem para cima nem para baixo.

— Virgem de Montserrat! — E o padre Ubach se benzeu.

— Mas por que não esperam que abram a porta para entrarmos todos juntos? — perguntou Vandervorst.

Id, Djayel, Suleiman e Saleh correram ao local do acidente. Os monges que esperavam o beduíno tentavam animá-lo, mas os gritos de angústia de seus companheiros abaixo afetavam mais seu ânimo, esgotado por realizar um esforço com o qual não estava acostumado. Seus braços e suas mãos, suadas, estavam rígidos. Em um momento de fraqueza, ele escorregou e rolou pela parede da muralha com tanta falta de sorte que caiu de barriga para baixo, bateu com a cabeça no chão e a abriu. A comoção entre os beduínos e o restante das caravanas de peregrinos foi imensa. Nesse instante, um ruído de ferrolho, surdo e profundo, distraiu Ubach da trágica cena que tinham acabado de contemplar. O monge porteiro saía para abrir a porta para eles, praticamente sem se alterar pelo que acontecia na fachada oriental da muralha.

— Não vamos ajudar aquele homem com o ferimento mortal?

— Não se preocupem, é muito frequente; não é um caminho seguro, mas... — reconheceu o monge, dando de ombros.

— Mas como? Por que permitem isso? Não são seus próprios monges que lançam a corda da janela? Que a fechem e evitarão desgraças como essa — propôs Ubach.

— Olhe, padre, é melhor deixarmos como está — advertiu o porteiro. — Já tentamos isso e foi inútil. Quase assaltaram as muralhas do mosteiro.

— Por quê?

— Porque seguem a tradição e não querem renunciar a ela — explicou com uma expressão de indignação. — Sempre foi assim e continuará sendo.

Ubach e Vandervorst balançavam a cabeça sem entender nada. Mas não havia nada que pudessem fazer, só restava aceitar — e assim o fizeram — que os beduínos estavam decididos a perpetuar a tradição de seu povo, que, como o dele, também seguia e respeitava as celebrações e as manifestações dos antepassados.

— A comunidade está terminando de jantar; o arquimandrita Macarios os receberá — avisou o monge porteiro.

— Trazemos uma recomendação do Excelentíssimo e Reverendíssimo Senhor Arcebispo do Sinai — anunciou Ubach, entregando-lhe um envelope empoeirado que levava dentro do bornal.

O monge porteiro o observou com atenção e, depois, muito afável, convidou-os a entrar. Iam atravessar a porta, mas não conseguiram evitar olhar para o lugar onde o homem havia caído de cabeça. Lamentações e preces eram as únicas coisas que ouviam da multidão — entre a qual também se encontravam seus cameleiros —, que se concentrava em volta do corpo sem vida do beduíno.

As lamentações e as preces soavam tão altas que o som os acompanhou inclusive depois de atravessarem mais duas portas maciças, que, apesar de estarem reforçadas com ferro, como a primeira, eram separadas por apenas alguns metros. Ubach se preocupava mais por não ter feito nada nem pela vida nem pela alma do pobre beduíno que com o barulho no exterior. No entanto, depois tentou se convencer de que não teria podido fazer nada pelo primeiro e muito menos pela segunda.

Subiram pela rampa estreita de um corredor totalmente lajeado que conduzia à parte da frente da basílica. Após virar à esquerda e subir umas escadas seguindo o monge porteiro, chegaram a uma sala pequena, um saguão mobiliado ao estilo oriental.

— Xemmás Macarios os receberá em seguida — anunciou o monge porteiro. — Enquanto esperam, seguindo o costume dos mosteiros gregos, posso lhes oferecer algo para refrescar que os ajudará a recuperar as forças.

Depois que pronunciou essas palavras, entraram na sala dois monges com duas bandejas. Em uma havia alguns copos de água fresca enfileirados, com sua tacinha de aguardente correspondente, e alguns copos cheios de *glico*, uma espécie de geleia, com umas colherinhas. Vandervorst virou-se para Ubach com curiosidade e lhe perguntou com o olhar: "Como se come isso?" Seu companheiro sorriu, pegou uma das colherinhas e lhe indicou com um gesto que o imitasse. Mergulhou a colherinha em um dos copos para tirar um pouco de *glico*, colocou-a na boca e, após engolir, refrescou-se com uns goles de água fresca; logo, ergueu a tacinha de aguardente. Vandervorst imitou cada um dos movimentos de Ubach, que já se servia da segunda bandeja, onde havia um pouco de café forte e adoçado que os ajudou a recuperar as forças.

Terminavam o café quando o arquimandrita entrou. Uma vez feitos os cumprimentos e as reverências de praxe, a conversa girou em torno da origem deles, do motivo da viagem e pouca coisa mais.

Os monges os conduziram à área de hóspedes, o *xenodochion*, um cômodo obrigatório em qualquer mosteiro grego, que servia para acolher os forasteiros, fossem peregrinos, viajantes ou estudiosos. Era uma longa galeria com uma balaustrada de madeira, encravada na parte mais alta do lado norte do mosteiro, onde se abriam de um lado a outro várias portas diferentes intercaladas com janelas. Uma dava luz à cozinha; outra, ao refeitório; as outras três ou quatro, às celas. Com paredes brancas e teto de madeira, sem serem luxuosas nem elegantes, as celas possuíam tudo que era necessário e imprescindível, ou seja: uma cama, uma cadeira, um cabide que servia para pendurar a roupa, um lavabo, uma mesinha e, em cima dela, pendurado na parede, um ícone grego da Mãe de Deus. Do teto pendia uma lâmpada que chegava até a imagem e, como ardia durante a noite inteira, a mantinha iluminada, o que dava ao cômodo uma atmosfera de profundo misticismo. Após dar graças a Deus por terem chegado sãos e salvos ao pé da Montanha Sagrada, Ubach adormeceu. E dormiu a noite inteira como uma pedra, o que não era de se estranhar depois de tantos dias — ou melhor, tantas noites — pernoitando ao ar livre com o chão como colchão e uma pedra como travesseiro.

Na manhã seguinte, abriu os olhos... "Se essas paredes, se essas construções, essas pedras que fazem parte do complexo do mosteiro pudessem falar, quantas coisas nos contariam, quantas surpresas poderiam nos revelar desde que o imperador Justiniano fundou o mosteiro", pensou Ubach deitado na cama. De fato, embora ele ainda não soubesse, nesta manhã, em sua visita ao mosteiro, esperava-o mais de uma surpresa.

Desde que o admitiram na caravana, não falava com ninguém nem dizia quase nada. Embora Mahmud passasse praticamente despercebido, quase como se não estivesse lá, Saleh não o via com bons olhos. Observava-o com receio, com um pouco de desconfiança. Havia em Mahmud algo que não lhe agradava, mas não sabia o que era. Não tinha nenhuma evidência nem prova que atestasse sua opinião, mas os olhos dele não lhe transmitiam confiança. Era como se já tivesse visto esse homem antes, como se sua fisionomia lhe fosse familiar; porém, por mais que buscasse em suas lembranças, não encontrava a imagem de Mahmud.

Quando os monges entraram no Mosteiro de Santa Catarina e se uniram aos outros beduínos que acampavam nos arredores do lugar, Saleh se aproximou para tentar obter alguns esclarecimentos. Na hora em que a maioria dos beduínos se concentrava no homem que tinha aberto a cabeça ao cair da janela, Saleh notou que Mahmud o observava de longe, embaixo de uma acácia, fumando.

— Bem, e agora que já está aqui, o que pensa em fazer? Para onde irá? — perguntou-lhe. — No deserto não há muitos lugares onde se esconder. Sabe que cedo ou tarde o encontrarão, não?

Mahmud o encarou, esboçou um sorriso malvado e pensou como seria fácil se lançar em seu pescoço enquanto tirava uma adaga do cinturão e a cravava depois de obrigá-lo a confessar. Quando conseguiu reprimir e controlar o impulso assassino, contra-atacou:

— Imagino que esteja dizendo isso, que no deserto não há nenhum lugar para se esconder, por experiência própria.

— Não preciso me esconder nem fugir de ninguém — reagiu Saleh, incomodado.

— Tem certeza de que não esconde nada? Não está mesmo fugindo de ninguém? — perguntou, com malícia, Mahmud.

— Certeza absoluta, mas você não pode dizer o mesmo. — Começava a se lembrar dele. — Você, Mahmud, ou como quer que se chame, fazia parte da caravana de beduínos que vinha atrás de nós, que transportava tonéis e sacos nos braços, certo? Lembro-me de nos encontrarmos no oásis de Feiran. Sim, acho que sim. Não estou enganado, não é?

— Você é bastante observador, felicito-o — disse com um tom de ironia e insolência que Saleh achou insultante.

— E por que inventou toda essa história de que estava sendo perseguido quando apareceu no acampamento? O que pretende? O que você quer?

— Só queria estar perto de você. — E deu a última tragada no cigarro antes de amassá-lo no chão.

— Perto de mim? — questionou Saleh, achando estranho. — Por quê?

— Porque você está com uma coisa que não lhe pertence, e eu, em nome dos Guardiões, devo recuperá-la antes que seja tarde demais.

— Eu o quê? E em nome de quem diz que deve recuperar o quê? — perguntou em um tom cada vez mais alto. — Tudo que tenho é legitimamente meu e o ganhei. Não tenho nada a esconder e muito menos algo que você deva recuperar. Não sei o que diabos está tramando!

— Vamos, Saleh! Já chega de farsas! Não finja que não sabe do que estou falando. Comigo, não! Não vim do Cairo até esse canto do deserto por nada. Você está com o pacote com as túnicas que seu tio Abdul devia nos ceder. Um pacote que depois da explosão no café desapareceu misteriosamente, quase no mesmo dia em que você desapareceu. Veja que coincidência. E agora vai me dizer onde o esconde, por bem ou por mal. Está entendendo? — ameaçou-o, e desembainhou uma adaga afiada que levava escondida sob a roupa.

— Pois temo que terá de ser por mal — retrucou Saleh, aproximando a mão da adaga que pendia da corda que rodeava sua cintura.

Desde o começo da conversa, Saleh sabia que o homem estava atrás das túnicas. Agora sabia por que lhe causava tão má impressão. Entendia por que seus olhos não lhe transmitiam confiança nem franqueza. Estava prestes a arriscar a vida pelo conteúdo do pacote, por umas túnicas cuja importância não entendia.

Mahmud avançou, agachou-se para pegar um punhado de areia e o jogou no rosto de Saleh, que não previu essa manobra traiçoeira e não conseguiu se desviar dos pequenos grãos, que o cegaram, nublando sua vista em seguida. A única ideia que teve para ganhar tempo foi se lançar rolando contra as pernas de Mahmud para tentar derrubá-lo. Não teve sorte, pois, com um movimento do quadril, rápido e ágil, Mahmud se afastou e desviou o ataque, e Saleh rolou ladeira abaixo até um buraco cheio de pedras que cravaram em suas costas.

Com dificuldade para enxergar e uma dor dos diabos, Saleh estava perdendo. Ouviu Mahmud, que gritava como um possesso, descendo pelo terreno, o lado direito de uma colina, coberto de pedras que se desprenderam dos cumes. Sem vê-lo, Saleh se levantou com a adaga na mão. Esfregava os olhos, mas isso era pior, pois com a queda também tinha areia e poeira nas mãos. Apesar de arderem, tentou abri-los e fechá-los, mas não conseguia ver nada. Desesperado, virou o olhar turvo e perdido na direção de onde provinham os gritos da raiva enlouquecida de Mahmud e esperou sua investida. Veio para cima dele com a adaga no alto, mas errou a pontaria, Saleh se protegeu com os braços cruzados diante do rosto, e os dois rolaram colina abaixo. Qualquer um podia se sair mal, gravemente ferido, desse embate. Saleh notou que a lâmina afiada da adaga de Mahmud rasgara sua roupa e logo sentiu o toque frio do metal na caixa torácica, na altura da cintura. Remexeu-se como pôde para desviar a punhalada, mas não era fácil porque Mahmud o agarrava enquanto continuavam rolando montanha abaixo. De repente, em um desses tombos e cambalhotas, Saleh conseguiu se livrar de Mahmud, abriu um pouco os olhos e se agarrou a uma raiz robusta e grossa que sobressaía do precipício.

Mahmud continuou despencando até o fundo. Com a visão praticamente recuperada, Saleh o viu bater as costas contra uma parede de rochas pontudas, mas, como se isso não tivesse lhe causado nenhum dano, Mahmud se levantou e, segurando a arma entre os dentes, começou a subir engatinhando até onde Saleh estava pendurado. Esperou-o, e, quando estava bem perto, Saleh cravou a adaga no peito do adversário, afundando-a até o cabo. A dor que os olhos e o rosto de Mahmud refletiram ao cair de joelhos diante do beduíno não podia ser mais eloquente. Era a expressão de quem não esperava ser vencido e que agora cuspia juramentos, maldições e sangue, muito sangue. Uma vez no chão, Saleh teve de colocar o pé no peito dele para fazer força suficiente para puxar sua mão e arrancar a adaga. Tinha conseguido cravar tão profundamente que a arma havia ficado presa entre duas vértebras e extraí-la foi uma tarefa complicada e dura. Precisou se agachar e fazê-lo com todas as suas forças. Enquanto o homem que os Guardiões enviaram via pela última vez a luz do sol do deserto, Saleh lutava e sujava a roupa de sangue para tirar sua adaga do corpo que jazia sem vida sobre as pedras de um seixal que assistiram mudas a essa morte em autodefesa. Saleh sabia que ninguém sentiria falta dele e que, chegado o momento, poderia explicar isso ao padre Ubach. Depois de enterrá-lo sob um monte de pedras e rochas, Saleh subiu o despenhadeiro que tinham descido a empurrões e tombos, retornando para a esplanada onde os demais beduínos esperavam pacientemente ao redor do fogo preparando um chá, um café, fumando e contando histórias.

Enquanto acabava de almoçar com o padre Vandervorst no pequeno refeitório (algumas fatias de pão com arenques e um pedaço de queijo, acompanhado de café adoçado), Ubach se impacientava.

— Antes de fazer a excursão para subir ao topo da montanha, tenho muita vontade de consultar os documentos e os livros da biblioteca, e reconheço que também espero com impaciência poder acessar a basílica para contemplar a sarça ardente.

— Deus os guarde. Bom dia, irmãos! — disse uma voz grave, que ecoou atrás deles dirigindo-lhes um cumprimento fraternal.

Os dois monges viraram primeiro para saber quem os cumprimentava e depois para devolver afetuosamente o cumprimento, e se depararam com um religioso que morava no mosteiro. Vestia uma espécie de blusa azul que chegava até a metade da perna e um cinto largo que apertava sua cintura, e usava um desses gorros cilíndricos que tanto gregos quanto sírios costumam usar para cobrir a cabeça.

— Meu nome é Theoktistos. O arquimandrita Macarios me enviou para que lhes sirva de guia por nossa casa. Pensei que talvez desejassem começar a visita pelo cemitério.

A oferta matutina que o monge fazia foi recebida de maneiras muito diversas. O padre Ubach a achou muito tentadora, como demonstrava o brilho de seus olhos; o padre Vandervorst, no entanto, que já percebera que o monge de Montserrat se animava, achou-a bem pouco atraente.

— Veremos o monge Stéfanos? — perguntou Ubach, com deleite.

— Obviamente! — respondeu o anfitrião. — Querem me seguir?

Ubach terminou a xícara de café, saltou da cadeira e beliscou o braço do jovem sacerdote belga, que manifestava grande desinteresse.

— Venha, não se faça de rogado, estão nos esperando — praticamente ordenou Ubach.

Reclamando baixo e a contragosto, Vandervorst seguiu o grego e o monge de Montserrat, que iam meia dúzia de passos à frente.

O cemitério ficava fora do mosteiro, do outro lado da praça, dentro dos jardins frondosos que cercavam a basílica. A construção era branca e possuía uma cerca de ferro grossa guardada por duas imagens de pedra que representavam dois anjos. Com as grandes chaves que levava penduradas no cinto, Theoktistos abria as portas. Ele introduziu uma das chaves em um buraco enferrujado e com ambas as mãos a fez girar para conseguir que a porta se abrisse. Não cedeu de primeira. Teve de fazer bastante esforço. Inicialmente, fez um jogo suave com o pulso e depois empurrou com a mão. Ouviu-se um clac e a porta se abriu com um gemido longo e agudo, um chiado que deixou Vandervorst arrepiado.

— É verdade que não entramos muito frequentemente — reconheceu o grego. — Mas devo falar com o monge encarregado da manutenção porque um pouco mais e talvez a chave se quebrasse, e ela é insubstituível — disse, mostrando-lhe que havia ficado um pouco torta. Imediatamente, com um gesto de mão, convidou o padre Ubach a entrar.

Fascinado, Ubach respondeu ao convite de Theoktistos e logo entrou no grande salão, seguido por Vandervorst. Era um espaço frio e tenebroso, dividido em dois compartimentos e precedido por uma espécie de vestíbulo. Atrás da porta que dava acesso a essa área, em um canto da parede e em posição proeminente, estava o corpo mumificado de um homem vestindo um hábito.

— É... É ele? — perguntou Ubach com certa veneração, erguendo o queixo para onde estava o esqueleto vestido.

— Sim, é o monge Stéfanos. Conhecem a história?

Ubach e Vandervorst menearam a cabeça. O biblista sabia de sua existência, mas desconhecia o que o tornava tão especial.

— O célebre religioso havia ganhado certa fama por seus milagres e virtudes — começou a explicar o grego, colocando-se diante da múmia do monge. — Conta-se que, depois de passar mais de quarenta anos ao pé da Montanha Sagrada, quando chegou sua hora, ele protagonizou um feito sem precedentes. — Ubach e Vandervorst se entreolharam e ergueram as sobrancelhas tomados pela curiosidade. O grego prosseguiu: — Trêmulo e com os olhos fechados, Stéfanos começou a responder a acusadores invisíveis, de quem só ouvia as vozes. Admitia em voz alta que tinha cometido tal falta e tal pecado: "Confesso que fiz isso e aquilo de que me acusam e reconheço que não posso apresentar nada em meu favor, mas confio na misericórdia do Senhor." Quando acreditava que os que o julgavam não tinham razão, os contrariava. No entanto, o mistério o acompanhou até seu último suspiro. Desde então, todos os habitantes do mosteiro parecem possuir um temor particular do julgamento quando sua hora chegar.

Ubach e Vandervorst olhavam de cima a baixo o corpo, meio mumificado e vestido com a batina de monge, ou o que restava do corpo do homem, a quem consideravam santo. Julgaram ser uma raridade de fato curiosa. Porém, o mais curioso ou o mais estranho ainda estava por vir.

A cena que contemplaram quando saíram do vestíbulo e entraram em uma das salas principais os deixou gélidos. Em uma parede do fundo, havia quatro nichos com uma pilha desordenada de crânios. Embora as cavidades que originalmente abrigaram os olhos estivessem vazias, tanto Ubach quanto Vandervorst foram tomados pela mesma sensação. Notaram um arrepio na nuca ao se sentir observados.

Talvez os restos mortais não os observassem, mas talvez o fizessem os espíritos daqueles que algum dia possuíram esses crânios. Quando Theoktistos viu a palidez de seus rostos, tranquilizou-os.

— São os despojos de monges solitários que nos precederam desde tempos imemoriais — explicou, sem receber nenhuma resposta dos dois padres. Diante disso, continuou: — Segundo um costume do monarquismo grego, que, aliás, ainda hoje é praticado, o corpo do monge defunto se conserva enterrado por apenas três anos. Passado esse tempo, é desenterrado e...

— O que quer dizer? — Ubach sentiu o coração na boca ao ouvir essas palavras.

— Depois desse tempo, quando a carne já se consumiu, é desenterrado — repetiu de maneira serena.

— Desculpe, mas isso não é o mesmo que profanar um túmulo?

— Não, de jeito nenhum. É um antigo costume que já se praticava nos mosteiros do monte Athos e aqui também. Uma vez que o corpo se libertou dessa parte, extraímos da terra os restos mortais, os lavamos, desarticulamos o esqueleto membro a membro e os distribuímos nos nichos desse ossário que está diante de vocês. Aqui podem ver os crânios, mas, se observarem — e o monge apontou para outros cantos da sala —, há pés que repousam com outros pés; daquele lado são depositados os braços amontoados com outros braços; ao lado, as mãos na pilha correspondente e naquele...

— Não importa, irmão Theoktistos, não prossiga, por favor. Já temos uma ideia, certo, padre Vandervorst? — interrompeu Ubach.

— Com certeza, uma ideia muito clara — apressou-se a responder o belga.

— É um costume... — E Ubach fez uma pausa para procurar uma palavra respeitosa. Teria dito "macabro", mas corria o risco de ofender o grego. Pensou qualificá-lo de "sinistro", mas lhe parecia uma palavra muito grave. Finalmente, Theoktistos lhe dedicou um sorriso cúmplice.

— Acompanhem-me. — E indicou um pequeno corredor que conduzia a outra sala.

Era tão fria quanto a primeira, se bem que não tão lúgubre. Os nichos da parede estavam cheios de pequenas caixas. Antes que os convidados pudessem elucubrar o que continham, o grego esclareceu.

— Os restos veneráveis dos bispos estão guardados dentro dessas urnas de madeira, com uma estola roxa sobre os ossos. E, como podem ver, há muitos.

A palidez do rosto de Vandervorst não tinha desaparecido, porém o brilho voltou aos olhos de Ubach, e ainda mais quando se deu conta de que uma das urnas era diferente das outras. E, com seu ânimo de indagar e averiguar tudo que lhe proporcionasse dados para examinar as Sagradas Escrituras, perguntou:

— E nessa urna...? — Apontou para a caixa com acabamentos e adornos diferentes. Não eram os típicos motivos arabescos ou gregos que as outras urnas exibiam. — Quem descansa nela? — quis saber Ubach.

— Pode constatar você mesmo. Quer abri-la? — convidou Theoktistos.

— Será um prazer. — Ubach não pensou duas vezes e se aproximou da urna. Levantou o pequeno ferrolho e olhou o interior. Viu os ossos de dois esqueletos desordenados e unidos com um cadeado curto e grosso. — O que isso significa? O que esse cadeado representa? — perguntou Ubach.

— Esses ossos têm uma história que vale a pena conhecer. São os ossos de dois príncipes da Índia, antigos eremitas da montanha, que moravam em cavernas perto da Capela de São Pantaleão. Para se martirizar, os dois se amarraram a cada uma das pontas dessa corrente, e tanto um quanto o outro a esticavam de vez em quando, para não se deixar vencer pelo sono durante o tempo de oração. Quando a morte lhes chegou, os enterraram juntos, e os exumaram juntos, para que seus ossos repousassem unidos durante toda a eternidade.

— Tenho uma dúvida que talvez lhe pareça mórbida — observou Ubach.

— O que quer saber?

— Morreram no mesmo dia? Quero dizer, morreram os dois ao mesmo tempo?

— Não, mas transcorreram poucos dias entre a morte de um e a do outro: necessitavam-se para viver, um não concebia a vida sem o outro. É uma bela história de amor fraternal.

— Certamente — respondeu Ubach —, mas não teria sido um amor mais puro se tivessem sido livres, sem nada que os prendesse, apenas a confiança mútua?

— Vendo por essa perspectiva, você tem razão — concedeu Theoktistos.

— É que o caso desses dois príncipes lembra uma velha lenda, indiana como a deles, sobre um casal, que li durante meus estudos na Escola de Jerusalém.

— Eu gostaria de ouvi-la — pediu o grego.

— Com muito prazer — respondeu Ubach. — Contam que um casal se apresentou de mãos dadas na casa de um bruxo, que também era o homem mais sábio do povoado. Ele era um dos jovens mais valentes e ousados da região e ela, uma das moças mais bonitas e simpáticas do lugar. Quando os viu, o bruxo lhes perguntou o que queriam, e eles disseram que se amavam muito, que queriam se casar, mas que, como se amavam tanto, temiam que algo os separasse. Assim, pediram ao homem um conjuro, um feitiço que garantisse que estivessem juntos até a morte levá-los diante do Criador. Diante da grande declaração de amor dos dois jovens, o bruxo respondeu que sim, que havia uma opção, mas que era bastante difícil, exigia muito sacrifício e implicava um grande perigo. Para eles não importava, amavam-se tanto que estavam dispostos a fazer o que fosse necessário. O homem sábio ordenou à moça que subisse na montanha mais alta e que lá, apenas com a ajuda das mãos e de uma rede, apanhasse o falcão mais esplêndido e forte que encontrasse. Depois, devia levá-lo à casa do bruxo três dias após a chegada da lua cheia. A moça aceitou. Ao rapaz deu a missão de subir em um dos cumes mais gelados que havia ao norte do povoado e trazer o exemplar mais formoso e esbelto de águia que encontrasse. Para conseguir isso, só poderia contar com as mãos e uma rede, assim como a moça. Chegou o dia de levar diante do bruxo as duas aves que ele tinha lhes pedido que apanhassem, sem feri-las. Tanto a moça quanto o rapaz esperavam com seu exemplar nas mãos que aquele homem tão sábio lhes proporcionasse um feitiço para que seu amor perdurasse. O bruxo constatou o bom estado da águia e do falcão e os felicitou porque dava gosto vê-los, estavam esplêndidos e viçosos, como o casal. O sábio lhes perguntou se as aves voavam muito alto e se havia sido difícil demais apanhá-las. Tanto o rapaz quanto a moça reconheceram que sim, mas que por amor faziam tudo que fosse preciso. Estavam ofegantes e impacientes por saber o que deviam fazer, e o rapaz perguntou ao bruxo se era necessário sacrificá-los e beber o sangue, ou cozinhá-los e comer a carne. O velho sorriu e disse que não era preciso. Em compensação, ordenou a eles que pegassem as aves e as amarrassem juntas, pelas patas, com uma tira de couro, e que, uma vez que estivessem bem-presas, as deixassem voar. O casal obedeceu ao bruxo, e, quando as soltaram, elas não conseguiam voar. Só conseguiam se arrastar pelo chão, saltitavam com passos vacilantes de um lado para o outro, sem rumo fixo, e, quando a águia se levantava, o falcão caía. Depois de alguns instantes, como não podiam fazer mais nada, começaram a brigar a bicadas.

"O casal observava atônito a reação das duas aves. Para evitar que se agredissem até se machucar, o bruxo cortou a tira de couro para que pudessem voar. Enquanto as aves desapareciam no horizonte, o homem sábio lhes disse que aquele era o feitiço que procuravam. Falou que eles eram a águia e o falcão, que se fossem amarrados, mesmo que por amor, teriam de viver se arrastando e que, mais cedo ou mais tarde, acabariam se machucando. Antes de abençoar o casal e deixá-lo ir, despediu-se com uma recomendação: 'Se quiserem que seu amor perdure para sempre, voem juntos, mas não amarrados.'"

O sacrifício

— A que se deve esse enxame de beduínos? — perguntou Ubach, surpreso ao ver às cinco da manhã uma grande maré humana subindo o Passo dos Ventos em direção à Montanha Sagrada.

— Não sabe, *abuna*? — perguntou Saleh, estranhando. — Hoje é a lua cheia do Tamuz, seu mês de julho. É o dia mais importante do ano, a grande festa dos beduínos da península do Sinai em honra do profeta Aarão. Nessa tarde se realizará o grande sacrifício.

— O sacrifício de uma fêmea de camelo?

— Isso mesmo — confirmou Saleh.

— E podemos participar? Ou, pelo menos, assistir e fotografar? — perguntou Ubach, emocionado só de pensar.

— Sim, acho que sim. Não vejo nada que impeça. É uma festa, e todos estão convidados.

Ubach estava consciente da imensa sorte que havia tido. Poderia ser testemunha de um sacrifício cujo ritual não tinha seguido qualquer alteração ao longo do tempo. Queria ver com seus olhos e imortalizar com sua câmera como os beduínos sacrificavam um camelo-fêmea em honra do irmão de Moisés, Aarão. A cerimônia era realizada ao ar livre, perto da capela que ergueram para Aarão na montanha, não muito longe do Mosteiro de Santa Catarina. Tinha certeza de que assistiria aos mesmos rituais que seus antepassados bíblicos. Esses ritos se mantinham fiéis à tradição, haviam passado de pais para filhos, de geração em geração.

Na hora combinada, às duas da tarde, Bonaventura Ubach, acompanhado de Saleh, dirigiu-se à esplanada diante do mosteiro. Lá conseguiu ser testemunha especial de uma celebração antiquíssima. Vestidos com os *thawbs* de algodão branco, os beduínos esperavam.

— O que toda essa gente tão bem-vestida com essas túnicas está fazendo? O que ou quem esperam?

— Esperam que repartam o pão do mosteiro. Baixam-no dentro de cestos de esparto ou de palma. E, uma vez repartida essa oferenda, voltarão em procissão ao acampamento que ergueram essa manhã em uma vertente resguardada da Montanha do Vento, na montanha de Aarão. Lembra que os vimos passar?

O monge assentiu com a cabeça.

Enquanto isso, Ubach se fixou em dois beduínos que puxavam um camelo que se separou do grupo.

— E aqueles que estão levando o camelo? Por que seguem em sentido contrário?

— Não é um camelo qualquer — explicou Saleh. — Esses homens, *abuna*, têm o prazer e o privilégio de levar o camelo-fêmea que vai ser sacrificado. — Ubach ergueu as sobrancelhas em sinal de admiração. — Olhe... — Saleh começou a explicar para Ubach seguindo-os com o dedo, de longe. — Está vendo que vestem uma túnica cinza e que, em cima dela, usam mantos de seda ou jaquetas de algodão, *kibrs*, amarrados com cintos de couro? Assim devem se vestir os beduínos escolhidos para essa tarefa.

— E para onde estão levando o animal? Ainda falta muito para o sacrifício, não?

— Sim, *abuna*, não se pode fazer o sacrifício antes do pôr do sol. Uma vez escolhido o camelo-fêmea, levam-no para dar uma volta ao redor do mosteiro para que receba os eflúvios sagrados que emanam desse lugar santo.

Bonaventura não sabia para onde olhar; não queria perder nem um detalhe do que acontecia ao redor. De repente, alguns gritos reclamaram sua atenção, e ele se virou para o outro canto da ensolarada esplanada. Ouviu berros e sonoras ovações dirigidos aos corredores mais valentes e atrevidos, que, enquanto aguardavam o grande momento, realizavam corridas de camelos em um lado da esplanada. Outros se retiravam para suas tendas a fim de conversar e tomar café como forma de matar o tempo.

Antes que os últimos raios de sol tingissem de bronze as montanhas sagradas, a multidão começou a se amontoar ao redor do santuário de Aarão. Ubach não conseguia parar de olhar para o camelo-fêmea. Sua cabeça sobressaía entre a multidão e balançava em um movimento oscilatório do pescoço. Percebia que algo acontecia a sua volta. Dificilmente podia imaginar o que a esperava. Os sussurros e rumores que até então rodearam a cena cessaram de súbito quando a voz de um dos beduínos começou a simples e ao mesmo tempo solene e austera cerimônia. Tratava-se de uma ladainha com um ritmo ancestral em que, curiosamente, não havia nem cantos nem música. Ubach estava arrepiado; tudo que via o inspirava, levando-o a prender a respiração.

Outro beduíno se encarregou de derrubar o camelo-fêmea no chão e um terceiro se aproximou do animal com uma adaga. Com perícia e habilidade inatas, fez um corte preciso e rápido no pescoço, que sangrou, degolou-o, e a blateração de súplica do animal quase não foi percebida. Como se estivesse resignada e aceitasse que ela, a oferenda, devia ter o mesmo destino que, ao longo de tempos imemoriais, tiveram centenas e milhares de camelos.

Esse era o costume dos beduínos, sempre realizado após a prece em que pediam a Deus que aceitasse o sacrifício que lhe ofereciam e agradecer à divindade por tê-los levado, a eles e às gerações que os precederam, sãos e salvos até esse lugar.

— O que achou, *abuna*? — perguntou Saleh.

— Nesse momento é difícil encontrar as palavras adequadas, mas por um instante tive a impressão de viver uma cena bíblica — respondeu, entusiasmado, Ubach.

Depois de sacrificar o camelo-fêmea, começaram o esfolamento e o despedaçamento. As mulheres tinham acendido o fogo e preparavam grandes tachos para assar a carne. Uma vez assada, os pedaços eram servidos em grandes bandejas e distribuídos pelas tendas. Uma moça carregada com uma travessa cheia parou diante de Saleh e Ubach e lhes ofereceu. Eles pegaram dois pedaços, e Ubach cravou os dentes no seu enquanto uma algazarra, uma grande alegria, contagiava todo o acampamento. Após a refeição, começaram os cantos e as danças, que pareciam uma espécie de baile hipnótico que se estendeu até o amanhecer. Em meio a isso, Saleh aproveitou para se justificar com o padre Ubach e lhe contar o que havia acontecido com Mahmud.

Desilusões

Antes da excursão ao topo da montanha, o arquimandrita Macarios quis lhes mostrar a basílica e a biblioteca do mosteiro.

As expectativas das duas visitas eram altas, porém as surpresas demorariam mais a chegar.

— "Eis aqui a porta do Senhor, só os justos entrarão!" — O arquimandrita pronunciou essas palavras mostrando que estavam esculpidas em uma velha inscrição na soleira da porta da igreja que se podia ler simplesmente erguendo a cabeça.

De repente, Ubach se sentiu transportado aos primeiros séculos da era cristã.

— Essas palavras eram comuns nas entradas das igrejas edificadas na Palestina naqueles tempos — acrescentou o monge.

— Exatamente — corroborou o grego, que voltava a lhes mostrar outra inscrição, também em grego antigo, gravada na pedra, em cima da porta da entrada. Uma inscrição que lembrava o motivo principal da construção. — "E, neste lugar, o Senhor disse a Moisés: 'Eu sou o Deus de seus pais, o Deus de Abraão, o Deus de Isaque e o Deus de Jacó. Eu sou o que sou.'"

As boas-vindas e a decoração e distribuição da basílica, diferente das que estava acostumado a ver, lhe provocaram sensações estranhas. Ao ver tantas lâmpadas, tantos candelabros de vidro, quadros de todo tipo, ovos de avestruz, misturados com cores vivas e chamativas, Ubach pensou nas igrejas gregas e russas que vira em Jerusalém.

— O que esses ovos de avestruz fazem aqui? — perguntou Vandervorst a Ubach.

— Eles eram o ex-voto que os fenícios usavam. Sempre foram um símbolo de vida e de esperança. Os cristãos da Igreja primitiva assimilaram esse simbolismo. Nas catacumbas foram descobertos ovos de mármore e, inclusive, cascas de ovos naturais, porque constituem um símbolo de regeneração e de ressurreição do corpo. Daí vêm nossos ovos de Páscoa! — explicou o monge ao belga.

O arquimandrita os havia levado à basílica para que pudessem ver o relicário de santa Catarina e a capela da sarça ardente. Entraram pela porta do nártex, com os relevos ricos e variados da arte bizantina, e viram diante de si as três naves da igreja. Começaram a percorrer a nave central, à esquerda da iconóstase, o muro que separava o santuário da nave, quando Ubach o viu. Era o retábulo de santa Catarina pintado por um catalão, Bernat Maresa. E assim constava em uma inscrição na tela, sob a imagem da santa, em caracteres góticos catalães: "Aquest retaule fiu fer en Bernat Maresa ciutadà de Barcelona consol dels cathalans en Damasc em lan mccclxxxvii."*

Ubach ficou um tempo observando o quadro catalão. Em ambos os lados superiores se viam dois escudos de forma pontiaguda. Um deles possuía as quatro barras catalãs, e o monge não teve nenhuma dúvida de que se tratava do escudo de Barcelona. Custou a vê-lo porque estava um pouco apagado, e, na parte

---

*Bernat Maresa, cidadão de Barcelona, cônsul dos catalães em Damasco, fez este retábulo em Damasco no ano MCCCLXXXVII. (*N. da E. espanhola*)

baixa, também à direita, via-se outro com a forma desbotada em que se destacavam duas aves, dois codornizões. Ubach acreditou serem uma referência ao escudo da pessoa que havia feito a valiosa doação.

— Quanto me pede? — Ubach não pensou duas vezes e tentou o arquimandrita sem inibições.

— Nunca! — respondeu imediatamente, como se lhe tivessem ativado uma mola. — Jamais venderemos nada desse mosteiro. E muito menos os objetos guardados no interior da basílica.

Ubach não se amedrontou e contra-atacou:

— E se eu o apresentasse a um comprador que oferecesse cinco mil francos?

— Nem assim o venderíamos.

— Nem por dez ou vinte mil francos?

— Por nada no mundo, nem esse nem nenhum outro quadro — sentenciou, cortante, o grego, olhando para os outros quadros pendurados nas paredes da nave central. — Surpreende-me que faça essas insinuações, aqui, em um local sagrado — declarou com receio, evidentemente incomodado.

— Desculpe, padre Macarios, mas há precedentes de outras vendas mais escandalosas — explicou Ubach.

O arquimandrita o olhou de forma desafiadora.

— Pelo que sei, alguém comprou e levou para a Rússia o códice escrito com caracteres unciais sobre pele de gamo, conhecido como *Codex Sinaiticus*, que há pouco estava nos nichos de sua biblioteca. Estou enganado? — perguntou Ubach, que, em tom conciliador, encerrou o assunto. — Entendo, no entanto, sua recusa depois de perder esse precioso manuscrito bíblico. Lamento ter perguntado. Peço desculpas.

— De qualquer forma, não é a mim que deve fazer a proposta, e sim ao arcebispo do Sinai, que mora no Cairo, e que você já conhece, Porfirio Logothetes.

Ubach anotou mentalmente a sugestão do arquimandrita; se tivesse oportunidade, exporia isso ao arcebispo, na volta.

Enquanto isso, a conversa os levara até quase em frente ao baldaquino de santa Catarina. Uma coluna apoiava a malha de seda com borlas bordadas em ouro e prata com pedras preciosas incrustadas, que formava um teto sobre o altar, suspenso no ar. Lá, repousava o corpo da santa, ou o que restava dele, que agora começavam a venerar. Antes de fazê-lo, deviam cumprir alguns rituais dos quais se ocupou o monge sacristão que custodiava as relíquias. Entre dois círios acesos e depois de espalhar incenso, retirou a tampa de um dos dois relicários de ouro para que Ubach e Vandervorst pudessem cultuar e beijar os veneráveis restos. Em um deles, só conseguiram ver o braço da santa, ainda coberto de pele ressecada, e os dedos das mãos adornados com diversos anéis de grande valor. No outro, estava o crânio totalmente enegrecido e coroado com um lindo diadema. Depois, o padre sacristão, seguindo um costume centenário, ofereceu-lhes um pouco do algodão que havia tocado o Santo Tesouro e, em seguida, entregou-lhes um presente.

— Esses anéis são para vocês — disse, oferecendo dois anéis que tirou de uma caixinha.

O biblista de Montserrat e o sacerdote belga aceitaram os anéis de prata. Sobre esmalte azul e ao redor do círculo, podia-se ler o nome da santa em grego. Era uma réplica do anel de santa Catarina. "Será uma peça importante para o Museu Bíblico", pensou Ubach.

Dirigiram-se à parte mais profunda da basílica, onde os primeiros monges solitários ergueram uma pequena capela em um lugar sobrenaturalmente memorável, o da sarça ardente.

Ubach tinha começado a se sentir embargado por uma emoção indescritível.

— Tenham a bondade de me acompanhar, por favor. — O arquimandrita os mandou entrar em uma espécie de sacristia. — Antes de pisar no lugar sagrado, peço que tirem os sapatos.

A emoção aumentava. Um homem como ele, estudioso da Bíblia, estava prestes a ver a sarça que, sem se consumir, havia atiçado o fogo do Espírito Santo.

A experiência o emocionava tanto que, após descer apenas três dos degraus que levavam ao pequeno santuário, Ubach deixou cair algumas lágrimas, que ensoparam seus óculos. O recolhimento e a veneração que a santidade do lugar inspirava não lhe permitiram observar com curiosidade os objetos que o adornavam.

Seus olhos estavam praticamente inundados pelas lágrimas, mas ele conseguiu ver o teto completamente coberto de ricas tapeçarias da Pérsia, lindos ladrilhos esmaltados cobrindo as paredes, lâmpadas de prata, mosaicos de ouro, retábulos e ícones que adornavam um lugar tão sagrado. Fez uma genu-flexão diante do tabernáculo da sarça e rezou um pai-nosso antes de sair da basílica, onde foi assaltado pela desilusão e pelo desengano.

Ao lado da capela, os monges cultivavam com grande cuidado a sarça de que fala o Pentateuco. Ubach pegou algumas folhas pensando que poderia expô-las no museu.

Enquanto arrancava um galho, sentiu uma voz atrás dele que dizia:

— *Abuna*, não se incomode. — Era a voz de um beduíno magro e de certa idade.

— Do que está falando? — perguntou Ubach, estranhando, ao mesmo tempo que tentava, sem sucesso, arrancar alguns galhinhos.

— Essas sarças não são nativas de nosso país.

— Como assim? — indagou, virando-se para o beduíno.

— Isso mesmo, *abuna*. Observe as demais sarças que podem ser vistas nessa região. Esse tipo de sarça não cresce no Egito nem na península do Sinai. Seus irmãos monges transplantaram essas plantas para cá. Eu mesmo os ajudei quando as trouxeram da Europa.

— Está me dizendo que esse exemplar foi transplantado para cá — ele apontou para as moitas secas, retorcidas e amareladas —, que não representa de nenhuma maneira nem o exemplar nem a espécie encontrada no local onde o Senhor apareceu a Moisés? — O velho beduíno moveu duas vezes a cabeça concordando com o que Ubach tinha acabado de deduzir. — Obrigado, bom homem, muito obrigado, mas, de qualquer maneira, levarei um pedacinho como lembrança.

— Como quiser — concedeu o beduíno, e, quando Ubach se virou com as folhas nas mãos, ele já havia desaparecido.

Apesar da desilusão, Ubach deu alguma credibilidade ao que o árabe havia explicado, pois sabia que a teoria mais difundida entre os estudiosos era a de que se tratava de uma espécie de acácia espinhosa. De fato, estas eram as árvores mais abundantes na península e, quando eram pequenas, quase sempre formavam grandes moitas com ramagens densas que saíam do chão. E as sarças que tinha acabado de arrancar não eram assim. O monge sabia que contrastar as Sagradas Escrituras podia levá-lo a esse tipo de contratempo; entendia perfeitamente, mas isso não o fazia perder nenhum pingo de sua fé. Só ele sabia o que havia sentido ao entrar no pequeno santuário ao fundo da basílica. Vandervorst, por outro lado, possuía mais um argumento para tomar uma decisão definitiva.

Confissões

Envolto em um silêncio profundo e com uma cor avermelhada que começava a recortar a silhueta dos picos escarpados que dominavam o rio intermitente, o mosteiro despertava graças ao ar fresco da alvorada. Às seis da manhã, depois de rezar, Ubach e Vandervorst, acompanhados de Theoktistos, saíram decididos a iniciar a subida dos penhascos gigantescos que, retos e íngremes, ameaçavam desabar sobre o atrevimento daquele que ousasse escalá-los. A subida demorava, castigando as panturrilhas dos viajantes, pois era escarpada e reta, e os degraus, altos e toscos. O ar frio das alturas acariciava seus rostos ruborizados e aliviava o cansaço incipiente que começava a se refletir na respiração ofegante e nas gotas de suor que escorriam pela testa. Decidiram descansar um pouco ao lado de um olmo de ramagem frondosa e densa que dava sombra a uma fonte estrategicamente situada nesse ponto da subida. Enquanto bebiam a água fresca dali, o sol já se elevara sobre o horizonte e lhes permitia ver que as rochas nuas e descarnadas, antes azuladas e escuras, adquiriram uma cor mais clara e avermelhada. Retomaram a caminhada, que agora transcorria por um caminho mais amplo, e diante deles se abriu um gracioso vale. No meio, erguia-se, intrépido, um cipreste enorme que se atrevia a competir com as rochas afiadas que se precipitavam pelas paragens. Perto da árvore ficava a capelinha de santo Elias para lembrar a visita do profeta à montanha e a aparição que, segundo os livros sagrados, havia presenciado. Surpreenderam-se ao encontrar, à esquerda da capela, um velho eremita em uma pequena caverna escavada na parede da montanha, que não chegava a ter nem um metro de altura por dois de largura.

— Bom dia! — cumprimentou-o Ubach.

O eremita abriu os olhos, que estavam frágeis e cheios de remelas.

— Bom dia — respondeu com voz fraca, como se tivesse acabado de despertar de um sono profundo.

— Não deve ser nada fácil viver nessa caverna.

— A vida não é fácil, nem aqui nem em nenhum lugar — respondeu. — No entanto, não longe daqui, Moisés passou duas vezes quarenta dias de jejum muito rigoroso antes de receber as Tábuas da Lei.

— Está coberto de razão.

— As facilidades são pequenas vitórias contra as dificuldades — observou o eremita. — Se tudo fosse fácil e nada nos custasse esforço, quando conseguíssemos alguma coisa, não a apreciaríamos. Você verá quando chegarem. Encontrar o caminho trilhado não é nada bom. Cada um deve desmatá-lo. Permita que eu lhes conte uma história. Têm tempo, imagino. De qualquer forma, cedo ou tarde chegarão ao topo, não?

— Claro que sim! Vá em frente, por favor, estamos ouvindo.

— Conheci um professor que, no fim de suas aulas, costumava contar uma parábola aos alunos, mas estes nem sempre entendiam o significado. Um dia um dos alunos lhe disse:

"— Professor, você muitas vezes nos expõe contos, mas nunca nos diz o significado.

"— Sinto muito e lhe peço desculpas — respondeu com humildade o professor. E acrescentou: — Deixe que, para consertar meu erro, eu lhe convide a comer um pêssego suculento do pessegueiro do pátio.

"— Muito obrigado — respondeu o aluno, visivelmente adulado e contente.

"— E, para que veja que lhe digo isso de coração, queria pedir que me deixasse cortar o pêssego para você.

"— Que honra, muito obrigado, professor — respondeu o aluno, um pouco desconcertado.

"— E, como estamos nisso e estou com a faca na mão, me deixaria cortar o pêssego em pedaços?

"— Adoraria... Mas não quero abusar de sua amabilidade — respondeu, perplexo.

"— Muito pelo contrário, não é nenhum abuso, estou lhe oferecendo. Só quero lhe agradar. E, para que eu saiba se está bom, mastigarei esse pedaço antes de dá-lo a você para que lhe seja mais fácil digerir... — E gesticulou como se colocasse um pedaço de pêssego na boca.

"— Oh, não, professor, não. É excessivo. Eu não gostaria que fizesse isso — recusou o discípulo, surpreso e incomodado. — Não é necessário, não mesmo.

"Então, o professor mordeu um pedaço de pêssego, fez uma pausa e lhe disse:

"— Pois, se eu esmiuçasse o significado de um conto, seria como lhe dar a fruta mastigada."

O eremita fez uma pausa e falou:

— Já sabem: se quiserem evitar dificuldades e dores de cabeça, não esperem que as solucionem, mexam-se. Não obterão nenhum benefício pessoal se antes não houver um sacrifício.

Agradeceram o conselho, e Ubach, Vandervorst e Theoktistos se despediram do eremita iniciando o caminho para o topo. Um caminho duro e pedregoso que subia e serpenteava por uma paragem e que os levou a atravessar dois portais. A soleira de um deles lembrava aos peregrinos, como Ubach e Vandervorst, que somente àqueles com mãos puras e coração limpo era permitido subir na Montanha do Senhor. Por isso, no primeiro portal, encontraram um sacerdote.

— Que Deus os abençoe — cumprimentou o capelão magro com a pele curtida pelo sol e pelo frio. — Estou disposto a ouvir suas confissões como penitentes.

Ubach e Vandervorst aquiesceram e se confessaram. No segundo portal, alguns metros acima, havia outro sacerdote, a quem entregaram uma espécie de comprovante de que passaram pelo primeiro portal e de que haviam se confessado, requisito necessário para poder continuar subindo a montanha.

A cada vinte ou trinta passos paravam para olhar para trás e observavam a distância, entre admirados e assustados, a capelinha de santo Elias e o conjunto labiríntico de rochas e montanhas incríveis que os cercavam por todos os lados.

Com suas passadas, o atalho escarpado ficava mais agradável porque o chão desprendia um cheiro que lembrava um bosque de mil perfumes e delícias, uma vez que estava completamente coberto de plantas aromáticas: o *jadé* — uma espécie de menta —, o *zatar* — um tomilho de folhas grandes sem tantos espinhos, mas com aroma penetrante — e, sobretudo, o *murr* — a mirra, que provinha da resina do mirtilo. Estes se encarregavam de embalsamar o ar fresco e puro que entrava por seus narizes e enchia os pulmões.

Quando o sol estava muito alto, chegaram ao topo da montanha. Tinham alcançado o cume: dois mil duzentos e quarenta e quatro metros. Ubach não conseguia acreditar que estivesse caminhando sobre as mesmas pedras sagradas que um dia o grande Moisés pisou ao falar com Deus. Em sua cabeça e em seu coração passavam tantas ideias e emoções que não conseguia ficar parado e dava voltas pelo lugar santo que tantas vezes imaginou enquanto lia as páginas das Sagradas Escrituras. E estava ali agora. O ar era mais puro, o céu estava mais límpido, e Ubach tinha a sensação de que Deus estava mais próximo. O respeito e a veneração que o cume da Montanha Sagrada lhe inspiravam o preenchiam de tal maneira que ele não sentia dificuldade para respirar como o restante de seus companheiros.

Vandervorst e Theoktistos, apoiados na parede da Capela de Santa Egéria, tentavam se recuperar do último e íngreme trecho da subida.

— Ventura, eu gostaria de me confessar.

Vandervorst pediu a seu companheiro de viagem que ouvisse sua confissão, nas ruínas da Capela de Santa Egéria, no topo da Montanha Santa, a Montanha da Lei. Nenhum santuário da Terra era tão apropriado quanto esse para pedir perdão ao Legislador e Juiz Eterno.

Vandervorst achou que era o lugar e a hora adequados para reconhecer que, durante os últimos meses, havia infringido alguns dos mandamentos da lei de Deus, promulgados com tanta solenidade nessa mesma montanha e escritos depois nas duas tábuas de pedra que Moisés levou ao povo de Israel.

Ajoelhou-se diante do padre Ubach.

— Padre, me perdoe porque pequei...

E foi assim que o sacerdote belga começou sua confissão. Expôs tudo com grande minúcia. Desabafou, falou à vontade tudo que pensava, tudo que sentia. Enquanto o fazia, notava que um sentimento de libertação o invadia sutilmente e o reconfortava. Era como se tivesse tirado um peso enorme de cima, que não apenas o obrigava a se dobrar, mas também oprimia seu peito. Explicou por que ansiava acompanhá-lo pelas terras bíblicas. Confessou suas cada vez maiores dúvidas sobre fé e devoção. Falou sobre o que tinha sentido na primeira vez que a flecha do amor o atingira, naquele dia ao chegar à aldeia de Kafrinji.

Justificou-se para fazê-lo entender o que havia sentido na tenda do oásis de Feiran e na conversa com a dançarina.

Depois de ouvir atentamente esse relato tão sincero, o padre Ubach ficou em silêncio. Não se via capaz de encaminhá-lo. De fato, não era o caso.

Joseph Vandervorst deixava claro, estava decidido, e Ubach achava que ele não era ninguém para impedir que seu companheiro de fadigas fosse feliz, abandonando o serviço a Deus para consagrar seu amor a uma mulher. Ficou olhando para ele durante algum tempo, respirando fundo o ar impregnado de piedade, levantou a mão direita e, fazendo o sinal da cruz no ar, absolveu-o e o eximiu de cumprir qualquer penitência, assim como de qualquer obrigação ou responsabilidade.

— Vá em paz, Deus o perdoou.

Fizeram em silêncio o caminho de volta ao Mosteiro de Santa Catarina, e Theoktistos pensou que, graças a seu isolamento, a paragem que os rodeava inspirava Ubach e Vandervorst.

Ao chegar ao mosteiro, despediram-se do arquimandrita e foram dormir cedo, pois no dia seguinte, antes do amanhecer, retomariam a caravana com os beduínos.

O medo

A lua cheia iluminava as cristas e os recantos das paredes do *uadi*; a lenha que queimava no fogo dos beduínos crepitava; os cameleiros limpavam as gargantas e, encolhidos ao redor do fogo, reconfortavam-se com o calor das chamas, dando goles em uma aguardente em um copinho de lata. Id, o mais velho deles, encarregou-se de servi-la a todos os integrantes da caravana. Beber juntos era bom para estreitar laços, e, nesse ambiente descontraído, relaxado e próximo, Ubach perguntou que itinerário deviam seguir antes de propor o seu. Não imaginava que os cameleiros se recusariam a aceitá-lo.

— E daqui, para onde iremos?

— Olhe, *abuna*, tomaremos o rumo para el Ghazale, passaremos pelo *uadi* de al Ain até encontrar o mar.

— Não seria melhor subirmos para o *uadi* de al Ain e, em vez de descermos até o mar, seguirmos até encontrar o deserto de Tih? E, ao chegarmos ao caminho dos peregrinos para Meca, virarmos à direita para Aqaba. O que acham?

Quando Id ouviu a palavra Aqaba, deixou cair o copo com o rosto abatido. Saleh se deu conta em seguida e discutiu o itinerário com o padre Ubach.

— Não. Por qualquer outro caminho que tentássemos seguir que não o da praia, como acabo de dizer, nos perderíamos inevitavelmente. Nenhum de nós três — olhou para Id, que estava pálido como um fantasma — o conhece, e quem sabe os perigos que Alá proporcionaria a uma pequena caravana como a nossa, se decidíssemos subir?

— Não tema, tenho certeza de que há um bom caminho. Alá é grande, *Allah akbar*, e, se Ele não quiser, nenhum obstáculo nos incomodará durante o restante de nossa jornada. Além disso, podem ter a convicção de que não faltará um bom pagamento a vocês.

— Nem por Alá, *abuna*, nem por todos os *bajschirs* do deserto eu tentaria uma coisa como essa.

Ubach queria seguir o itinerário que os israelitas fizeram e, teoricamente, interpretando as Sagradas Escrituras, não havia outra opção além de subir diretamente para o deserto de Tih, ir para o *uadi* de al Ain, seguir para cima, pela encosta ocidental da serra que margeava a praia do mar Vermelho até perto de Aqaba.

No entanto, como esse caminho continuava inexplorado e o simples gesto de pronunciar o nome Aqaba fazia empalidecer o mais moreno dos beduínos, ficava difícil estabelecer esse como o itinerário definitivo. Porém, o monge era teimoso, pertinaz, persuasivo e, quando queria alguma coisa em que acreditava, empenhava-se até conseguir seu objetivo. E o fato de se tratar de uma região inexplorada e desconhecida avivava ainda mais o desejo de Ubach. Além disso, poder averiguar se um povo tão numeroso como o de Israel conseguiu mesmo passar por lá e a probabilidade, não descartável, de realizar alguma descoberta que lançasse uma nova luz sobre seu projeto faziam com que Ubach quisesse passar por aquele lado da península de qualquer maneira. Porém, enfrentava outro problema. Saleh esclareceu:

— *Abuna*, Id tem medo. Não podemos passar por Aqaba.

— Não consigo entender que um homem como ele, acostumado à dureza do deserto...

— Apesar de ser um veterano, Id nunca tomou essa rota porque nunca ouviu que houvesse uma saída possível. Seguindo os costumes de seus companheiros de tribo, Id jamais se aventuraria por um caminho que seus antepassados não tivessem percorrido mil e uma vezes.

— Saleh, não consigo acreditar que nenhuma caravana jamais tenha seguido esse itinerário.

— Id é filho de uma família de cameleiros. Aprendeu os caminhos seguindo seu pai, e seu pai os aprendeu seguindo o dele. No entanto, certo dia, o pai de seu pai, seu avô, fez parte de uma caravana que passou pelo deserto de Tih e por Aqaba e não voltou mais: ele desapareceu. Depois disso, tanto o pai de Id quanto ele próprio evitaram sempre passar por esse recanto da península.

— É compreensível, entendo — disse Ubach.

Em seguida, ficou em silêncio, pensando nas palavras de Saleh. Após um tempo, levantou-se, pegou dois copos de café e foi procurar Id.

— *Abuna*, o que o traz a esses lados do acampamento?

— Quero falar com você — respondeu Ubach, enquanto lhe oferecia café. — *Tafaddal*.

— Com muito prazer. — E o cameleiro estendeu a mão para recebê-lo. — Vamos nos sentar aqui. — Apontou para um canto que compartilhava com os outros três cameleiros, que não estavam.

Conversavam em volta de uma fogueira que os beduínos de outro grupo, que havia acabado de chegar ao oásis, tinham acendido. O beduíno e o monge se sentaram sobre um tapete estendido sobre a areia, embaixo de uma palmeira. Apenas as estrelas os observavam.

— Id, Saleh me contou por que você não quer passar por Aqaba.

— É um lugar perigoso. Ninguém que tenha ido retornou. A caravana de meu avô não voltou, foi um fracasso. E deve-se aprender com os fracassos.

Ubach assentiu.

— Sim, Id, tem razão. O mundo é um lugar cheio de perigos. Mas também é muito grande. É emocionante conhecer novas paisagens, novas pessoas que lhe permitem aprender outras coisas. Por que acha que estou aqui? Id, é verdade que devemos aprender com os fracassos, mas com os próprios, não os alheios.

— O que quer dizer, *abuna*?

— Essa sua atitude só gera mais insegurança, que o bloqueia e anula qualquer iniciativa de querer explorar novos territórios para não ter de enfrentar algo diante do qual não saiba reagir. Não acha que já é hora de enfrentar os fantasmas do passado que comprometem seu presente e também o futuro?

O cameleiro ficou estupefato ao ouvir as palavras do monge.

— Você deve enfrentar seus medos, Id. Não pode viver com eles. Deve vencer os medos porque, se não, eles acabam vencendo você, e o imobilizam, paralisam, não o deixam avançar. Seja um pouco mais forte; seja mais valente do que já foi. Procure em seu coração e não deixe que o medo o faça esquecer a lembrança de seu avô. Perceba que o medo embaça a lembrança de uma pessoa que foi muito importante para seu pai e para você: ele lhes ensinou o que sabem, ele marcou o caminho que seguiram. Não permita que o medo acabe com tudo isso. — Ubach ergueu a vista para o céu e, apontando para as estrelas, olhou nos olhos de Id e disse: — Seu avô fez o caminho, percorreu-o sem medo e, embora não tenha voltado, você não pensou em nenhum momento que talvez tenha chegado? Que talvez não tenha fracassado?

Id o olhava sem responder.

— Nem todos os caminhos são bons para servir de estrada — soltou Id.

— Não perca tempo odiando um fracasso. Daqui a alguns anos, quando for mais velho, possivelmente se dará conta de que o verdadeiro fracasso terá sido não ter tentado e não ter vivido por medo de alguma coisa que deveria ter constatado pessoalmente. Deve vivê-lo para depois ensinar a seus filhos, por exemplo. Pense... Se deixar o medo tomar as rédeas de sua vida, anulará a possibilidade de fazer aquilo que, dentro de você, sempre quis fazer e que por medo não fez. Id, se você for bem-sucedido, também o será por seu avô. Perdemos muito por medo de perder. Pense nisso antes de dormir e ouça sua consciência.

Ubach se levantou para que Id pudesse meditar sobre suas últimas palavras. O monge confiava em si mesmo e em sua grande capacidade de persuasão por meio de argumentos. No entanto, tinha uma maneira curiosa de fazê-lo. Diferentemente dos que levam uma pessoa a fazer alguma coisa e acabam convencendo-a, Ubach convidava à reflexão, não obrigava ninguém a fazer nada nem convencia ninguém a agir de uma maneira que não concordasse; simplesmente, dava seu ponto de vista carregado de razões e de sensatez. Ubach, porém, também sabia que, às vezes, era preferível a vontade à inteligência e que, às vezes, a coragem e os arrebatamentos eram mais efetivos que qualquer outra arma. Por isso, não tinha certeza quanto à decisão que seu cameleiro tomaria; afinal, ele não pretendia pregar a verdade, mas estava convencido de que cada um deveria buscá-la dentro de si. E desejava que Id a encontrasse.

O vigia do maná

Eram cinco da manhã e já estavam na estrada. A natureza continuava adormecida e não se ouvia nem o doce zumbido da brisa nem o canto de um pássaro. Nem eles se atreviam a falar: um leve suspiro retumbava com grande estrondo, pois, rodeados de paredes muito altas e de colinas escarpadas, pareciam estar dentro de um imenso funil de pedra. Os camelos avançavam em silêncio, balançando com monotonia, da mesma forma que as ondas do mar que contornavam. Com os raios do sol começando a aparecer, entraram na primeira das três pontas do Ras Burqa; de repente, as montanhas se alargavam e pareciam um anfiteatro, um conglomerado imponente de granito e arenito de cores variadas.

Caminharam o dia inteiro bem perto da praia, sentindo o sal da água do mar nos lábios. Foi uma manhã cheia de regozijo e cantos de alegria por se despedir da península do Sinai, mas, como contrapartida, certo temor, de medo latente, apropriava-se da caravana conforme se aproximava de Aqaba. Id, que decidira seguir o caminho estabelecido, deu a ordem de parar. Saleh se adiantou, olhou para um lado e para o outro e, após constatar que não havia nenhum perigo, fez um sinal para que avançassem. Não deram nem quatro passos quando um homem, para chamá-lo de alguma maneira, abordou-os no meio do caminho. Desdentado e nervoso, com a roupa esfarrapada, barba, cabelos longos e emaranhados, e os braços levantados... Parecia vir de outra época. Deve ter se abrigado dos *sanum* — as fortes tempestades de vento quente e areia — em alguma das cavernas que o tempo havia conseguido perfurar nos penhascos. Os camelos se assustaram e perderam a aparência tranquila que os faz únicos.

— *Shuay, shuay!* — gritaram os beduínos, tentando aplacar os nervos dos animais diante do indivíduo que devia lhes parecer um animal mirrado e peludo.

— *Salam aleikum. Kaifa haluka?* Louvado seja Deus. Como vai? — Ubach cumprimentou o homenzinho, que respondeu:

— *Bijairin, al hamdulillá!* Bem, graças a Deus. E vocês, de onde vêm? — gritou.

— E você? — respondeu com outra pergunta o monge.

— Dali de cima — disse o homenzinho, apontando para umas frestas nas paredes dos penhascos que ladeavam a travessia para Aqaba. — E vocês, de onde vêm e para onde vão?

— Para Aqaba — respondeu com orgulho Id, que fazia um esforço considerável para continuar a travessia.

— E vão para Aqaba por esse caminho? — perguntou o homem encurvado, estranhando. — Que eu me lembre — escarafunchou o cabelo — e já perdi a noção do tempo... desde que estou aqui não passou nenhuma caravana rumo a Aqaba. Vocês... Vocês são os primeiros.

— Diz que há muito está aqui? Então mora naquela caverna? — indagou Saleh, levantando o queixo e apontando para a gruta que se intuía começar naquela grande abertura que partia a rocha.

— Exatamente — respondeu, fazendo que sim vigorosamente com a cabeça.

— E, se me permite a pergunta — começou a dizer Ubach —, o que faz aqui?

— Íamos de viagem em peregrinação a Meca...

— Íamos? — Arqueou as sobrancelhas. — Então não está sozinho, mora com alguém ali em cima, nas cavernas? — interrompeu o monge, que queria saber se havia mais alguém com ele.

— Meu companheiro e eu saímos do povoado de Ledja com a intenção de peregrinar até a cidade santa de Meca, mas nos perdemos e, não sei se por ter tomado muito sol ou por outro motivo, um dia perdeu o juízo, me deu uma forte pancada na cabeça, e, quando recuperei os sentidos, não sei quantos dias depois, vi que ele tinha levado tudo e que estava sozinho e desamparado no meio do deserto. — Abriu os braços para abranger todo o espaço e reconheceu: — Nessa situação, pensei que o melhor era ficar aqui até que Deus quisesse me levar com Ele.

Tanto os beduínos quanto o monge e o sacerdote belga ouviram boquiabertos a história do homem a quem as circunstâncias transformaram em um fenômeno estranho da natureza. No entanto, passava pela cabeça de todos a mesma dúvida e parecia que ninguém se atrevia a interrompê-lo para fazê-la.

Ubach enfim perguntou.

— E como sobreviveu todo esse tempo?

— Ora, com coisas daqui e dali... mas principalmente graças aos tamarindos — admitiu.

— Tamarindos? Mas são mais secos que um filé de bacalhau seco.

— Fiz cortes nos galhos, sangrei-os; essa área está repleta deles. De fato, é a única coisa que existe. Além disso, profanei algum formigueiro, algum ninho de serpente e não há muito mais. Comestível, claro.

Embora os integrantes da caravana seguissem um regime severo, a dieta do homem, que continuava explicando como conseguia se alimentar, os comoveu.

— Fiz alguns cortes com o lado afiado de uma pedra para que saísse e fluísse o líquido que continha. Emanou uma substância gosmenta e doce. — Ele fez uma pausa e olhou para as mãos, que tinha colocado formando uma tigela, como se contivessem o líquido. — É uma resina parecida com a cera que se funde com o sol, doce e aromática, como mel, e alimenta! — Fechou os olhos e passou a língua pelos lábios cheios de crostas e ressecados. — Sangrei as árvores, mas nas que estavam expostas ao sol não foi preciso, porque a saborosa secreção saía sozinha.

— Sente-se desnutrido?

— Não, talvez um pouco desfalecido, mas não... Estou bem, graças a Deus. — Mal acabara a frase, ele próprio se contradisse. — Não... Não me atrevo a lhe pedir, mas... não poderiam me dar um pouco de água e um pedaço de pão? — perguntou, por fim.

— É claro que sim! — respondeu o padre Vandervorst. — E queijo e azeitonas, e o que necessite! — ofereceu o belga ao mesmo tempo que descia pelo pescoço do camelo para lhe dar algumas provisões que levavam nas caixas.

Ubach não conseguia acreditar nas palavras do homem. O que havia mantido com vida, milagrosamente, esse homem abandonado a sua sorte tinha sido o maná, o alimento que, segundo o livro do Êxodo, Deus enviara ao povo hebreu durante a travessia do deserto. Segundo a Bíblia, Deus enviou o maná todos os dias durante a estadia do povo de Israel no deserto. Todos os dias menos no sábado, por isso na sexta-feira tinham de juntar uma porção dupla. Em alguns textos judaicos clássicos se dizia que o maná tinha o sabor e a aparência do que a pessoa mais desejasse.

O monge sabia que alguns estudos botânicos que havia consultado indicavam que o maná bíblico era, na verdade, o fruto de uma planta, de freixo de flor ou tamarindo. E, de fato, em algumas regiões do sul da Itália e da Sicília tanto um quanto o outro eram cultivados para obter o maná, uma bebida açucarada muito apreciada por suas propriedades laxantes. Para isso, sangram a árvore durante o verão, fazendo alguns cortes na casca até o líquido fluir. O maná podia ser administrado diluído em água, leite ou suco de frutas; a dose variava segundo a idade e era um laxante excelente. Ubach deduziu que por isso mesmo o homem era só pele e osso. Estava vivo milagrosamente graças ao maná!

— Desculpe. — Ubach se aproximou do homem que sorvia de um cantil cheio d'água. — Quero lhe pedir um favor.

Sem afastar os lábios da abertura da pequena garrafa que segurava pelo gargalo, ele assentiu para o monge.

— Poderia me mostrar onde estão os tamarindos que lhe deram a resina que o manteve vivo todo esse tempo? — Ubach queria levar algumas amostras para o futuro Museu Bíblico.

De cor branca e com gosto de farinha misturada com mel, Ubach se sentia como os israelitas, a que só era permitido um gomor por dia, uns três litros e meio de maná. Uma quantidade que duplicava nas sextas-feiras para poder se prover no sábado. Se guardassem mais maná que o devido, mais do que estava permitido, mais do que Deus enviava, então o maná apodrecia e se enchia de vermes. Carregada com feixes de maná, a caravana continuou sua viagem para Aqaba.

Chuva divina

A caravana avançava por uma estrada entre as montanhas e a praia. Era o entardecer e, embora a temperatura começasse a baixar, a brisa que soprava era muito agradável. Quando acreditavam estar mais sozinhos e isolados, apareceu, de repente, diante deles e não muito longe, a figura de um beduíno. Armado com uma escopeta — distinguia-se o longo cano da arma que sobressaía da silhueta recortada ao horizonte daquele habitante nativo do deserto —, aproximava-se. Quando chegaram mais perto, perceberam que carregavam algo mais pendurado nas costas.

— O que está levando? — perguntou Saleh.

— Quatro peixes que pesquei essa manhã — respondeu, apontando com o queixo pontudo para o mar.

— Estaria disposto a vendê-los? — indagou Ubach, que nesse instante se juntou à conversa.

— É óbvio que sim, *abuna*, por que não? — respondeu o beduíno pescador, arqueando as sobrancelhas com um novo brilho nos olhos.

Ubach levou a mão ao bornal e tirou duas moedas.

— Tome, é suficiente dois reais?

— Dois reais, *abuna*? Está lhe saindo muito caro esse peixe, não acha? — protestou Saleh, sem entender o gesto tão desprendido do monge.

— Passamos muitos dias sem comer peixe, Saleh; nos fará muito bem. Além disso, embora estejamos perto do mar, onde vamos procurar peixe?

— Muito bem, muito bem, *abuna*, você manda. — Saleh desistiu, não tinha vontade de discutir com o padre Ubach; sabia muito bem que ele era teimoso como uma mula. Quando metia uma ideia na cabeça, não havia quem o fizesse desistir.

Enquanto Ubach descia do camelo para pagar os peixes, deslizando pelo pescoço do animal, o beduíno pescador fez uma observação.

— *Abuna*, vocês sacerdotes é que são felizes. Podem conseguir tudo de Alá com suas orações. Se quiserem riquezas, as terão. — E apontou para o bornal do qual havia tirado os reais. — Podem até mesmo convocar ou desviar a chuva a seu desejo! — exclamou, erguendo os braços para o céu.

— Ah, não, não. Não nos atribua um poder que não temos — esclareceu Ubach. — E nossa felicidade tampouco reside nas riquezas; como pode ver pela maneira como dormimos e pelo pouco que comemos, mais ou menos como vocês, não as possuímos. Vocês têm a mesma capacidade para conseguir que Alá lhes conceda riquezas, chuva e os demais bens temporais, só devem confiar e acreditar que Ele pode concedê-los e que o fará se for o conveniente para a salvação eterna de nossa alma. Isso é o que é importante para nós, pois todas as alegrias e bens desse mundo não são nada em comparação com os que desfrutaremos na outra vida, se cumprirmos aqui na Terra.

— Quem sabe o que há no outro mundo e com o que nos encontraremos depois de mortos? — disse o velho beduíno, e semicerrou os olhos.

Então Ubach se deu conta de que o homem tinha os olhos pintados de verde e preto. Não por vaidade, mas para se proteger dos reflexos do sol e, ao mesmo tempo, repelir os mosquitos.

— Pode saber muito bem o que há porque Maomé diz isto no Corão: "Um inferno para os que cometem pecados, e uma glória de bens eternos para aqueles que seguem o caminho correto."

O beduíno ficou surpreso com a resposta do monge.

— Peça todos os dias a Alá que indique o caminho correto para chegar a querê-lo, e garanto que será feliz nesse mundo e no outro.

— Ainda bem, ainda bem que temos a esperança de chegar um dia a esse paraíso repleto de felicidades, porque aqui embaixo somos uns miseráveis!

Ubach sorriu diante do choque de realidade que o beduíno acabava de lhe dar.

— Olhe, *abuna*. — E abriu os braços para indicar o espaço que os rodeava. — Todos esses rios intermitentes, todas essas montanhas são nossas, mas o que nos dão além de quatro tamareiras que não produzem mais nada? Ouvi que longe daqui, em suas terras da Europa, há muita água, bosques, hortas e jardins com todo tipo de flores e frutas deliciosas.

— Sim, é verdade — admitiu Ubach —, mas isso se deve às pessoas de lá trabalharem muito e cultivarem a terra com diligência. Se fizessem o mesmo aqui nos lugares onde Alá fez com que emanasse uma fonte, veriam que a terra também produziria trigo, favas, melancias e pepinos, em vez das quatro tamareiras de que fala. Vi isso aqui mesmo e provei os frutos que a terra dá quando é cuidada.

— Tenho três filhas. Poderia levá-las a seu país para que se casassem lá e fossem felizes?

— Ainda não irei para meu país depois dessa viagem. De qualquer maneira, sabe que, se fossem para lá, não poderiam se casar mesmo que quisessem.

— Ah, não? — questionou, surpreso, o beduíno.

— Não sem antes renunciar a Maomé e adotar a religião de Jesus.

— Ah...!

Quando tocou na questão religiosa, o beduíno não quis saber de mais nada. Despediu-se dos compradores de seu peixe e sua silhueta foi desaparecendo no horizonte. Para ele, só existiam Alá e Maomé, seu profeta. Não havia espaço para discussão. A caravana se deteve para passar a noite, e, depois de comer o pescado na brasa, como se fosse uma iguaria, Ubach, Vandervorst e os cameleiros foram dormir. No dia seguinte, ainda restava muita estrada antes de chegar a Aqaba.

A natureza estava adormecida. Era a calma que precede a tempestade. Uma natureza espessa e envolta por uma atmosfera de fogo. Nem uma leve brisa de mar, nem o mais leve golpe de ar fresco. Os únicos que resistiam a esse ambiente soporífero eram os beduínos, que já estavam acostumados à abafadiça realidade do deserto, e os camelos, que balançavam os religiosos em um ritmo monótono.

Isso obrigava Ubach e Vandervorst a se agarrar bem à alça da cadeira, porque qualquer instante de fraqueza, ou seja, uma cabeça tombada ou um cochilo, podia fazê-los perder o equilíbrio e cair no chão.

No entanto, a monotonia foi rompida de repente, sem aviso prévio. A menos que consideremos como aviso o som de um trovão seco que rasgou o céu e fez surgir um furacão acompanhado de uma furiosa tempestade de areia. Todos os integrantes da caravana se enrolaram nas túnicas e nos lenços, suportando estoicamente as pedrinhas batendo em suas costas, açoitando-as. Era uma tempestade de areia atípica porque, uma vez que a atmosfera foi tomada pela praga de areia, como uma névoa espessa, ainda se ouviam trovões, e uma cortina d'água caiu sobre suas cabeças.

A chuva, porém, estava tão quente quanto o vento que soprava. Era mais uma demonstração de quanto o clima era imprevisível neste deserto, a poucos quilômetros da costa.

A chuva excepcionalmente quente e tão repentina desconcertava o padre Ubach. Mas a perturbação durou pouco. Estava prestes a saber o motivo. E começou a notá-lo, a princípio nas costas e logo na cabeça. Sentiu alguns impactos. Muito leves, como se não quisessem tocá-lo nem causar dano. Eram batidinhas diferentes das que costumava receber ao ser atingido por pedrinhas e grãos levantados pela típica tempestade de areia. Quando conseguiu abrir bem os olhos, percebeu o que era.

Em terra, cercando os camelos da caravana, diante do monge, havia um tapete de pequenos peixes de cores brilhantes que moviam a cauda e abriam a boca desesperadamente em busca de ar.

— É um milagre! — gritaram os beduínos.

Eles se entreolhavam e se dirigiam aos dois religiosos com os mesmos gritos.

— É um milagre, *abuna*, é um milagre! — repetiram mais de uma vez os cameleiros, sem acreditar no que viam.

Ver chover peixes no meio do deserto era uma imagem com certeza surpreendente. Ubach sabia o que significava e, à margem das conotações bíblicas que o fato pudesse ter, que indubitavelmente tinha, sabia que, embora o episódio fosse excepcional, havia uma explicação terrena e científica para compreender o que parecia impossível.

— Não, Saleh — comentou com um sorriso cúmplice. — Não se trata de um milagre divino — reconheceu Ubach. — Mas bem-vindos sejam! O que deve ter acontecido, Saleh, é que não muito longe daqui, provavelmente mar adentro, uma tromba-d'água aspirou parte da água do mar, e os ventos da tempestade transportaram seu conteúdo pelo céu. O acaso fez com que fosse descarregada exatamente em cima de nós nessa área do deserto.

Hoje chove peixes, mas há pessoas que viram chover rãs ou aranhas. — Ubach fez uma pausa para olhar para o céu e depois para o chão coberto de peixes já sem vida. — Nada de chuva divina — reconheceu, com um pouco de amargura.

— E você que ontem dizia ser impossível conseguir peixe! — lembrou Saleh com um amplo sorriso. — E agora? O que me diz, *abuna*? Sabe o que penso? Que você é o único que é capaz de fazer chover peixes!

E o beduíno e os outros cameleiros começaram a recolher os peixes. Não podiam deixar de aproveitar aquele bem de Deus.

Desafiando o xeique ou o Açoite do Deserto

— Por Aqaba? — perguntara espantado e em tom alarmado o arquimandrita. — Ficou louco?

Ubach balançou a cabeça de um lado para o outro para negar que tivesse perdido o juízo.

— A volta mais segura para os peregrinos do Sinai que quiseram chegar por terra a Jerusalém foi quase sempre a mesma: por Nakhl e Gaza — havia sentenciado o arquimandrita. Depois, levantando a mão e mostrando-a bem aberta, disse: — Poderia contar nos dedos de uma de minhas mãos, e sobrariam, as pessoas que conseguiram coroar suas expectativas. — Fez uma pausa, tão dramática quanto convincente. Havia baixado a voz, como se não se atrevesse a dizer em voz alta, num sussurro que deixou Ubach um pouco arrepiado. — Quase todos fracassam. Ao longo desse ano — e só estavam em abril —, já desapareceram alguns italianos e alguns belgas, que foram a Petra passando por Aqaba.

Vandervorst havia engolido em seco e começara a rezar por seus conterrâneos.

— Caíram nas terríveis garras de um tirano, um déspota que age à vontade com a aquiescência dos governadores da região: o xeique Hassan, filho do temido bandido Muhammed Ben Jad, o Açoite do Deserto.

Agora que haviam chegado a Aqaba, Ubach se lembrava da conversa que tivera com o responsável pelos monges do Sinai. Embora já tivessem sido advertidos sobre o perigo, Ubach queria seguir o itinerário bíblico. Um conjunto de construções miseráveis, construídas com tijolos secos ao sol, e outras casinhas feitas com blocos de granito unidos uns aos outros com barro lhes deram as boas-vindas. O *jamsin*, um vento quente e seco, assobiava pelas quatro ruas estreitas que terminavam em um dos edifícios em destaque. Era a fortaleza medieval, que não apenas havia resistido ao embate do deserto e da passagem do tempo como também tinha sido obrigada a fazer frente aos ataques de Saladino ou de Renard de Chatillon. O som de uma corneta rasgou o ar espesso.

Provinha de uma das quatro torres do castelo decadente e arruinado que ainda se mantinha de pé. Era um pequeno destacamento de soldados turcos, uma guarnição que o governo da Turquia havia enviado ao local com o duplo propósito de proteger as caravanas do Egito e da Síria que paravam em Aqaba para continuar juntas a viagem para Meca e, principalmente, para ostentar seu poder e autoridade diante das tribos árabes do entorno.

Ubach se deu conta de que a convivência não devia ser fácil e de que a queda com uma pessoa tão polêmica quanto o xeique Hassan devia exigir do governador de Aqaba importantes doses de diplomacia, chave para manter a estabilidade em uma área por si perigosa.

Ubach e seus companheiros pararam sob a sombra de um palmeiral à espera de poder falar com o *kaimakan*, a autoridade local, uma espécie de governador que dependia de Constantinopla e de Jerusalém. Precisavam renovar as permissões e trocar os camelos. Alertado pelo som estridente da corneta, um criado do *kaimakan* saiu para recebê-los e os guiou por um alpendre para o interior da casa do governador. Convidou-os a entrar por uma porta que dava para um pátio onde havia uma mesinha de café feita totalmente de ferro.

— Por favor, sentem-se, o governador virá logo — anunciou o criado. — Enquanto esperam, podem tomar chá ou café. — E desapareceu por outra porta.

Ubach não sabia o que pensar de toda aquela amabilidade e cordialidade. Era esse o governador que, com o chefe Hassan, controlava a vida deste território com tirania e despotismo? Não queria tirar conclusões precipitadas antes de falar com o governador, mas, de início, as sensações que o acompanhavam eram positivas. Ainda não haviam acabado de servir o café quando o criado voltou. Dessa vez o fez acompanhado pelo governador, que entrou rindo e junto de outras duas pessoas, o alto comissário de polícia e um tradutor.

Conversou com o encarregado de atuar como intérprete, pois o governador — jovem e arrumado — tinha chegado há pouco de Constantinopla e não sabia nem uma palavra de árabe. Tomando golinhos da xícara de café ou de chá, viu todos os documentos, salvo-condutos e passaportes. O *kaimakan* examinou tudo de cima a baixo; Ubach, esperto como uma raposa, guardava um ás na manga. Manteve seu trunfo para o final: a carta de recomendação especial escrita em turco pelo governador militar de Jerusalém. Ubach sabia que ele era a autoridade de quem o *kaimakan* dependia diretamente, e por isso esperava um tratamento especial. O governador, que lia a carta com atenção, tinha consciência de que os dois religiosos podiam se queixar dele ou elogiá-lo diante do governador militar em função do tratamento que recebessem.

Quando terminou de ler, dobrou o papel e em tom pausado e com uma pronúncia em turco sofisticado se dirigiu ao padre Ubach, que não parava de olhar para ele ao mesmo tempo que o intérprete traduzia suas palavras.

— O *kaimakan* diz que não faltarão camelos novos para prosseguir em sua viagem para Maan e Petra. Só precisam combinar o preço — explicou o tradutor. Depois de um breve regateio, conseguiram pagar um guinéu, uns vinte e cinco francos, por camelo até Maan.

— Desculpe, Excelentíssimo Senhor. — Ubach pediu a palavra, e o governador a concedeu imediatamente com um gesto. — Gostaríamos de saber se há algum perigo real de que o temido xeique Hassan nos ataque. Sabemos que, como seu pai antes, ele exige pagamentos muito elevados para passar por seu território e que, se não pagarmos a quantia de doze libras esterlinas ou duzentos e cinquenta francos, corremos o risco de não viver para contar e morrer na tentativa. Por isso, nos atrevemos a lhe pedir se poderíamos contar com uma escolta de soldados para atravessar seu território até Petra a fim de fazer frente à ameaça do temido xeique Hassan.

— O *kaimakan* diz que não têm por que se preocupar, pois, segundo as notícias que recebe, o xeique não está em Aqaba por esses dias, mas que, de qualquer maneira, telegrafará a Maan para que enviem um grupo de quatro soldados para escoltá-los. Diz que sente muito, mas que os que estão na fortaleza não podem sair.

Ubach agradeceu a boa ou, melhor dizendo, a excelente disposição do governador e, depois de beber mais algumas xícaras de café, falar sobre os motivos da viagem e contar algumas anedotas sobre o périplo bíblico, foi conduzido pelo criado até suas modestas acomodações.

Após dois dias, a escolta ainda não havia chegado. Ubach estava impaciente para prosseguir a viagem, pois em Aqaba, depois de visitar as ruínas e recolher algumas conchas na praia e amostras de flores que guardara na caixa de herbolário, não tinha mais nada a fazer. O sol se levantou rapidamente nessa manhã, e a paciência do padre Ubach se esgotou. Dirigiu-se aos cameleiros e comunicou sua decisão.

— Iremos sem escolta.

— O que está dizendo, *abuna*? — reagiram rápido e surpresos os beduínos.

— E a escolta? — apontou Vandervorst.

— O que vocês estão ouvindo — respondeu, com determinação, o monge. — Encontraremos os soldados, com a escolta, no meio do caminho. Não devem estar muito longe — respondeu Ubach. — Assim nos adiantaremos.

— Mas não deveríamos nos aventurar sozinhos por territórios regidos por outras tribos sem permissão e desprotegidos — comentou Djayel.

— Que tribos? — quis saber Ubach.

— A caminho de Maan e Petra, entraremos nas terras dos *haueitat* — corroborou Id, que sabia do que falava.

— E onde começa o território dos *haueitat*?

— A umas três horas para o norte.

— Não há outro caminho para chegar a Maan, certo? — perguntou Ubach.

— Sim, tem razão, mas é uma imprudência que poderíamos evitar — admitiram os beduínos e o sacerdote belga.

— Então, preparem os camelos e vamos andando. Verão que, antes que tenhamos percorrido o equivalente a três horas de caminho, encontraremos nossa escolta, acreditem.

Antes de ir embora, Ubach fez uma visita às escavações que uma expedição do Museu Britânico, dirigida pelo ilustre arqueólogo Leonard Woolley, fazia perto da fortaleza do *kaimakan*. Um grupo de beduínos e um grupo de jovens britânicos, uma dúzia de pessoas ao todo, trabalhavam sob o sol ardente às ordens de um homem de compleição atlética, vestido de modo impecável e limpo, apesar da poeira que cercava toda a cena.

— Bom dia. — Em meio ao som de pás e picaretas, Ubach dirigiu um cumprimento a Sir Leonard, que ergueu a aba do *salacot* que usava levantado até as orelhas para ver melhor quem o cumprimentava e se virou para o jovem monge.

— Como vai, padre, o que o traz a essas terras?

— O mesmo que você, Sir Leonard — respondeu em um inglês perfeito o padre Ubach. — O estudo do êxodo dos judeus do Egito pela península do Sinai até a Terra Prometida.

O inglês se surpreendeu pelo monge o conhecer.

— Conheço seu trabalho e acompanhei suas publicações depois de escavar no *uadi* Halfa, na fronteira entre Suam e Egito — acrescentou o monge.

Woolley se inflou de orgulho, e Ubach mencionou suas resenhas.

— Vejo que está a par de minhas escavações. Posso perguntar por que você também estuda a fuga dos israelitas do Egito?

— Pretendo contextualizar os textos sagrados, traduzi-los para minha língua, o catalão, e a partir dessa viagem que segue os rastros do povo de Moisés, recolher todo o material possível para abrir um museu bíblico na montanha de Montserrat.

— Muito interessante — reconheceu Leonard Woolley. — O capitão Stewart Newcombe e um destacamento do Exército britânico nos acompanham. Você viaja sozinho?

— Um grupo de soldados turcos vai nos escoltar — esclareceu Ubach, e voltou ao assunto que mais o preocupava, que não era exatamente a segurança. — Talvez possa me ceder alguma peça de sua atual campanha em Aqaba — propôs, meio brincando, a Woolley. Sabia que era impossível, mas precisava tentar.

— Sim, com certeza, por que não? — respondeu, sorrindo. Ubach não conseguia acreditar. — Simpatizei com você, padre, e como perseguimos o mesmo objetivo, devemos nos ajudar, não acha? Venha, me acompanhe. — E Woolley fez um gesto para que o monge o seguisse até uma barraca onde Ubach supôs que guardavam os achados. — Então você leu meu relatório sobre o *uadi* Halfa? — quis saber o arqueólogo.

De repente, Ubach compreendeu a boa predisposição do cavalheiro britânico. Desmanchou-se em elogios ao trabalho e às contribuições que o outro tinha feito, e Woolley não demorou a mostrar algumas das joias que conseguiram desenterrar das vísceras do deserto.

— Achamos restos da antiga muralha de pedra da fortaleza que cercava Elat, a aldeia sobre a qual se edificou Aqaba e que, no início do século VII, marcava desse lado da Arábia a fronteira do império bizantino...

— ... E era como uma sentinela avançada do cristianismo do Ocidente — acrescentou Ubach.

— Isso mesmo, padre — concordou Woolley, sem esconder a admiração pelo monge, enquanto se aproximava de uma das caixas e tirava duas peças. — Dou-lhe dois fragmentos para seu museu — ofereceu sem interesse.

— Oh, muito obrigado — disse Ubach. — Cuidarei delas à altura. E, é obvio, constará que é uma doação sua, Sir Leonard.

Acabaram de examinar os achados, bem como as etapas que a caravana do padre Ubach tinha previsto seguir. Ao voltar para o palácio do *kaimakan,* não conseguiu evitar observar um dos jovens britânicos que não estava com os outros trabalhadores da escavação. Chamou-lhe a atenção que estivesse sentado à sombra de uma acácia, com as costas apoiadas no tronco da árvore, com um grande bloco de anotações e um lápis nas mãos. Seu olhar parecia perdido no horizonte, e Ubach se aproximou.

— Bom dia, tudo bem? — disse, em tom entusiasmado.

— Bem, e você? — respondeu o rapaz sem olhar para ele, desinteressado.

— Como se chama? — quis saber Ubach.

— Thomas, Thomas Edward Lawrence, mas todos me chamam de Lawrence.

— Olá, Lawrence. Eu me chamo Bonaventura Ubach. Estava falando com seu diretor, Sir Leonard, e me surpreendeu vê-lo aqui sozinho, enquanto o resto de seus colegas trabalha nas escavações.

— Humm... — balbuciou sem soltar o lápis de carvão.

— É uma paisagem única que vale a pena imortalizar — observou Ubach, colocando a cabeça por cima do bloco de papel para ver o que desenhava.

— Ahã... — soltou o rapaz de novo com falta de vontade, sem levantar a vista da folha de papel. — Sim, sim, são paragens cativantes.

Ubach ergueu as sobrancelhas ao se dar conta de que ele estava desenhando o castelo, a fortaleza do *kaimakan*.

— Esse castelo é imponente e... — assegurou Ubach passeando o olhar entre a construção original e os traços de carvão — você o levou ao papel quase como se fosse um retrato, com todos os detalhes, incluindo os soldados! — acabou observando.

— É uma praça fortificada excepcional, uma das construções militares mais completas que vi até agora — reconheceu o rapaz.

— O que quer dizer? Você viu mais alguma fortaleza?

— Sim, quase uma dúzia. — E nesse momento deixou o desenho que estava acabando de fazer e, levantando o restante de folhas do bloco de papel, examinou as fortalezas que tinha transferido para o papel com todos os detalhes e anotações nas margens.

— E você só faz esse tipo de desenho, Thomas?

— Sim, senhor, é o meu trabalho — respondeu, voltando para sua tarefa.

— Muito bem, Lawrence, não o incomodarei mais e o deixarei trabalhar.

— Certo, obrigado, padre, mas você não me incomoda de jeito nenhum. Gosto de conversar com você, mas é que essa é minha principal tarefa, designada pelo capitão Newcombe.

Fazia tempo que Ubach suspeitava, mas agora entendia tudo. O trabalho principal do jovem Thomas Edward Lawrence consistia em desenhar as construções militares, inclusive as dos turcos, e não fazia isso porque era um apaixonado ou um estudioso dessas instalações, nem tão somente porque tivesse mais habilidade que seus companheiros. Oficialmente, a expedição pretendia, como Woolley havia explicado, estudar o êxodo dos judeus do Egito, mas Ubach percebeu que seu verdadeiro objetivo era dar uma aparência respeitável à atividade artística de um jovem que, na realidade, servia para obter informações sobre o Exército turco, que tinha uma representação notável e forte na região.

— Vamos nos colocar em movimento! — Ubach encorajou todos, e em pouco mais de meia hora já haviam subido nas cadeiras de montaria e se despediam do *kaimakan*, que não conseguiu vencer a determinação do monge.

Com o binóculo na mão para vigiar se aparecia ao horizonte a silhueta de algum malfeitor que pudesse surpreendê-los, o padre Ubach encabeçava mais uma vez a caravana, seguindo os rastros bíblicos pela monótona planície de el Hismé. Exatamente como tinha vaticinado, depois de menos de uma hora de viagem e antes mesmo de se acostumarem ao vaivém dos novos camelos, avistou três pontinhos ao longe. Primeiro se assustou um pouco, e sem que o restante se desse conta, a expressão de seu rosto se fechou. De repente, um raio de esperança dissipou todas as dúvidas. Três homens de porte elegante e orgulhoso cavalgavam sobre três cavalos árabes puro-sangue.

— Esses não são soldados rasos — comentou Ubach praticamente sussurrando a Vandervorst.

— Não mesmo — corroborou o belga. — Pelo aspecto distinto e valente, têm todo o jeito de serem oficiais. Aí está mais uma prova da amabilidade de Aqaba — acrescentou Vandervorst. — Vai saber como o bom homem escreveu o telegrama.

— Pode ter certeza de que deve ter nos apresentado como grandes personalidades, e, pela expressão de poucos amigos, esses guerreiros devem ter tido uma grande decepção ao ver que somos apenas dois pobres e simples religiosos — reconheceu Ubach no momento em que os três homens armados desciam do cavalo para cumprimentá-los.

— *Salam aleikum* — cumprimentaram.

— *Aleikum as-salam* — responderam os sacerdotes.

— Deveriam ter nos esperado. É imprudente se aventurar sozinhos por essas regiões, onde podem topar com bandidos e ladrões.

— Eu sei. Foi minha culpa — admitiu Ubach. — Peço desculpas, mas, francamente, não podíamos esperar mais tempo.

No começo da tarde iniciaram a subida pela montanha de Naqb el Eshtar até a região de Shera. E boa parte da jornada transcorreu pelas paragens dessa área inóspita. O sol foi se pondo, e chegou a hora de procurar um lugar onde montar acampamento.

Pararam em uma fonte onde os camelos puderam matar a sede e os beduínos encheram os cantis.

— Poderíamos passar a noite aqui — sugeriu Vandervorst.

— Não é bom, *abuna*. Encontraremos um lugar mais seguro não longe daqui.

O sacerdote belga ficou desconcertado com a resposta do guia da caravana, porém Ubach já sabia e não estranhou. Parecia natural estabelecer o acampamento ao lado de alguma das fontes que passaram, mas o padre Janssen já o havia advertido em Jerusalém, e foi exatamente isso que Ubach explicou a Vandervorst.

183

— Joseph, os beduínos nunca passam a noite ao lado de uma fonte ou de um riacho para descansar e dormir.

— Por quê? — quis saber o belga.

— O habitante do deserto sempre procura um lugar isolado, solitário, desconhecido, ao abrigo de qualquer surpresa. Observe! — E Ubach o incentivou a seguir os movimentos de Saleh. Não se enganou.

O lugar que ele tinha escolhido não estava muito longe, a uns dez minutos da última fonte de onde tanto os camelos quanto os beduínos haviam bebido. Depois de descarregarem as bagagens e já instalados, Vandervorst se dirigiu a Ubach.

— Essa área do deserto pode ser tão segura quanto você quer, Ventura, e talvez nenhum bandoleiro nos mate, mas o frio glacial sim! — queixou-se Vandervorst, uma vez instalados em uma ladeira da montanha coberta de grama que podia tornar a noite mais agradável para eles. Porém, o vento que soprava os fazia estremecer de frio, provocando tremores que debilitavam o corpo e a alma.

O vento lhes dava beijos gelados no rosto, que ficava exposto à intempérie porque a manta não chegava a esquentá-lo. E, se a puxavam para cobrir o rosto, descobriam os pés, e as rajadas de vento congelavam seus dedos. Com tamanho frio era impossível dormir nem mesmo por quinze minutos. Os camelos também pareciam preocupados e mostravam seu mal-estar blaterando sem parar. Os beduínos e a escolta de oficiais do Exército turco, reunidos ao redor do fogo, conversavam para passar o tempo. Eram mais de três da madrugada, e Ubach tomou uma decisão.

— O que temos de fazer é dobrar as mantas, carregar a bagagem nos camelos e ir embora daqui.

— Acho uma grande ideia — apoiou Vandervorst enquanto esfregava as mãos, assoprava as pontas dos dedos e batia os pés no chão para se aquecer.

Os beduínos e os soldados faziam praticamente o mesmo para tentar ativar a circulação do sangue, que estava a ponto de congelar.

A lua brilhava esplêndida no meio de um céu de diamantes que os guiava por uma planície interrompida apenas por algumas ondulações suaves do terreno. Quando o dia começou a clarear, seguiram conscientes pelo terreno mais ou menos esverdeado, salpicado de vez em quando por uma espécie de planta que Ubach nunca tinha visto antes.

— O que é essa espécie de couve? — perguntou Ubach a Djayel, apontando para a planta de quatro folhas estendidas como mandrágoras no nível do solo, no meio da qual brotava um caule grosso de uns dois palmos de altura, coroado por uma flor vermelha.

— É *kahmun*, uma hortaliça muito comum nesses territórios, que, além do mais, é comestível.

— Come-se?

— Sim, sim, claro. O caule, uma vez descascado, pode ser comido.

— Como os talos de alface ou de endívia — apontou Ubach.

Detiveram-se, e Suleiman, Id, Djayel e Saleh não perderam tempo e deslizaram pelo pescoço do camelo para cortar com suas facas algumas hortaliças.

E fizeram bem, pois a vegetação desapareceu completamente, e a paisagem voltou a ser dominada pelas pequenas dunas e pela esplanada que fazia justiça ao nome de Arábia desértica. A monotonia se instalou no ânimo da caravana e, embora já avistassem Maan, o surgimento no horizonte de uma fila de uns trinta camelos que se aproximava cavalgando os sobressaltou.

Então, alguém exclamou:

— O xeique Hassan!

Tanto os beduínos quanto os soldados e os religiosos fizeram o mesmo gesto: puxaram as rédeas de suas montarias e se detiveram. Os integrantes da caravana se entreolharam, e seus olhares transmitiam de respeito, emoção e agitação até incerteza, angústia e medo. Ubach entendia esse estranho nervosismo, porque o nome de Hassan era uma lenda.

Envolto em uma grande nuvem de areia dourada que seus camelos levantavam, o xeique parou diante da caravana. Estirado e orgulhoso, parecia um sujeito gentil e com um belo porte, uma dessas fisionomias morenas, elegantes, respeitáveis e majestosas que abundam pelo deserto. O próprio Ubach não conseguia acreditar no que via, imaginara-o mais bruto e com cara de poucos amigos.

— De onde vêm? — perguntou o xeique em um tom autoritário.

Passaram-se alguns segundos antes que alguém se atrevesse a responder. O padre Ubach, no entanto, praticamente sem pensar, erigiu-se em porta-voz improvisado da caravana. O medo que aquela figura infundia no restante do grupo havia provocado um silêncio que o monge optou por romper de maneira muito atrevida antes que ficasse constrangedor.

— Olhe, aaa... agora estamos a ponto de chegar a Maan e amanhã, se Deus quiser, ééé... sairemos paraaa... Petra — disse, gaguejando e pronunciando mal as palavras. Sob a túnica, Ubach suava demais, e não era por causa do sol.

— Perguntei de onde vêm — insistiu, erguendo a voz ao mesmo tempo que os beduínos e os soldados turcos, a escolta que tinha de cobri-los, se amedrontavam diante de seu tom estrondoso.

Justamente o contrário do padre Ubach, que, fazendo-se de tonto e arranhando um árabe malfalado, respondeu.

— Ah! Quer saber de onde viemos? Desculpe, entendi que nos perguntava aonde íamos. De onde mais se não de Aqaba? — respondeu de maneira insolente.

— Você sabe que todo o território de Aqaba até aqui é meu e está sob meu domínio?

Ubach o olhava e abria e fechava os olhos muito rapidamente, como se não entendesse bem o que dizia, e só respondeu com silêncio.

— Não sabe que o xeique Hassan — e bateu forte no peito com a mão direita — tem direito a receber uma quantia de cada viajante que queira cruzar seu território?

Ubach achou graça que expusesse sua cobrança em terceira pessoa em vez de fazê-lo em primeira, pois se referia a si mesmo. Ubach pensou que era uma maneira de se dar mais importância do que tinha. Não conseguiu evitar esboçar um sorriso que não chegou a se estampar na boca, porque o xeique Hassan voltou a falar.

— Sou soberano dessas terras e exerço meu direito legítimo de cobrar um tributo de quem passa. Nem sequer o sultão de Constantinopla está livre de pagar esse pedágio — esclareceu diante dos forasteiros que resistiam a seu poder.

— Com certeza gostei muito dessas terras... — reconheceu Ubach. — Montanhas muito bonitas, paisagens fantásticas... ééé... Você mora em um lugar único e privilegiado, chefe.

— Não estou dizendo isso. — O xeique Hassan começava a ficar com a pulga atrás da orelha, porque via que o monge estava se fazendo de rogado. — Vejamos, digam quanto pagaram por cada camelo — disse, apontando para os animais —, e lhes direi quanto têm de pagar ao chefe Hassan.

— Veja, xeique, foi um prazer conhecê-lo e saber que você é amo e senhor dessa terra de Aqaba. Talvez algum dia eu volte, e, se me permitir, irei visitá-lo em sua casa.

O rosto do xeique Hassan refletia seu desconcerto. Ubach tinha conseguido desarmá-lo.

— Mas quer fazer o favor de me pagar de uma vez? — insistiu, gritando, o xeique.

— Oh, xeique Hassan, não entendo, desculpe. *Salam aleikum* e que faça uma boa viagem — desejou o padre Ubach assobiando, e deu um puxão em seu camelo para que se pusesse em movimento. Surpreendidos, os outros integrantes da caravana o seguiram.

O xeique Hassan ficou sem receber enquanto via a caravana se afastar.

Quando já estavam suficientemente longe, os beduínos e os soldados felicitaram Ubach por sua coragem, e Vandervorst lhe perguntou:

— Ventura, pela expressão do xeique, acho que ele estava entre a raiva e a impotência. De onde você tirou coragem para desafiá-lo?

— E o que mais podíamos fazer? Pagar o que nos pedisse? Isso nem pensar! — exclamou o monge em tom enérgico. — Olhe, Joseph, tomei coragem e fingi que não entendia, foi a única ideia que me passou pela cabeça para escapar das garras ambiciosas e maliciosas daquele xeique. Seja como for, acho que, se nos deixou ir sem pagar, foi também porque levamos uma escolta armada com escopetas, e isso freia o mais atrevido dos homens, por mais que ele se chame Hassan Ben Jad e seja conhecido como o Açoite do Deserto.

A cidade de pedra

Envoltos pelo mistério de uma penumbra difusa, Ubach, os beduínos e os soldados turcos entraram por um corredor estreito de não mais de dois metros, cercado de penhascos que se elevavam a mais de oitenta metros. A erosão das águas havia desenhado ao longo dos anos infinitas curvas, regulares e graciosas, repentinas e selvagens. Após alguns minutos, a garganta se alargava para dar passagem à explosão exuberante da natureza do lugar, que fazia qualquer um, até o homem mais importante da Terra, sentir-se minúsculo diante da obra de uma civilização antiga e da imensidão e grandeza da natureza, apreciando e valorizando essa manifestação única. Detiveram os camelos para observar atentamente, de cima a baixo, todos os detalhes do monumento que se elevava majestoso diante deles.

—É... — E não encontrava a palavra para defini-lo. — É como uma joia, uma preciosidade, e com razão lhe puseram o nome de Tesouro do Faraó — reconheceu Ubach, que ficou impressionado diante da obra de arte esculpida em arenito.

Escorregando pelo pescoço do camelo, Ubach desceu com a habilidade que havia adquirido depois de vários dias viajando no lombo do animal. Apesar da pouca luz que havia no final da passagem do estreito de Sik, o monge se viu diante da fachada avermelhada de *Jaazne Firaun*, o Tesouro do Faraó, gravada na parede. Dois andares de colunas com capitéis finos e delicados, escavados na parede da rocha. Dois portais de frontão triangular sustentados de cada lado por duas meias colunas que apoiavam molduras de estilo egípcio. Acima, estavam rematadas com merlões que lembravam os monumentos assírios ou babilônicos e que insinuavam pequenas aberturas, que resultaram em nichos e urnas com todo tipo de adorno. Abaixo, uma porta única que convidava a entrar em outro tempo, em outra época; se fechasse os olhos e tocasse a pedra porosa e rugosa, podia perceber tudo pelo que passara o povo nabateu, nômade e comerciante por excelência. Ouvia o rugido das caravanas que atravessavam os desertos da Arábia para o Mediterrâneo e que paravam em Petra para se prover de água. Sentia o cheiro das especiarias, do incenso e da mirra que levavam do vale de Hadramut. Sentia a dor dos escravos, que, como mercadorias, arrastavam-se acorrentados. Os nabateus chegaram a organizar um contingente militar para proteger as rotas de saqueadores e bandoleiros, bem como para garantir o tráfico de mercadorias e os benefícios comerciais que derivavam dele, e, quando voltavam, se encerravam e escondiam em sua cidade de pedra, dentro das rochas, onde viviam.

— É difícil imaginar como os nabateus conseguiram se tornar invencíveis dentro da rocha — reconheceu Ubach.

— Devem ter aprendido a lição depois de confiar em Antígono, que arrasou com eles aproveitando que os homens estavam fora da fortaleza por obrigações do comércio — apontou Djayel.

O assentamento que estava diante deles era bastante espalhado e se viam sinais de vida por toda parte. Passeavam pelo lugar ocupado pela cidade, dividida em duas pelo vale de Musa ou Moisés. Viam-se ainda as ruínas da ponte que as unia, do passeio principal que as enaltecia com um pórtico de lado a lado com uma tripla entrada triunfal. Observavam as termas, o templo e o teatro que havia entretido e protegido seus habitantes, a acrópole que os defendia e as casas que lhes davam um quente refúgio e que agora estavam reduzidas a um monte de ruínas. Voltaram-se para as montanhas, e seus olhos se perderam pelos precipícios esculpidos ao capricho dos ventos. Ubach quase não tinha tempo para subir a montanha e chegar ao topo, coroado por uma mesquita branca.

— *Yebel Harun* — disse no idioma beduíno. — A montanha de Aarão.

Enquanto os demais integrantes da caravana continuavam se deleitando com a diversidade de monumentos da cidade de pedra entre templos, nichos, altares e tumbas, Ubach havia decidido escalar a montanha por um labirinto de desfiladeiros e precipícios. Bastante abatido e quase sem fôlego, conseguiu chegar ao topo. Não estava sozinho.

— Ufa! Bom dia... — cumprimentou Ubach.

— Bom dia — respondeu um homem baixinho com uma barriga proeminente que soltava nuvens de fumaça pela boca. Enquanto dava uma tragada no cigarro, convidou o monge a se sentar a seu lado. — Gostaria de tomar um pouco de chá? — convidou, apontando para o bule.

— Muito obrigado! — respondeu Ubach, com as mãos na cintura porque sentia pontadas agudas. Estava com gases. Abriu a boca para respirar e, ao encher os pulmões com o ar fresco que se respirava no velho cume, já começou a se sentir um pouco melhor.

— O que o traz aqui em cima?

— Queria comprovar se Aarão, o irmão de Moisés, passou por esse lugar, como apontam as Sagradas Escrituras. E você, se me permite, o que faz aqui?

— Moro aqui.

— Mesmo?! — respondeu, surpreso, Ubach.

— Sim, sou o guardião do mausoléu e o muezim da mesquita do profeta Aarão.

— Então pode me garantir que seus restos estão no interior dessa pequena mesquita? — Ubach apontou para uma construção que se erguia atrás dele, branca, pequena e com as dimensões do recinto sagrado dos muçulmanos. — É verdade que ele passou por aqui e que, conforme afirmam os beduínos, seus despojos estão enterrados ali dentro?

— Estimado amigo, todas essas perguntas se respondem com um puro e simples... — disse o guardião, fazendo uma pausa enquanto tragava o cigarro — ... sim! Embora dependa do ponto de vista que se olhe.

— Do que está falando? Os restos estão ou não aqui? É simples! Sobre esse assunto, não há ponto de vista.

— Eu não teria tanta certeza — declarou o muezim. — Pertenço a uma das quatorze tribos que vivem em Petra, a de al Amarad. Somos descendentes dos nabateus que viveram nesse enclave desde tempos ancestrais. E, desde criança, ouvi a história de um filósofo nabateu tão sábio que sua reputação ia além do vale de Aravá. Conhece essa história?

Ubach balançou a cabeça admitindo que não e com outro gesto pediu que prosseguisse.

E o guardião e muezim assim o fez.

— Todos os dias o viam atravessando o desfiladeiro do Sik com seu burro, a caminho do mercado que ficava pouco depois do oásis Uad Mataha. O burro trotava sem desfalecer durante o longo trajeto, pois sabia que, quando chegasse ao mercado, esperava-o um monte de cenouras como prêmio por seu esforço. No entanto, o mais curioso de tudo era que o sábio sempre ia sentado ao contrário, ou seja, olhando para a garupa do animal. Portanto, não era estranho que alguns achassem que o sábio, como havia acumulado tanto conhecimento, tinha perdido algum parafuso, mas ninguém se atrevia a lhe dizer nada, pois o respeitavam profundamente. Um dia, Rabbel I, o monarca do reino dos nabateus, ficou sabendo dessa curiosa maneira de montar de um de seus súditos. No início, o rei riu do costume extravagante, mas alguém da corte o fez ver que, por trás dessa atitude, se escondia um desafio aos bons costumes e às boas maneiras dos nabateus. Um conselheiro foi ainda mais longe e sugeriu ao monarca que esse hábito não era somente uma quebra das normas de bom comportamento mas também um desafio aberto à dignidade da Coroa. Tanto insistiram que acabaram conseguindo que visse o que eles queriam. E Rabbel I, encolerizado, gritou: "Está claro por que monta ao contrário. Por mais sábio que seja, não consegue fazê-lo." Rapidamente promulgou uma lei que proibia todos os habitantes de Petra de montar ao contrário, fosse em cavalo, camelo, asno, burro ou mula. O sábio continuou montando ao contrário sem dar importância ao édito que, segundo a ordem real, proibia isso. Até que chegou um dia em que os guardas do palácio o detiveram e o levaram diante do monarca, que o interrogou.

"— Por que age dessa maneira? Por que se atreve a desobedecer a um mandato real? — perguntou o rei, furioso. — Você é um homem sábio e com boa reputação, não entendo a razão de sua conduta.

"— Com todo o respeito, Vossa Sereníssima Alteza, tenho de lhe dizer que não monto ao contrário, que é apenas uma simples questão de ponto de vista.

"— O que quer dizer? Explique — exigiu o monarca.

"— Quando entro no desfiladeiro do Sik, costuma ser a hora de minhas orações, por isso monto em direção a Khazné, o grande templo que há na entrada, ou seja, vou montado olhando para o grande templo, rezando. Estou dialogando com Deus... e nesse estado não importa como vá montado.

"— Mas então... — interveio o rei um tanto desconcertado — é seu asno que vai ao contrário!

"— Não, Vossa Majestade, o asno também vai como quer.

"— O que quer dizer com 'vai como quer'? — questionou o rei cada vez mais confuso.

"— Meu asno procura suas cenouras, justa retribuição pelo trabalho que realiza cada dia. Portanto, ele também vai na direção correta. Embora estejamos indo no mesmo sentido, nossos pontos de vista são diferentes. Vamos ao contrário, mas no mesmo sentido — repetia o sábio ao rei. — A sua maneira, o asno também é sábio.

"— Muito bem — concluiu o rei. Então tomou ar e perguntou: — E quando volta, por que faz o caminho do mesmo modo?

"— À tarde, quando retornamos para Petra depois de um longo dia de estrada, meu asno volta trotando depressa, porque tem vontade de chegar o quanto antes, e assim poder deitar na palha do estábulo, o que é muito merecido!

"— E então por que volta a montar ao contrário? — quis saber.

"— Vossa Majestade já entenderá. Volto sempre olhando para a garupa do animal porque vigio a valiosa mercadoria que trago todos os dias do mercado. Pense que a subsistência de minha família depende dela. Se fosse um despreocupado e olhasse para a frente ou para qualquer outro lugar, não poderia ver tombar alguma cabaça ou fardo de trigo. Nem ouviria nada porque o eco do vento que corre através dessa garganta não me permitiria escutar o barulho das mercadorias ao cair. Por isso, Vossa Majestade, devo dizer que por nada do mundo faltei nem às leis nem aos bons costumes dos nabateus. E muito menos pretendia ofendê-lo. — E acrescentou: — Só se tratava do meu ponto de vista e do meu asno..."

O guardião e muezim da mesquita de Aarão acendeu outro cigarro e, dando uma forte tragada, disse lançando a fumaça entre os dentes amarelados:

— Veja só, *abuna*, o mundo e tudo que nos rodeia podem ter sua própria interpretação. É um dilema que os antigos nabateus já conheciam. Ver que nossa própria realidade não é sempre a verdade dos demais. Embora todos nós possamos ver o mesmo, os ângulos podem ser diferentes.

— Entendo — reconheceu Ubach. — O objetivo dessa história é perceber que as razões que motivam os atos das pessoas estão às vezes influenciadas, ou inclusive enganadas, pelas aparências. — Ubach começava a compreender o que o guardião dizia. — Nossos pontos de vista são subjetivos, como se víssemos o mundo com os antolhos que colocam nos burros para que olhem só para a frente e não se distraiam olhando para os lados. Portanto, é impossível para eles apreciar o entorno.

— É muito importante entender as diferentes circunstâncias humanas como são na realidade, e não como acreditamos ver de nossa própria apreciação — acrescentou o beduíno. — Se você quiser, no entanto, abro a porta para que possa entrar e constatar com seus olhos que o túmulo de Aarão está ali.

Ubach não precisava fazer isso porque acreditava firmemente que estava ali, e não duvidava dessa realidade; mas, por outro lado, a curiosidade — que o corroía por dentro — gritava pedindo que se levantasse correndo atrás do guardião e entrasse para ver o túmulo, tirar uma foto e descer com a prova capturada em câmera. Ubach descia para Petra e continuava pensando nessa parábola engenhosa, herdeira de uma tradição antiquíssima que tentava lançar uma luz sobre algo tão complicado como o ponto de vista subjetivo ou pessoal. A origem da narrativa era tão remota que, ao que tudo indica, já aparecia gravada em escritura cuneiforme em tábuas de terracota.

É evidente que a lição que entesourava em seu interior havia perdurado ao longo do tempo até se transformar em um exemplo da magnífica tradição árabe. "Procurarei me lembrar dela para transcrevê-la ao pé da letra no diário de viagem", pensou Ubach.

O inferno na Terra

— Não há nenhum povoado por aqui com esse nome — respondeu o *mudir*, a autoridade de Petra, o governador local.

— Como não? Você não conhece essa localidade? — replicou Ubach, estranhando. — Mas está a apenas alguns dias de camelo de sua casa. — Pareceu-lhe que o *mudir* estava recusando permissão para visitá-la.

— Digo que não há nenhuma estrada que vá até lá — reconheceu.

— Tem certeza, senhor?

— Bem... — disse, pigarreando, e baixou o tom de voz. — Sim, há uma estrada que chega até lá... — concedeu, finalmente — ...mas é um caminho apavorante e totalmente impraticável.

— Por quê? Se, como dizem as escrituras, o povo de Israel passou por lá, nós também poderemos, não acha, *mudir*?

— Não sei o que aconteceu com esses israelitas de que fala, mas nenhum dos que vi ir por lá voltou. E estou convencido de que, quem não morre na estrada, que consiste em uma série de desfiladeiros e atalhos que sobem e descem por um estreito vale antes de chegar à planície do Inferno, perde a vida ao chegar às minas de cobre.

Ao sul do mar Morto, entre Petra e Zoar, ficava Funon, a terra das serpentes de fogo. A chegada a esse território bíblico, segundo os textos sagrados e os habitantes dos arredores, era precedida por uma travessia infernal. Morto, ermo, descampado, seco e castigado pelo sol: assim era o lugar que dava as boas-vindas às minas de cobre para onde, antigamente, enviavam os criminosos, porém onde também morreu um grande número de cristãos na época de Diocleciano e Maximino. As montanhas que a rodeavam também eram de cor esverdeada, escura, o que evidenciava o quanto eram ricas em cobre, que nascia em suas vísceras. Segundo o que o *mudir* havia contado, ainda enviavam criminosos para extrair o mineral, pois, de vez em quando, viam-se passar caravanas de homens acorrentados indo às minas.

Ubach pensou que não era estranho o povo de Israel estar a ponto de morrer de sede. Em vez de atemorizá-lo com sua cena para fazê-lo mudar de opinião, o *mudir* só havia conseguido animar ainda mais o padre.

O sol lançava um calor abafado sobre a terra, e a areia ardia como brasa, como os camelos já notavam nos cascos. O calor tornava o ar sufocante, queimando a garganta só de respirar. As gotas de suor secavam assim que saíam dos poros da pele.

— Parece que uma serpente de fogo nos picou! — exclamou Vandervorst, citando os textos sagrados enquanto notava que todo seu corpo fervia.

— Com certeza — respondeu Ubach, que notava que lhe faltava ar porque tinha as paredes do pescoço muito ressecadas e não conseguia nem engolir saliva para se aliviar.

— Tomarei a travessia desse deserto como aquilo que é: uma penitência pelo inferno. Tomarei isso como uma prova que o Todo-Poderoso me pede para chegar a ser o Eleito. Sabe, Bonaventura, Ele me falou. Designou-me, assinalou-me como o que sou: o portador da Verdade que propagarei por todo o mundo.

Vandervorst delirava. Ubach sabia, tinha visto e ouvido isso nas palavras que o outro havia acabado de pronunciar. Era um estado mais ou menos duradouro de perturbação mental que se manifestava com essa grande excitação, a incoerência das ideias, as alucinações que causavam febre e lhe faziam dizer barbaridades. Precisavam chegar a Funon, porém a única coisa que se exibia diante dele era uma extensão de terra banhada por um sol que cegaria qualquer um. De repente, não muito longe de onde estavam, viu um resplendor.

— Sigamos esses reflexos! — anunciou o padre Ubach enquanto Vandervorst continuava com seus delírios e suas invocações.

Açularam os camelos para que mudassem o passo e avançassem um pouco mais depressa em direção àquele brilho antes de perdê-lo de vista. Os animais também estavam esgotados, e Saleh temia que a qualquer momento pudessem desabar, o que agravaria os problemas. Conforme se aproximavam, puderam observar de onde vinham os reflexos que os deslumbraram alguns segundos antes. Provinham das correntes que levava nos pés e nas mãos uma procissão de pessoas que avançavam em uma longa fila, escoltadas por dois homens armados que iam a cavalo. Um abria e o outro fechava a sinistra comitiva. O que ia atrás, além de estar armado com um fuzil, brandia um chicote que, quando não o fazia estalar no ar, aplicava com sanha nas costas de algum dos homens que parecia a ponto de desmaiar. Acorrentados, o passo dos criminosos levados para as minas era pesado e arrastado, como seria sua pena dentro da montanha, extraindo cobre durante o restante de suas vidas. Quando passou ao lado do grupo de condenados, verdadeiros despojos humanos depois de atravessar o deserto nessas condições, Ubach não conseguiu evitar pensar nos cristãos que seguiram um caminho parecido e que foram martirizados pelos imperadores romanos. Era como se visse são Silvano, bispo de Gaza, são Brigo e são Nilo, bispos do Egito, e mais uns trinta homens santos que sofreram torturas, e quem sabe essas pessoas também acabariam, como aqueles homens, lançados aos fornos da fossa por suas crenças.

— Para onde os estão levando? — perguntou Ubach.

— Para as minas! — respondeu o homem do chicote, fazendo-o estalar nas costas de um infeliz.

— Que crimes cometeram?

— Roubaram, violaram, assassinaram, difamaram... Padre, não se compadeça desses homens: são a escória da sociedade e agora devem pagar por seus crimes. — E açoitou outras costas.

— Você teria de receber o mesmo castigo — declarou Vandervost, de seu camelo, ao guarda.

Ubach ficou tenso ao ouvir que seu companheiro buscava briga. Acompanhava os delírios de grandeza falando com presunção de sábio e de soberano. Felizmente, o soldado que vigiava a caravana de condenados devia estar imune a espantos e atitudes arrogantes, pois não o levou muito a sério. Embora Vandervorst continuasse provocando-o, o guarda, ignorando as palavras de loucura, dirigiu-se ao padre Ubach para lhe dar um conselho.

— Vendo seu amigo delirar assim pelo calor do deserto, recomendo que passem a noite em Funon — e apontou com o braço um pequeno monte diante dele —, que está logo ali atrás. Lá encontrarão água e sombra suficientes para se recuperar.

— Agradeço muito e peço que o desculpe, pois ele não sabe o que diz — apontou Ubach para desculpar Vandervorst.

O vigia assentiu com a cabeça e deu um ligeiro sorriso que se apagou em seguida. De sua boca voltaram a sair insultos e impropérios dirigidos aos réus que acompanhava com o chicote, que agora brandia no ar sufocante do deserto. O outro guarda deu um puxão nas correntes para que os criminosos andassem. A triste comitiva continuou caminhando para seu próprio inferno, e a caravana do padre Ubach fez o mesmo em sentido contrário, com a ladainha delirante ao fundo de um Vandervorst cada vez mais perturbado. Em cima do montículo se viam quatro casas e ainda se podiam distinguir as ruínas de uma pequena fortaleza romana. Ubach pensou que devia ser a que controlava as minas de cobre. E, mais à frente, os restos de uma pequena basílica e de um aqueduto, alegrando o monge, que passou a língua pelos lábios ressecados quase já se deliciando com a água. Uma vez examinada a localidade e satisfeitos de confirmar a realidade bíblica, encontraram o refúgio que o guarda havia indicado.

Depois de um tempo, que lhes pareceu uma eternidade, surgiu diante deles um patamar com grama e um pequeno lago. Era o suficiente para assentar acampamento, recuperar-se e passar a noite, mas umas risadas sinistras não permitiram. Não se tratava do delírio de Vandervorst, que agora já dormia placidamente; eram alaridos, gritos que congelavam o sangue e que os mantiveram em alerta. Alguns olhos brilhantes e redondos que emergiam da escuridão rondavam a fogueira do acampamento e proferiam uma sinfonia de gritos que não pressagiava nada de bom. Eram hienas.

— Se não as afastarmos, não poderemos descansar — disse Ubach.

— Não nos deixarão em paz até encontrarem o que vieram procurar — acrescentou Saleh.

— E o que querem?

— Comida.

— Mas mal temos para nós.

— Em meu povoado — começou a explicar Id — havia um homem enorme que toda noite saía para alimentá-las. Ele começou a fazer isso em uma época de bonança para que, quando houvesse escassez, as hienas não atacassem ninguém do povoado.

— E funcionou? — quis saber Ubach. — Não são animais muito traiçoeiros?

— São, mas deu resultado. Se quiser, podemos tentar lhes dar um pouco de carne de suas latas.

— Mas, se não funcionar, ficarão rondando a noite inteira e, além disso, ficaremos praticamente sem comida — apontou Djayel.

— Tem razão, Djayel, mas vale a pena tentar — reconheceu Ubach, remexeu em suas bolsas e tirou duas latas de carne. — Aqui temos a carne, quem o fará? — perguntou Ubach. Todos os olhares, tanto de Saleh quanto os do Suleiman e Djayel, dirigiram-se a Id.

— Id, parece que... — disse Ubach. — Antes você nos contou como tinha visto fazerem isso. Acha que poderia lhes dar de comer? É óbvio que não é obrigado a fazer isso — lembrou o monge ao beduíno.

— Tudo bem, eu faço isso — admitiu com certo nervosismo na voz. — Tentarei: me deem as latas.

Pegou-as, remexeu a carne com um galho e ficou na fronteira entre a área iluminada pelo fogo e a dominada por escuridão e sombras. Ali, de cócoras, esperou com o galho em uma das mãos e as latas na outra, enquanto os animais comedores de carniça do deserto se aproximavam. Não precisou esperar muito. A primeira que apareceu com suas orelhas arredondadas era um exemplar comum de pelo áspero e cinza, com manchas escuras que lhe serviam para se camuflar durante os ataques noturnos. Timidamente, aproximava-se esticando o pescoço comprido e grosso, com passo firme. Atrás dela, a certa distância, distinguia-se um grupo de hienas que observava com expectativa. Quando viram que do galho que aquele indivíduo segurava pendia um pedaço de carne e que sua companheira se apressava a agarrá-lo antes que as outras viessem, estas, famintas, soltaram gargalhadas e trotaram até cercar o sujeito que os alimentava. Id mantinha a calma; no entanto, seus olhos arregalados refletiam o horror crescente que o embargava ao ver que as hienas devoravam seu espaço.

Decidiu tirar toda a carne da lata com o galho o mais rápido que pôde, deixou-a no chão e, retornando sobre seus passos, sem lhes dar as costas, retirou-se até o círculo de segurança representado pelo fogo que presidia o acampamento. Enquanto estavam animadas com a carne, e provavelmente por isso com a guarda baixa, apareceu uma matilha de lobos que lhes mostrou as presas, e as hienas tiveram de partir derrotadas e com os rabos abaixados. Já não se ouviam as gargalhadas das hienas, só os uivos de alguns lobos que tampouco os deixariam dormir nem descansar, escarvando a areia com suas garras perto do acampamento. Os soldados turcos que os acompanhavam se ofereceram para fazer turnos e passar a noite em claro, a fim de proteger as barracas das garras dos lobos.

O último cruzado

Na manhã seguinte, entraram no país do Moab, a terra áspera dos moabitas. A caravana se aproximava de seu destino, e Vandervorst também. Faltava pouco para concluírem o périplo que começaram há mais de trinta dias. Quando deixassem para trás essas terras bíblicas (que tinham sido transcendentalmente reveladoras para ele), Vandervorst abraçaria uma nova vida; assim dissera ao padre Ubach, e ele, embora não compartilhasse de sua opinião, a aceitava. Vandervorst tinha encontrado sua própria forma de fugir seguindo o caminho que Moisés traçou para guiar o povo de Israel em sua fuga do Egito para a Terra Prometida. Libertar sua alma, seus sentimentos e viver como um homem. Como um único homem e com o vaivém lento dos camelos, a caravana avançava há horas pela esplanada plana e monótona de Moab. De repente, abriu-se uma greta imensa, a torrente do Arnon, conhecida pelos árabes como *uadi* de Mojib. Tiveram de seguir um longo caminho em zigue-zague para descer até o fundo.

— Devemos ir rapidamente — disse um dos soldados da guarnição turca antes de explicar o motivo de sua exigência.

— Esse lugar é um ponto de encontro e reunião de ladrões e bandoleiros, antes ou depois de atacar alguma caravana. — E lançou uma advertência: — Não seria conveniente topar com nenhum desses bandos.

— Sim, sim, claro, já sabemos — responderam.

Ubach e os outros assentiram puxando as rédeas dos camelos para apressá-los. Os animais, suados e desconjuntados, tinham percorrido Bosra, o povoado de Dana — Dedan, segundo as profecias de Jeremias — e agora tinham diante deles, quase podendo tocá-la, Kir Moab, também conhecida pelo nome de Kerak, a fortaleza.

Sua localização estratégica, sobre uma colina, cercada por um precipício indômito, dava-lhe uma posição privilegiada para qualquer propósito. Bastião dos cruzados por excelência, Kerak foi o magnífico baluarte defensivo dos cristãos diante dos muçulmanos.

Subindo pelas montanhas, conseguiram chegar à entrada da cidade. Como era uma praça turca, os soldados que os escoltavam haviam esporeado os cavalos e se adiantado para anunciar sua chegada à autoridade local. Receberam-nos como se fossem altos dignitários. Uma vez feitas as honras e quando já estavam sentados em uma sala bem-ventilada e servidos de chá, começaram a falar. Como já era costume, pois ocorrera em outras ocasiões, Ubach falava sobre seus deslocamentos por essas terras e explicava o motivo da viagem e, rapidamente, surgiu na conversa seu desejo de visitar a fortaleza. Os sorrisos e os gestos amigáveis que até então presidiram a recepção desapareceram. O tratamento delicado e o catálogo de boas maneiras que lhes tinha dispensado o novo *mutessarrif* da cidade deram lugar a uma expressão séria. Deixou a xícara na mesinha, levantou-se e, dirigindo-se a Ubach com uma contundência nada diplomática, mas muito sincera, disse:

— Não, não, não entrará. — O novo *mutessarrif* o advertiu com firmeza. — É perigoso.

Fazia poucos dias que Constantinopla o enviara a Kerak e ele queria evitar problemas.

— Que perigo pode haver em uma das fortalezas mais inexpugnáveis do mundo? — perguntou Ubach, com curiosidade. — Que ameaça ou contingência pode haver em uma construção que entrou para a história exatamente por sua segurança exemplar, impossível de subjugar e conquistar? — questionou Ubach, que não entendia que perigos implicava uma visita àquela excepcional atalaia.

— É uma longa história.

— Por favor, explique isso — pediu Ubach.

— As origens remontam à época em que a igreja do castelo era a sede do arcebispado. Desde que os cristãos foram expulsos, quisemos recuperar o controle para fazer um bom uso dela, mas há um problema.

— Qual? — perguntou, com curiosidade, Ubach.

— Lá vive um homem, um cristão. Ele se recusa com todas as forças a abandonar o castelo. Defende a sede do arcebispado como se fosse haver atividade e culto, como antigamente — explicou o *mutessarrif*, franzindo a testa, sua preocupação tornando-se visível.

— Mas é uma fortaleza grande demais para ser governada por um único homem — retrucou o monge, estranhando.

— Não, ele domina a igreja e as galerias que rodeiam a antiga capela, o resto do castelo é nosso. No entanto, entende agora por que não é possível se aproximar?

— Estimado *mutessarrif* — começou Ubach em um tom conciliador —, você está se esquecendo de um detalhe que, do modo como vejo, é um valor agregado. Por acaso se esqueceu de que sou cristão e de que, provavelmente, por essa razão, ele não só permitirá que me aproxime como também que entre no recinto?

— Não, não, não quero nem pensar.

— Pois valeria a pena dedicar um tempo para pensar nisso — exigiu Ubach. — O que quer que eu faça? — E Ubach estendeu as mãos com as palmas para cima. — Rezamos para o mesmo Deus e temos as mesmas crenças. Do que tem medo? — E ele mesmo se respondeu: — Acha que me abrirá a cabeça lançando um punhado de pedras? Pense um pouco e verá que tenho razão, amigo *mutessarrif*.

O que o monge dizia era sensato, e ele tinha razão: ambos eram cristãos, e o *mutessarrif* pensou que possivelmente entre cristãos se entenderiam. Afinal, não tinha nada a perder. Piscou e, ao voltar a abrir os olhos, sem deixar de observar o padre Ubach, via tudo de maneira cada vez mais clara.

— Está bem, dou-lhe permissão para subir à fortaleza, mas... — e ergueu o dedo indicador da mão esquerda — ...se acontecer alguma coisa, será total responsabilidade sua, certo? — acrescentou o governador.

Ubach esboçou um sorriso e assentiu com a cabeça.

— Entendido, *mutessarrif*!

O desafio de se encontrar com aquele antigo resistente lhe dava ainda mais vontade de subir pelos escarpados montículos que se erguiam aos pés da imponente construção medieval. Enquanto subia pelas rochas que foram testemunhas de cruéis derramamentos de sangue, tanto árabe quanto cristão, Ubach erguia a cabeça para observar a silhueta alongada pelas torres e a muralha desdentada que cercava a temida fortaleza. Visto de baixo, o monumento era ainda mais impressionante; o monge tinha certeza de que não havia nenhum outro em toda a Palestina, nem fora dela, que pudesse oferecer uma ideia mais completa do que eram os castelos da Idade Média.

Quando colocou o pé na passarela que o salvava de cair no fosso que isolava a praça fortificada, foi recebido por um bando de corvos que se lançou sobre ele. Seus grasnidos, uns gritos estridentes que atravessavam seus ouvidos, quase fizeram o padre Ubach se desequilibrar e rolar encosta abaixo.

— Virgem Santa de Montserrat, que recepção! — exclamou, ao entrar no pátio do castelo. Elevou-se um vento frio que assobiava entre os merlões das torres e gelava o sangue até do mais valente cavaleiro que atravessasse esses muros, agora deteriorados pela passagem do tempo. Passeou pelas cavalariças e galerias, entrou nas salas, nos dormitórios, nos armazéns e nos depósitos, até que chegou a poucos metros das portas da capela.

O batente esquerdo da porta principal estava aberto. Ubach não vacilou nem um momento e entrou. Sentiu sua alma ser arrancada do corpo quando observou o espaço que outrora havia sido uma igreja. Estava em um estado lamentável. A não ser pelo altar-mor, uma peça — agora semidestruída — em forma de mesa sobre a qual celebravam a eucaristia, e pelo feixe de luz que entrava pela claraboia, não se distinguiria das outras salas que o padre Ubach tinha visitado. Não havia ninguém, mas em um canto da pequena igreja se percebia o rastro de presença humana pelos restos de uma fogueira. Um punhado de pedras rodeava um monte de cinza e lenhos fumegantes. Ubach se aproximou e viu, em um lado, um leito e, no outro, um monte de roupa empilhada desajeitadamente.

— Quem é você e o que faz bisbilhotando meus pertences? — Uma voz grave ecoou entre os muros do outrora sagrado recinto.

Ubach se virou e lançou um sorriso ao homem que estava a cerca de seis passos. Era alto, com os cabelos longos e brancos. Os olhos pequenos e negros com que observava Ubach contrastavam com a brancura da barba que emoldurava seu rosto. Vestia uma peça feita de um saco marrom-escuro e sandálias. Nada mais. Ubach ficou olhando para ele, e o homem também fitou de cima a baixo. Quando viu que o intruso usava um hábito de monge, tranquilizou-se, mas em seguida desconfiou e voltou a perguntar em um tom ensurdecedor:

— Quem é você e o que está fazendo aqui?

— Olá! — cumprimentou amigavelmente Ubach. Apresentou-se: — Meu nome é Bonaventura Ubach, sou arqueólogo e monge beneditino de Montserrat.

— E o que perdeu por aqui, no país de Moab?

— Boa pergunta! — Voltou a sorrir. — Agora mesmo, a única coisa que perdi foi o rastro do povo de Israel, que, guiado por Moisés, estava prestes a chegar à Terra Prometida.

— Deixe de brincadeira! — advertiu, aproximando o dedo indicador da ponta de seu nariz. — Não me importa que use essa batina, não é uma armadura, então não evitará que eu lhe dê uma surra — disse, ameaçando-o com o pau que levava na mão direita e que brandia nervoso.

— Não o estou enganando — respondeu Ubach com toda a serenidade do mundo. — Como sabe muito bem, segundo as Sagradas Escrituras, Moisés guiou seu povo do Egito até Israel através do deserto. E isso é o que eu faço.

O resistente do castelo de Kerak continuava ameaçando-o com o pau, porém sua expressão estava diferente.

Ubach prosseguiu:

— Por causa de meus estudos sobre a Bíblia, me propus a pisar em todos os locais percorridos pelos que nos precederam no caminho da fé, e isso implicava passar, entre outros lugares, pelo país dos moabitas, ou seja, Moab, fazer uma parada nessa cidade aqui, sob seus pés, Kerak, e visitar a fortaleza. E aqui estou! — Abriu os braços em um gesto que pretendia ser conciliador.

Deu resultado, pois o homem vestido com tecido de saco baixou o pedaço de madeira que carregava e se aproximou de Ubach.

— Está bem, está bem. Admito que é uma história crível, mas... — hesitou — ...para mim é difícil entender o que um homem de fé está fazendo nesses lugares infestados de maometanos. E é evidente que, se você está aqui, é porque falou com o *mutessarrif* e, além disso, conseguiu permissão para entrar no castelo. Como ele lhe permitiu subir? — quis saber.

Ubach explicou:

— É muito simples: eu lhe disse que você e eu somos homens de Deus e que, portanto, nos entenderíamos.

O outro respondeu com um grunhido, balançando a cabeça da esquerda para a direita e repetindo:

— Homens de Deus, homens de Deus...

— Sim, pelo que entendi, você serviu nessa igreja quando era a sede do arcebispado — lembrou Ubach. — Conte-me o que aconteceu.

— Não é necessário, não tenho vontade de contar minha vida para estranhos.

— Muito bem, eu respeito isso, mas me diga: o que o prende aqui? Por que não pode descer e morar na cidade?

— Não posso abandonar a casa de Deus. — E seus olhos foram de um lado ao outro das paredes em ruínas da capela. — Se eu abandonar o castelo, aqueles descrentes entrarão e levarão tudo.

— Mas o que podem levar? — perguntou Ubach. — Não há nada.

— Levarão o espírito desse lugar... — Fez uma pausa enquanto passava a mão pelos cabelos. Seus olhos se umedeceram, e continuou: — Tudo se conservaria intacto se não fosse por esses malditos turcos que arrancam pouco a pouco e sem escrúpulos os preciosos pilares dessa construção única.

— E por que fazem isso?

— Para construir e erguer outras construções vá saber onde! — exclamou com uma expressão de desprezo.

— Mas me disseram que a cidade de Kerak tem uma comunidade cristã de quase mil pessoas, entre as quais há cerca de trezentos católicos com uma igreja sob a tutela espiritual de dois missionários latinos. Por que não quer se integrar a essa comunidade? Eles o acolheriam de braços abertos.

— Esse não é meu destino.

— E qual é seu destino?

— Resistir aqui, até o fim.

Essa era a vontade do homem a quem Ubach considerou o último cruzado.

O túmulo de Moisés

Era enorme a inquietação para chegar o quanto antes a Jerusalém. E, por isso, depois de cumprir os exercícios espirituais e as despedidas pertinentes das autoridades de Kerak, iniciaram o último trajeto do périplo antes de chegar à cidade santa. Porém, antes de sair dos limites de Kerak, o padre Ubach não conseguiu evitar virar a cabeça e fixar o olhar nos muros da fortaleza que vigiava a cidade.

Só conseguia pensar naquele espírito rebelde, que representava uma maneira de entender o cristianismo coerente com o que sentia e acreditava e que, portanto, trabalhava de acordo com seus sentimentos e crenças. Isso o convertia em um resistente, no último cruzado por direito adquirido.

— O que você está olhando, Ventura? Continua fascinado com a imponência do castelo de Kerak? — perguntou Vandervorst.

— Não exatamente, querido Joseph, não é isso — respondeu Ubach, e em seguida mudou de assunto.

Tomaram a estrada que o imperador Trajano mandou construir e que chegava até o mar Vermelho, passando por Rabá, a antiga Ar Moab e metrópole dos moabitas. Cruzaram a torrente do Arnon, o Qasr, Dibon-Gad e entraram no território dos amorreus. Assim transcorreu o último e asqueroso trajeto da viagem.

Na manhã seguinte, antes de entrar em Jerusalém, tinham planejado visitar o túmulo de Moisés, em Madaba, no monte Nebo. Ubach se lembrou de uma lenda árabe sobre o túmulo de Moisés que o situava em outro lugar, perto do Mosteiro de São Eutímio, e que o monsenhor Jacint Verdaguer compilou em seu *Diário de um peregrino na Terra Santa*. Essa lenda conta que Deus tinha prometido a Moisés prolongar sua vida até que ele próprio entrasse no túmulo. Passaram-se anos e anos, e Moisés ficava cada vez mais velho. Ninguém morria porque ninguém entrava em nenhum túmulo. Então, um dia, Moisés atravessou a montanha e o sol estava forte, levando-o a entrar em uma caverna em busca de sombra e descanso. Moisés ignorava que em outros tempos a caverna fora usada como túmulo. O anjo da morte, ao vê-lo no interior da cavidade, fechou a entrada, trancando-o, literalmente enterrado sob montes de pedras onde anos mais tarde seria erguido o Mosteiro de São Eutímio, que os árabes, por causa dessa lenda, batizaram como Nabi-Musa, o túmulo de Moisés. No entanto, Ubach sabia que os verdadeiros restos de Moisés repousavam mais à frente do rio Jordão, no monte Nebo.

Com o pôr do sol, decidiram descansar sob a ramagem de uma acácia. Sua principal preocupação era procurar alguns galhos para fazer fogo antes que escurecesse e os predadores do deserto começassem a rondá-los. Extenuados pelo cansaço, nem as salsichas nem as conservas que Ubach tirou da bolsa agradaram; pelo contrário, eles sentiam um nó na garganta e certa repugnância.

Era mais apetitoso comer com os beduínos dois punhados de farinha de trigo ou de milho e se alimentar com aquele pão cozido sob a cinza que comeram com algumas azeitonas e um pouco de café.

— Auu! — Alguns uivos arrepiaram os pelos da nuca dos viajantes e todos pararam de mastigar. Pareciam assustados e se entreolharam preocupados.

— Auu, auu, auuuu! — Uma segunda rodada de uivos os deixou tensos.

— Lobos? — perguntou Ubach.

— Acho que não — respondeu Saleh. — Estamos em território de chacais — garantiu.

De fato, logo apareceram, precedidos por mais uivos, e começaram a rondar o acampamento. Era uma matilha de chacais que havia ido marcar território. A presença desses animais os obrigou a vigiar de vez em quando e a dormir com um olho aberto e as armas à mão, para o caso de, apesar do fogo, os animais a meio caminho entre hienas e lobos se atrevessem a atacar.

Ao amanhecer, Saleh despertou Ubach muito preocupado.

— Um dos camelos desapareceu.

— Foram os chacais? — perguntou Ubach com voz de sono, enquanto esfregava os olhos.

— Não sei, acho que não. Não há sinais de violência nem manchas de sangue em nenhum lugar.

— É muito estranho — comentou Ubach.

— Com certeza — reconheceu o beduíno. — Durante a noite ele deve ter conseguido se libertar das cordas que amarravam sua pata à árvore, porque isso foi a única coisa que encontrei. — E mostrou ao monge a corda desfeita. — Bem, e também há pegadas.

— Que direção o camelo pode ter tomado? Acha que pode ter ido muito longe?

— Não sei, provavelmente se assustou com os uivos dos chacais ou talvez estivesse com fome. Não muito longe daqui há *jadá* e *zatar*, menta e tomilho, e *bazaran* e *rimz*, arbustos parecidos com tamarindos que os camelos adoram. Vá saber! Esses bichos são um tanto descerebrados.

— E os rastros das pegadas? — estranhou Ubach. — É muito difícil segui-las se o vento move a areia e apaga qualquer rastro.

E, além disso, há muitas pegadas de outros camelos! — exclamou. — Não é impossível seguir seu rastro?

— Não é não, *abuna* — prosseguiu. — Assim como você distingue facilmente as pessoas pelas feições do rosto, há beduínos que conhecem as pegadas de um determinado camelo, e esse era um dos mais altos, um dos mais fortes... Deve ser fácil.

— E você, Saleh, pode fazer isso? Tem essa habilidade? — perguntou Ubach.

— Não, *abuna*, eu não, mas Djayel sim.

— Então o chame.

Saleh foi procurar Djayel. O beduíno olhou para o chão, seguiu com o olhar as partes afundadas da areia marcadas com os cascos do camelo e, depois de algum tempo dando voltas em torno do acampamento, dirigiu-se ao padre Ubach.

— Olhe, *abuna*. — E apontou para uma porção de terra. — Esses são os rastros de seu camelo.

Ubach olhou para onde a mão de Djayel apontava.

— Está vendo, *abuna*? Aqui, aqui.

O monge não conseguia distinguir nada além de terra revolta.

— Onde acha que ele está? — atreveu-se a perguntar finalmente.

— Aqui, cuidado, não pise — alertou o beduíno. — Essas são as pegadas, e vão para o noroeste. — Djayel estendeu o braço na direção que deviam tomar para chegar a Madaba.

— Certo; pelo menos, vai na direção correta da estrada. Confiemos em encontrá-lo adiante — resignou-se Ubach.

Depois de tomarem sopa de leite coalhado com farinha de trigo e um pouco de geleia de laranja como desjejum, prosseguiram a travessia. Foi um pouco mais longa e pesada porque lhes faltava um camelo. Parecia que o Todo-Poderoso os colocava à prova. A subida ao monte Nebo foi penosa, mas a desilusão ao chegar ao topo do lugar onde Moisés morreu e foi enterrado pareceu ainda mais lamentável. Ubach sentiu sua alma ser arrancada do corpo ao ver um descampado cheio de ruínas, entre as quais se distinguiam muito bem os alicerces de uma igreja de três naves e um antigo mosteiro em memória e veneração do grande líder.

— Quem dera pudéssemos fazer escavações para encontrar o lugar da sepultura de Moisés — desejou Ubach em voz alta, os olhos percorrendo aquele espaço venerável. E acrescentou: — E como seria poder adivinhar onde está a caverna em que o profeta Jeremias escondeu a Arca da Aliança?

Um bramido que lhes pareceu muito familiar chamou a atenção de Ubach e de toda a caravana. Dirigiram o olhar a uma pequena colina que se erguia ao lado das ruínas. Um segundo grito, muito mais gutural, próprio de um ruminante, lhes permitiu ver o responsável por aquele barulho em um lugar tão silencioso. Era o camelo perdido que os cumprimentava enquanto mastigava alguns arbustos de *rimz* que brotavam atrás de umas pedras. Do lugar em que se erguia a igreja se tinha, em um dia sereno como esse, uma vista maravilhosa do vale do Jordão e do mar Morto. Também podiam vislumbrar Jerusalém e Jericó, que já os esperavam.

Uma carta providencial

Rashid estava inquieto. A preocupação se apropriou do ânimo do líder dos Guardiões. Estavam há muitos dias sem notícias de Mahmud e isso o preocupava.

— Temos de assumir que ele não conseguiu! — reconheceu.

— Por quê? — perguntou um de seus homens.

— Desde que partiu, a única notícia que tivemos dele é que estava indo para o Sinai, seguindo o beduíno em uma caravana liderada por dois religiosos ocidentais, dois beneditinos. No bilhete, Mahmud dizia que os dois monges eram estudiosos da Bíblia e que a estavam estudando em Jerusalém. Um deles, que parecia ser o líder, provinha de um mosteiro espanhol, e o outro, mais retraído, era da Bélgica. Depois, e isso foi há vários dias, não soubemos mais nada... Não acha estranho? — indagou Rashid.

— Sim, de fato é. Mas talvez não tenha conseguido fazer contato conosco por algum motivo. Isso não quer dizer necessariamente que tenha fracassado.

— Temos de fazer mais alguma coisa — apontou Rashid, que parecia ter a cabeça em outro lugar, certamente procurando uma possível solução.

— Alguma sugestão?

— Pensei que, em vez de irmos procurar o beduíno e o monge, poderíamos fazer com que eles viessem a nós.

— Como conseguiremos isso?

— Muito simples: fazendo com que acreditem que temos o que querem — disse, esboçando um sorriso de satisfação maléfico. — No entanto, para garantir que realmente venham, acho que devemos sair daqui.

— Assim faremos, Rashid. — Inclinou-se diante do líder e saiu do escritório do chefe dos Guardiões com as duas ordens. Por um lado, deveria escrever uma carta e enviá-la com urgência a Jerusalém. Por outro, deveria avisar seu homem em Bagdá.

Quando retornaram à Escola de Jerusalém, Ubach recebeu uma notícia totalmente inesperada.

— Há uma carta para você, padre Ubach.

— Para mim? — questionou com surpresa e perplexidade.

— Sim, e, segundo parece, é de Montserrat.

Seus olhos se abriram e, apesar do cansaço que arrastava da viagem, foi correndo para o escritório do padre Lagrange, que se ocupava da correspondência.

Bateu à porta com os nós dos dedos da mão direita.

— Entre, está aberta! — respondeu do interior do cômodo o padre Lagrange.

Ubach entrou com um sorriso de orelha a orelha.

— Bom dia, padre Lagrange.

O monge francês, ao vê-lo, levantou-se de trás da mesa para cumprimentá-lo com um caloroso abraço.

— Bonaventura, bem-aventurados olhos, já fazia tempo que o esperava. — E se uniram em um abraço. — E o padre Vandervorst? — perguntou, interessando-se pelo belga.

— Virá vê-lo mais tarde — anunciou Ubach, que já sabia que o sacerdote belga lhe comunicaria sua decisão de abandonar o hábito.

— Na verdade, padre, acabamos de chegar. Vim buscar a correspondência porque o padre Janssen me disse que tinha recebido uma carta de Montserrat. É verdade?

— Sim. — E se virou para voltar para trás da mesa. Abriu uma gaveta e tirou um envelope. — Chegaram duas cartas, uma para o padre Vandervorst e outra para você. Aqui está. — E lhe estendeu o envelope com a carta.

Ubach custou a reconhecer o selo da abadia, que estava meio apagado; seu nome estava escrito com uma caligrafia excelente, mas não conseguia identificá-la. Não poderia dizer se pertencia ao abade ou ao padre que atuava como secretário. Em todo caso, estava consciente de sua pouca habilidade para decifrar quem o havia escrito, mas não tinha importância, vinha da abadia, e com isso já se dava por satisfeito. Após conversar um pouco mais com o padre Lagrange, despediu-se, e, assim que saiu, ansioso por ter notícias de seu mosteiro, rasgou o envelope para tirar a carta e lê-la.

Parece que a comunidade de um mosteiro beneditino do Cairo quer se desfazer de alguns materiais de ilustração bíblica que reuniu ao longo dos anos e está considerando doá-los para nós. Achei que gostaria de saber disso e que, antes de voltar para casa, poderia passar por lá e, segundo seu critério, descartar ou aceitar a oferta. Anexo uma quantia de libras esterlinas para que, se considerar oportuno, as entregue a nossos irmãos libaneses em agradecimento.

Esse foi o parágrafo da carta que mais expectativa causou ao padre Ubach, que achou que a divina providência lhe dava a oportunidade de ampliar seus conhecimentos e, quem sabe, a coleção de objetos para o futuro Museu Bíblico. Queria ir à capital egípcia por dois motivos. Em primeiro lugar, havia prometido a Saleh que o faria depois que ele lhe contou o caso das túnicas, sobre as quais Ubach tinha um pressentimento; e, em segundo lugar, uma reunião marcada com o diretor do museu para adquirir algumas peças. Essa visita aos irmãos beneditinos seria um terceiro compromisso na capital egípcia, que ele teria de adiar para quando voltasse de seu périplo pela Mesopotâmia, como havia planejado. Esperava-o, portanto, um final de trajeto com muitas expectativas. Após alguns dias de repouso na Cidade Santa, estaria preparado para percorrer as terras bíblicas e aprofundar seu entendimento dos primeiros capítulos do Gênesis e da história sagrada do Segundo Livro dos Reis. Primeiro tinha seguido o caminho de Moisés e agora faria o de Abraão. Para não dizer que poderia compilar uma importante e interessante quantidade de objetos para a futura sala assíria e babilônica no museu dedicado à antiga Mesopotâmia. Ubach não conseguiu continuar lendo a carta porque o interromperam.

— Que você tenha muita sorte em seu novo périplo pelas terras bíblicas da Mesopotâmia? — Joseph Vandervorst veio se despedir. — Aqui nossos caminhos se separam, Ventura, mas, quem sabe, talvez o destino volte a nos unir — sentenciou o belga.

O belga estava de pé na soleira da porta do quarto de Ubach. Vestido a modo ocidental, sem a batina ou o *clergyman*, custava ao espanhol reconhecê-lo, apesar de terem convivido diariamente durante mais de um mês.

— Obrigado, Joseph, muito obrigado — respondeu Ubach, enquanto guardava a carta. Lançou-lhe um sorriso sincero e em seguida ficou sério. — Mas acho que a partir de agora é a você que a sorte deve acompanhar, Joseph — desejou de todo coração.

Desde a confissão daquele dia no topo do Sinai, não havia voltado a falar sobre a decisão do belga.

— Eu gostaria de acreditar que não o decepcionei e quero pensar que há outros modos de servir a Deus e conseguir a salvação da alma sem ter de renunciar ao amor.

— É obvio que sim, tenho certeza disso. Mas não fale de decepção. Não, nem pense nisso. Tampouco ache que não há salvação ou que não há redenção. Você estava destinado, Joseph, assim estava escrito. Deve servir a Deus de outra maneira. E eu entendo. A vocação, o chamado de Deus a uma alma para que abrace a vida religiosa ou o sacerdócio, não é um desejo, mas uma imposição. E, por obrigação e pela força, as coisas não acontecem, nem mesmo as divinas — disse, sorrindo, o padre Ubach, e colocando a mão no ombro do belga. — Se está seguro de que é o melhor que pode fazer, Joseph, é o mais coerente e o mais inteligente, e o considero uma pessoa com critério e com a cabeça no lugar. Como lhe disse naquele dia, na Montanha Sagrada, tem minha bênção; espero que encontre a felicidade naquilo que fizer e com quem decida compartilhar.

Vandervorst se emocionou e não conseguiu evitar abraçar esse monge de Montserrat que lhe tinha dado a oportunidade de viver uma experiência única e que, sem pretender, havia servido para abrir seus olhos para uma nova vida.

— Obrigado, Ventura, não sabe o quanto lhe devo — reconheceu entre soluços.

— Não acho, não acho — disse Ubach, dando-lhe tapinhas nas costas para animá-lo. — Olhe, Joseph, antes de sair de Montserrat, conversei com um eremita que mora nas cavernas da montanha e ele me fez entender o que vou lhe dizer agora, pois acho que é um bom ensinamento. Se sentirmos que estamos preparados para seguir nosso caminho, devemos fazê-lo, devemos deixar que as coisas sigam seu curso, porque não faz sentido nos aferrarmos a uma árvore, a uma estrutura, a uma organização que não nos dá nada e para a qual a gente tampouco contribui com nada que valha a pena. Entendo muito bem que, se ficasse aqui, conosco, você murcharia, e seu coração é bom demais para se machucar. Portanto, não deve sentir nenhum remorso.

Despediram-se com um abraço, e Ubach deixou Vandervorst na escola, pois na manhã seguinte partiria para a Síria, para seguir o legado das Sagradas Escrituras pela Mesopotâmia. Faria a segunda etapa da viagem, muito mais curta, sozinho, sem a companhia de Joseph Vandervorst, e seguiria o povo de Moisés pela Arábia Pétrea e pelo Sinai. Também poderia conhecer os oráculos dos profetas, estudar *in situ* o folclore e as manifestações culturais populares dessas regiões que esclareceriam muitas cenas da Bíblia. E, sobretudo, tentaria conseguir tantos objetos quanto pudesse, entre eles as três túnicas de Saleh. Mas primeiro tinha de chegar ao Egito, e Ubach não imaginava então que isso não seria nada fácil.

Estrada de Bagdá

Naquele canto da Síria, árabes e armênios competiam todos os dias com os pedestres, em sua maioria comerciantes, que queriam ir de Alepo a Bagdá para fazer negócios. Era possível ir de camelo, de charrete ou pagar um pouco mais e alugar um automóvel, que, por mais antigo que fosse, permitia substituir o balanço dos camelos por solavancos e sacudidas. Eram veículos que, após escapar do desmantelamento, passavam os últimos dias nas garagens e oficinas de figuras como a que abordou Ubach na impressionante cidadela de Alepo.

— *Abuna*, *abuna*, se precisar de transporte para ir a Bagdá, posso levá-lo com sua bagagem — ofereceu um armênio franzino que, conforme rezava a placa de latão pendurada na fachada de seu estabelecimento, se chamava Djamil.

— A mim e a meu companheiro. — E Ubach apontou para Joan Daniel Bakos.

Era um padre que Ubach havia conhecido no navio e que aproveitava a viagem para voltar para casa, para Bagdá. Ubach, depois de se despedir do padre Joseph Vandervorst, havia se resignado a ficar sozinho, de modo que agora estava feliz por poder compartilhar experiências com uma pessoa com quem possuía várias afinidades, ao menos religiosas. E, como Bakos também se dirigia ao palácio episcopal de Bagdá, fariam o trajeto juntos.

— Quanto acha que custará? — quis saber Ubach.

O padre Bakos se aproximou e sussurrou ao ouvido do monge:

— Não há nenhuma tarifa estabelecida, mas o valor costuma variar em função da estação, da demanda, da nacionalidade e da bagagem. Pode variar entre quatro e vinte liras turcas, não há um meio-termo, e eles têm uma tabela diferente para os europeus, como ingleses, franceses ou você mesmo. Hoje — e deu uma olhada rápida em volta — não acho que tenha viagem, isso parece muito parado.

Ubach sabia negociar. Tinha tido bons professores: os próprios árabes.

— Senhor, tendo em conta que hoje não há muito trabalho, acho que podemos chegar a um acordo — vaticinou Ubach. — Mas, se concordar, poremos tudo por escrito e estabeleceremos as condições por contrato, está bem? — propôs o monge. — O que acha? É justo, não?

O armênio esboçou um sorriso e, em sinal de conformidade, assentiu com a cabeça, em um gesto que fez dançar a borla de seda que pendia de seu *tarbush*, um chapeuzinho alto, de feltro vermelho, que parecia uma prolongação de seu rosto fino e queimado pelo sol.

— Quanto demoraremos para chegar a Bagdá?

— Não mais de cinco dias, *abuna*.

— Muito bem... — Ubach ficou pensativo durante algum tempo. — Suponho que você se encarregará dos pedágios da fronteira e da *jaua* que deverá ser paga aos beduínos. — O armênio se surpreendeu pelo modo como o monge começou a conversa. Não esperava uma negociação tão rápida. Nem em Bagdá nem em Mosul, onde também havia garagens, se viu em situação semelhante.

— Ssssiiiim... — atreveu-se a dizer finalmente, alongando o "s" e o "i" sem muito convencimento. — Terá de pagar o combustível e seus assentos, que estão na parte dianteira do automóvel. Atrás pode ir mais alguém, e o banco do motorista é para mim, embora outra pessoa possa me substituir em algum momento.

— Então se compromete a nos levar até Bagdá em menos de cinco dias?

— Hoje é sábado, então, se quiserem, podemos partir amanhã mesmo.

— Amanhã não pode ser, mas na segunda-feira nos poremos a caminho, combinado?

— Combinado.

E, continuando, sentaram-se para redigir e assinar o contrato.

Eu, abaixo assinado, Djamil Muktar, dono da garagem de Bagdá e Mosul, certifico que combinei com o padre Bonaventura Ubach, espanhol, e com o sacerdote Joan Daniel Bakos, de Bagdá, transportá-los junto de sua bagagem de Alepo a Bagdá em um bom automóvel Ford pelo preço de 23 liras turcas, em ouro; fica isento de todos os gastos dos pedágios de fronteira e da conhecida jaua para os beduínos, que correm por minha conta.

Comprometo-me a sair de Alepo na próxima segunda-feira, dia 25 de setembro, pela manhã. A parte dianteira do automóvel fica reservada apenas para eles, sem que eu possa colocar um terceiro passageiro, mas o banco do motorista fica reservado a mim, embora outra pessoa possa me substituir. Recebi adiantado 15 liras turcas e receberei o restante, ou seja, 8 libras de ouro, quando chegarem a Bagdá. Caso transgrida as condições mencionadas, não respeite o percurso, deixe-os no meio do caminho ou a viagem de Alepo a Bagdá se prolongue por mais de cinco dias, serei obrigado a lhes pagar de meu bolso uma indenização de 20 liras turcas. Autentifico este contrato com minha assinatura e diante de testemunhas verídicas. Faço duas cópias a fim de que cada uma das partes tenha uma que possa apresentar caso seja necessário.

Escrito em Alepo   Dono da garagem   Testemunhas do conteúdo

Djamil Mujtar   Joseph Nahum / Abdelahad

O armênio que dirigia o automóvel, Djamil Mujtar, associara-se a um judeu, Joseph Nahum, e ambos adquiriram uma velha carcaça da Ford para seu negócio de transporte de mercadorias e pessoas. Diziam que era um modelo Ford T de um adido militar britânico que o havia vendido a um bom preço; mas bastava olhar para perceber que o tinham comprado de algum ferro-velho, pois parecia o terem salvado do desmantelamento.

Na manhã em que saíram para Bagdá, Djamil inspecionava a parte inferior do banco do carro, onde ficava o tanque de gasolina. Queria ter certeza de que havia combustível suficiente para chegar sem problemas à primeira parada. O Ford consumia entre quinze e vinte litros a cada cem quilômetros. Djamil verificou o nível de gasolina colocando um galhinho de madeira no tanque. Apenas a ponta foi suficiente. O tanque estava totalmente cheio. Djamil constatou também que o nível de óleo estava correto.

Ainda que Ubach tivesse achado os pneus muito finos, Djamil se encarregou de que estivessem bem cheios. Tudo parecia perfeito. Aquela maravilha da Ford tinha motor e transmissão fechados, quatro cilindros encaixados em um bloco sólido, e a suspensão funcionava graças a duas molas. O carro parecia fácil de se dirigir, embora o volante fosse à esquerda; incluía capota, radiador, para-lama e um pneu sobressalente na parte traseira, assim como dois faróis de carboneto de outro modelo da marca norte-americana, mas compatíveis e que, chegado o momento, serviriam para iluminar o caminho. Graças à leveza e à altura da carroceria, poderiam ir por todo tipo de terreno. Apesar de tudo isso, Ubach tinha certeza de que a suspensão e os amortecedores não evitariam que os ocupantes acabassem totalmente enjoados.

Depois de prender a bagagem de um lado e do outro para equilibrar o peso, acomodaram-se no veículo, que acabaram compartilhando com um xiita e um sunita, além do sócio judeu de Djamil. O dono e motorista do Ford puxou uma pequena alavanca do volante que devia facilitar o arranque do motor.

Então se posicionou diante do capô do carro e pegou a manivela para dar o arranque no motor com um movimento de rotação. O som que ele fez parecia o barulho de latas batendo umas nas outras; logo, deu uma sacudida que foi amortecida pela suspensão do veículo. E assim começou a deslizar na areia solta de uma esplêndida planície totalmente deserta da região norte da Mesopotâmia. Só de vez em quando algum povoado, algum conjunto de casas que se amontoavam nas margens do grande rio ou do próprio Eufrates, alterava a paisagem que os acompanharia durante os próximos quilômetros.

Apesar da passagem dos anos e da vida difícil que havia levado o terem transformado em uma lata-velha, o Ford provou ser um carro de verdade, como os de antigamente. E Djamil, que sabia disso, não hesitava em pisar fundo no acelerador. Passava como um raio entre as caravanas; por toda parte semeava a desordem e a confusão entre os pacíficos camelos, que, carregados com sacos volumosos e grandes pacotes, corriam assustados com o barulho ensurdecedor que parecia persegui-los. Os pneus velhos, gastos e remendados que Djamil e o judeu tinham instalado esquentavam pelo ritmo frenético e pelo sol de fogo das primeiras horas da tarde. Um tempo depois constataram que os pneus não aguentariam mais de meia hora seguida de corrida vertiginosa.

Subir por uma encosta rígida ou descer por um terreno rochoso uniforme cobra um preço de qualquer carroceria, por mais acostumada que esteja a abalos. Haviam percorrido uns cinquenta quilômetros depois de ter deixado para trás o célebre minarete de mais de vinte metros que sobressai da antiga Meskene quando quase esbarraram em Raqqa, fundada por Alexandre, o Grande, e importante cidade árabe no tempo dos abássidas. Ubach não conseguia evitar pensar em Domènec Badia e Leblich, ou Ali Bei el Abbasi, como ficou conhecido. Ubach tinha lido muito sobre as viagens que o aventureiro e espião Manuel Godoy realizara por estas terras que ele agora tinha sob seus pés.

Os buracos e as lombadas da estrada o devolveram à realidade, embora ficassem um pouco amortecidos graças às molas dos bancos, que tornavam menos incômodas as irregularidades. Era apenas o presságio do que os esperava, pois, alguns instantes depois, o carro parou no meio do nada.

Um pneu se torcera ao mudar de terreno e passar da areia solta do deserto às pedras do leito do rio seco e abrupto. Djamil mandou todos os ocupantes descerem do veículo.

— Todo mundo fora do carro! — ordenou em voz alta.

Graças à ajuda de um grupo de beduínos que passava por lá e dos próprios viajantes do carro, conseguiram com muito esforço empurrar o veículo até uma superfície plana onde Djamil conseguisse trocar o pneu. Enquanto isso, Ubach observava com um sorriso. Estava adorando o contratempo, pois lhe permitia desfrutar todas essas paragens bíblicas e fotografar alguma cena que chamasse sua atenção.

Protegeu os olhos com a mão para observar o horizonte. Acreditou que se aproximava o que parecia uma caravana. Quando o grupo chegou mais perto (pois iam muito rápido), conseguiu enxergar uma parede de soldados, e não demorou muito a descobrir que eram franceses. Estavam perto de Salihiya, cidade fundada por um general de Alexandre, o Grande no ano 280 a.C. Até poucos meses atrás, estava sob o domínio dos ingleses, que comandavam o Iraque, mas agora os franceses, que dominavam a Síria, a controlavam. Quando os homens se aproximaram, Ubach os cumprimentou, e o líder do destacamento se interessou por ele.

— O que está fazendo aqui, padre? — perguntou o oficial francês.

— O carro pifou quando estávamos a caminho de Bagdá, monsieur, e, enquanto o consertam, aproveito para esticar as pernas — respondeu com um sorriso cativante. E sua natureza curiosa o levou a perguntar: — E você e seus homens, o que os traz a essa região?

— Estamos em uma missão arqueológica.

— Onde? — quis saber Ubach.

— Em um lugar chamado Dura Europos.

— E posso perguntar o que encontraram? Além de monge, sou arqueólogo, sabe? De modo que me interessa qualquer vestígio do passado — explicou Ubach.

— Antes de ir embora, os ingleses descobriram algumas ruínas com restos de pinturas que, pelo que entendi, são de valor considerável. Bem, pelo menos isso é o que diz o diretor da missão, monsieur Cumont.

— Franz Cumont? É uma autoridade, uma eminência em arqueologia bíblica — reconheceu Ubach, que estava impaciente para seguir a guarnição francesa até o lugar dos achados.

O soldado francês se surpreendeu pelo fato de o monge conhecer o trabalho do arqueólogo e, como se pudesse ler seus pensamentos, disse:

— Padre, gostaria de nos acompanhar até o local das escavações? Se monsieur Cumont estiver lá, poderia conversar um pouco com ele — ofereceu o francês.

— Pode me levar mesmo? Mas deve estar longe, e não posso me afastar do carro... — Indicou com a mão o lugar onde Djamil e os outros tentavam consertar o calhambeque.

— Ah, não se preocupe, padre, está logo ali. — E o francês apontou para uma pequena elevação que se erguia diante deles. — Pode nos seguir a pé e não perderá de vista seus companheiros de viagem.

— Não se fala mais nisso, vamos! — exclamou o monge.

Ubach seguiu os soldados franceses até o outro lado da pequena colina, onde uma multidão de ocidentais e árabes trabalhava na escavação. Ele não imaginava o que haviam descoberto. Iriam apresentar ao mundo construções únicas, nunca antes vistas nem documentadas: edifícios dedicados às divindades pagãs, uma igreja com pinturas em afresco de caráter batismal e cenas do Antigo e do Novo Testamento e uma sinagoga com afrescos sobre estuque. Ubach percebeu que estava diante do único exemplo de templo judeu com decorações pictóricas sobre a habitual massa de cimento branco aplicada à parede. Monsieur Cumont não estava ali e o monge se amaldiçoou mil e uma vezes por ter deixado a câmera no carro e não poder capturar o que tinha diante dos olhos.

Só de observar ao percorrer a área, Ubach soube que estava no cenário do grande quadro da criação, exatamente como constava no Gênesis. E teve ainda mais certeza quando notou a vida ao redor, tudo aquilo que acontecia nas duas margens de um dos rios sagrados, o Eufrates. Assim lembravam as Sagradas Escrituras, que Ubach agora relia enquanto balançava ligeiramente em seu banco devido ao terreno acidentado por onde corria o Ford T.

Um rio saía do Éden para regar o jardim, e dividia-se em seguida em quatro braços. O nome do primeiro é Fisom, e é aquele que contorna toda a região de Evilat, onde se en-

contra o ouro. (O ouro dessa região é puro; encontram-se ali também o bdélio e a pedra ônix.). O nome do segundo rio é Geon, e é aquele que contorna toda a região de Cush. O nome do terceiro rio é Tigre, que corre ao oriente da Assíria. O quarto rio é o Eufrates.

Certamente, esta região era menos desolada e mais agradável para viajantes graças à presença do lado esquerdo das águas calmas e antiquíssimas do amplo e solene Eufrates, um dos quatro rios do Paraíso. O rio regava as margens um tanto quanto escarpadas, adornadas com tamarindos e palmeiras, sob as quais a vida dos povoados nascia, como Ana, cujas mulheres eram famosas por sua beleza e seus trajes, e cujos homens eram os melhores carregadores de água de Bagdá. Ou como Hama, com sua fortaleza imponente, construída no topo de uma colina de onde governava a vida da cidade e do rio. Porém, o que mais chamava a atenção, eram as noras ao longo do rio, os engenhos com rodas para tirar água de poços. Como o casco urbano de Hama está tão elevado em relação ao leito, o grande caudilho dos muçulmanos teve de procurar um sistema para elevar a água até o povoado e levá-la às terras de cultivo. E assim nasceram as noras, que antigamente eram construídas com madeira de nogueira, olmo, amoreira, eucalipto e carvalho. As que restavam de pé — e algumas inclusive funcionavam — eram de pedra. Ubach parou diante de uma com mais de vinte metros de diâmetro. A palavra *nora* provém do árabe *nahura*, que significa "a que geme". Bastava se aproximar de um desses artefatos para entender o sentido da palavra. E Ubach estava prestes a entender de fato o significado da palavra. Quando as noras giravam de maneira contínua pela ação da corrente de água, produziam sons a meio caminho entre os golpes e os barulhos estridentes do roçar metálico, que pareciam verdadeiros lamentos ou gemidos.

A nora que tinha atraído a atenção do monge, embora fosse muito antiga, ainda funcionava. Os pesados chiados se misturavam aos gritos e às risadas de um grupo de quatro garotos que subiram nela. Usavam trajes de banho improvisados e competiam para ver quem se jogava na água do ponto mais alto. Enquanto os garotos atrevidos subiam cada vez mais, Ubach aproveitou para tirar fotos deles. Quando os jovens viram a câmera do monge, se emocionaram e elevaram ainda mais a altura. Ubach estava preocupado com a integridade física dos garotos que, em um ataque de inconsequência, arriscavam a vida por nada. O primeiro que se atirou subiu à superfície sem nenhum problema, ileso. E assim também o fizeram o segundo e o terceiro, mas o quarto... Um passo em falso fez com que seu pé ficasse preso em uma das pás, perdendo o equilíbrio e caindo com tanto azar que bateu a cabeça em diversas partes da estrutura da nora. Quando chegou à água, já sem sentidos, os lamentos dos companheiros do garoto morto foram abafados pelos gemidos do mecanismo, que continuava empurrando a água. Ubach ficou petrificado diante da cena, por isso não foi capaz de apertar o botão para acionar a câmera. O que havia acabado de presenciar serviu para fazê-lo entender não apenas o significado da palavra *nora* em árabe, mas também a profunda realidade que ela implicava — a que geme — e a poderosa imagem da roda da vida: em um momento estamos por cima e felizes, e dentro de pouco tempo estamos por baixo, enterrados e mortos de pesar.

Os cavalos de Maomé

Ubach tinha a impressão de que, sob a areia levantada pelo pneu bambo do velho Ford T, escondiam-se cidades antiquíssimas que com escavações precisas poderiam determinar uma nova cronologia do Antigo Oriente. Pensava nisso quando, por volta das duas da tarde, chegaram ao *jan* de Abu Kemal para passar a noite. Um lugar assim não os faria sentir saudades das tendas e dos barracos, sujos e miseráveis, onde podiam apenas tomar uma pequena xícara de chá ou quatro goles de leite coalhado antes de desabar no chão nu e empoeirado.

O *jan* era um edifício de pedra bem-construído, que incluía um mercado próprio no qual puderam comprar suprimentos, como frangos, trigo cozido, melões e melancias. Um *jan* era uma hospedaria com um pátio muito grande e amplo onde se alojavam as caravanas de viajantes que faziam as rotas da Síria ao Iraque. Não por acaso, como era uma passagem fronteiriça, tiveram de apresentar os passaportes, mas, graças à batina que o padre Ubach e o padre Bakos vestiam, se livraram do registro de bagagem. No entanto, o monge de Montserrat estranhou a grande presença de soldados britânicos dentro e fora do *jan*; então perguntou ao tenente que havia examinado seus passaportes:

— Desculpe, por que estão fazendo essas revistas? A que se deve essa operação militar?

— É para sua própria segurança, padre. As obras para a futura construção da ferrovia aumentaram a falta de segurança. E essa área é difícil de defender e de manter — explicou o tenente.

— Por quê?

— Veja só, esse território é propriedade da tribo dos anza, os árabes que vivem nessa região do deserto. São guerreiros muito combativos e muito ciumentos de suas terras, e criam os cavalos puros-sangues, com a tribo dos shammar.

— Entendo — respondeu, pensativo, Ubach —, mas com todo esse alvoroço militar, acha que sobrará algum colchão para passarmos a noite nessa hospedaria?

— Não posso garantir, padre — reconheceu o militar. — Mas com certeza tentarei fazer todo o possível para encontrar uma boa solução. Com um pouco de sorte, antes do jantar, estarão em um quarto, e eu me sentiria muito honrado se jantasse comigo em minhas dependências. O que acha?

— Pode contar com isso — respondeu Ubach, olhando para o padre Bakos, que também assentia com a cabeça.

— Pergunte pelo tenente Terrier, James Terrier, para servi-lo.

Ficou em posição de sentido diante deles e lhes dedicou o cumprimento habitual dos militares em serviço, ou seja, com a mão direita, o antebraço inclinado e rígido sobre a testa à altura da sobrancelha, os dedos unidos e a palma da mão para fora. Depois desapareceu no pátio da hospedaria, que estava cheio de beduínos das caravanas e de militares.

A guarnição inglesa mantinha o *jan* da aldeia ocupado. O motorista e os outros companheiros de viagem dos dois religiosos tiveram de se alojar em uma oficina vizinha onde faziam tijolos de barro e palha; porém não ficaram dentro dela, que no momento servia para abrigar camelos, mas sim no pátio, com o céu estrelado como único teto e uma manta miserável para enfrentar a geada.

Acomodaram Ubach e Bakos em um quarto limpo, com dois colchões e vista para o pátio, que nesse momento se agitava como um formigueiro. Na hora do jantar, nas dependências do tenente, os religiosos agradeceram enquanto saboreavam o arroz com frango que serviram. O militar se interessou pelo itinerário e pelo objetivo da visita do padre Ubach, mas a conversa logo derivou para aquela misteriosa tribo que fazia necessária a presença do contingente do Exército britânico.

— Até certo ponto é compreensível que os anza atuem dessa maneira — declarou o tenente James Terrier.

— Não consigo acreditar que diga isso, tenente — observou, surpreso, Ubach. — Vindo de você, esse comentário é realmente explosivo. Acho que não lhe convém que ninguém saiba, não repita isso com muita frequência — atreveu-se a recomendar.

— Sim, eu sei — disse o militar britânico rindo —, mas o que posso temer de dois religiosos como vocês? Entenderão tudo rapidamente. — Parecia ter a intenção de se justificar. — Nessa região do deserto, os anza criam os cavalos mais excepcionais que já vi. — Falava com um brilho nos olhos surpreendente para seu cargo no Exército britânico; e sabia contagiar com sua paixão e conseguir que o ouvissem. — Graças a uma seleção muito esmerada, daqui dessas terras saem os cavalos mais fortes, mais resistentes e mais ágeis, definitivamente, os melhores do mundo.

— E a que se deve? — perguntou Ubach.

— Há dois motivos fundamentais que explicam isso. — E o tenente, que se demonstrou um especialista no assunto das origens dos puros-sangues árabes, esmiuçou sua teoria. — A grande qualidade dos camelos e os problemas de adaptação dos cavalos ao entorno hostil do deserto. Leve em consideração que menos da metade dos potros alcança a idade adulta nessa aridez. Os mais fortes e resistentes são os únicos capazes de sobreviver.

— Portanto, a seleção natural é implacável...

— Exatamente! Acontece o mesmo com os homens. E essa seleção natural confere ao cavalo árabe sua categoria excepcional, sua extraordinária força e resistência. Os anza, sobreviventes natos e, por isso, lutadores de pura cepa, querem preservar esse entorno porque lhes deu uma arma providencial. É compreensível que venerem cavalos com essas características e modelados pelo deserto. A vida diária em um meio natural tão hostil, onde todos dependem de todos para sobreviver, cria um vínculo mágico entre o puro-sangue e o homem, em quem deposita uma confiança cega e ilimitada; e essa fidelidade incondicional recíproca se traduz também em uma defesa do território.

— É quase uma devoção religiosa — comentou o padre Ubach.

— Tem toda razão, padre — concordou o tenente. — A criação desses cavalos de raça pura árabe se transformou em um dever religioso que passa de geração em geração. E por isso não é estranho que as tribos do deserto, como os anza ou os shammar, se dediquem a ela com tamanho ardor, beirando às vezes o fanatismo.

— Mesmo? — perguntou um incrédulo Ubach.

— Não digo que seja um preceito inviolável, mas assim dizem as escrituras quando explicam o episódio em que o profeta Maomé, que a paz esteja com Ele, encontrou alguns cavalos que já eram admirados e temidos por toda parte. Ele entendeu a importância da cavalaria para alcançar seus objetivos, e por isso os anza defendem, a pé e a cavalo, esse território de tudo o que consideram como uma invasão.

— Vejo que não apenas os conhece muito bem como também os trata com um respeito considerável — declarou Ubach.

— Olhe, acho que para combater um adversário primeiro se deve conhecê-lo e entender o porquê de seus atos.

— Mas isso não é uma contradição interna importante, tenente?

— Sim, com certeza — admitiu o militar. — Imagino que seria parecido a você descobrir que certas passagens da Bíblia não correspondem à realidade.

— Certamente, James, certamente... — reconheceu Ubach, lembrando-se de algum lugar da península do Sinai de existência duvidosa.

— E não é verdade que nem por isso esquece seu objetivo ou renuncia ao que veio fazer aqui? — prosseguiu Terrier.

— Tem toda razão, tenente, mas — e Ubach pensou muito bem no que queria dizer — deve admitir que são questões diferentes. E, caso contrário, me diga, como suportar ter de reprimir pela força pessoas que nasceram e viveram toda a vida em um território que agora outros querem tirar delas ou simplesmente expulsá-las porque incomodam? Ainda mais sabendo, como você disse, que sua maneira de viver gira em torno dessa apreciada terra.

O tenente James Terrier desenhou um sorriso no meio do rosto sardento que o fez elevar alguns centímetros o bigode, ergueu as sobrancelhas e abriu os braços, em sinal de rendição.

— Padre, sei que pensa que há muitas contradições em tudo que lhe conto, mas é meu trabalho e devo cumprir meu dever, entende?

— Sim, filho, sim. Que Deus Nosso Senhor e que a Mãe de Deus o amparem, porque sei que precisa.

Uma grande gargalhada do tenente James Terrier pôs um ponto final na conversa. Durante a sobremesa, abordaram outros assuntos, e a conversa prosseguiu por outros caminhos da política e da religião até que, uma vez terminadas as xícaras de chá e depois de fumar alguns cigarros, os comensais se retiraram para dormir.

Na manhã seguinte retomaram a viagem com a intenção de ir a Hit, um pequeno povoado que, apesar de não ser bíblico, possuía certa relação com as Sagradas Escrituras que o tornava merecedor de uma visita. Havia lá algumas crateras das quais brotava um lago de água sulfurosa e gordurosa e alguns fornos de betume. Segundo o livro do Gênesis, a nova geração da arca de Noé teria usado esse material para construir a torre de Babel sobre essa terra regada pelo Eufrates.

Já se avistava ao horizonte uma coluna preta e densa que anunciava a fumaça que emanava dos poços, mas Djamil, o motorista, ia na direção contrária e se comportava de modo muito estranho. Não conseguiam descobrir o que estava acontecendo com ele. Não sabiam se tinha falado com alguém ou se havia ingerido alguma coisa que pudesse fazê-lo dirigir de forma tão insensata.

— Djamil! Djamil! — gritou o judeu e sócio do armênio.

— O que você está fazendo, Djamil? Por acaso viu o demônio?! — perguntou Bakos.

— Quer fazer o favor de reduzir a velocidade? — exigiu o padre Ubach, enquanto o xiita e o sunita procuravam algum lugar a que se agarrar.

Toda a carcaça do Ford T tremia porque, desde que havia saído do *jan* de Abu Kemal, Djamil tinha agarrado o volante e forçado o veículo a ir na velocidade máxima permitida por seu velho e acabado motor. Por isso, os cinco viajantes se agarraram às cordas, aos trincos das portas e a tudo que podiam para não pular de um lado para o outro.

Djamil agia como se estivesse possuído. Apavorado, não tirava os olhos da estrada e, de repente, com o mesmo olhar de temor no rosto, observava à esquerda e à direita, atento a qualquer movimento suspeito no horizonte.

— Tem medo de um ataque dos anza! — gritou o xiita em meio ao barulho de molas e da lataria.

— O que está dizendo? — perguntou Ubach.

— Ele está com medo de os anza nos atacarem! — respondeu, gritando, o xiita, que virou a cabeça para a frente e para trás em um movimento brusco do motorista. — Ontem à noite, na cantina do mercado do *jan*, encheram a cabeça dele com histórias sobre os homens dessa tribo que cavalgam por essa região do deserto com cavalos que conseguem alcançar o vento.

Djamil pisava no acelerador várias vezes, fazendo com que o Ford T avançasse aos tropeços.

Os passageiros se queixavam lançando impropérios e insultos contra o homem que havia perdido o juízo e o norte, mas não podiam sequer imaginar que acabariam lhe dando a razão que achavam que tinha perdido.

De repente, como se tivessem saído de lugar nenhum, viram-se envoltos em uma nuvem de areia. Como se pretendesse escoltar o carro, um grupo de oito homens cavalgava ao vento, dos dois lados do veículo. Djamil gritou de medo enquanto pisava fundo no acelerador. Ubach, agarrado a uma corda que pendia da capota conversível do carro, observava o espetáculo. As poderosas patas dos cavalos eram tão rápidas que pareciam não tocar o chão, como se acariciassem a areia do deserto que tinha se encarregado de modelar seus corpos, poderosos, reluzentes, fortes, esbeltos e tensos, com o pescoço arqueado e sinuoso e a cauda sempre no alto. O cavalo e o cavaleiro eram uma única coisa: o homem e a besta alcançavam uma comunhão revestida de uma magia especial.

A luz do sol que penetrava pelas bordas das nuvens de areia e poeira os fazia parecer divindades envoltas em roupas vaporosas que elevavam os anza à categoria de espectros, de figuras ancestrais que surgiam diante desses pobres mortais que ousavam perturbar a paz de seu deserto. Os olhos dos cavaleiros se fixaram nos do padre Ubach. Foi apenas um instante, mas bastou.

Enquanto isso, o motor do Ford T afogava, e a sinfonia metálica feria os ouvidos dos ocupantes do veículo (a maioria, com o olhar perdido e presa do pânico), que estava a ponto de se render diante das forças desembestadas da natureza. O olhar do anza para o padre Ubach foi providencial e determinante para reverter a situação. Havia sido um olhar avaliador, e que lhe permitiu valorar positivamente e com respeito o padre, pois o líder deu um grito e, imediatamente, os cavalos, aqueles que Maomé tinha abençoado, mudaram de rumo e deixaram que o calhambeque chegasse a seu destino. Por mais que Ubach analisasse esse instante, não conseguia encontrar uma explicação para o comportamento do anza.

O que o olhar límpido de Ubach pode ter transmitido àquele homem? Uma sensação, uma impressão? Que efeito tivera sobre seu espírito vivaz? Fosse o que fosse, o padre Ubach nunca poderia saber, pois da cavalgada restava somente uma nuvem de poeira em suspensão que rodeava o carro. No entanto, ficaram gravadas em sua memória duas coisas daquele encontro fugidio com os temidos anza: a força e a convicção dos criadores dos cavalos de Maomé. E, como por mágica, veio-lhe à memória em forma de provérbio árabe o que, talvez, fosse uma explicação do inexplicável: "Quem não entende um olhar também não entenderá uma longa explicação."

Os adoradores do diabo

U bach olhava para seus companheiros de viagem e se dava conta de que em pouco mais de um metro quadrado (o espaço do Ford T) estavam representadas as principais religiões que moviam o mundo. Objetivamente, a religião consiste nas verdades e nos princípios éticos em virtude dos quais a vida do homem está ordenada para Deus. Tanto objetiva quanto subjetivamente, a religião é o vínculo entre o homem e Deus, seu criador. E ela afeta o homem em toda sua condição: em seu pensamento, sua vontade e suas ações externas. Entre todos os homens, seja qual for sua cultura, sempre há alguma manifestação religiosa, pois ela responde a uma necessidade profunda de se acreditar em um ser superior, senhor do universo, e de lhe render culto como é devido.

A religião apoiada no conhecimento de Deus que o homem pode adquirir sem a ajuda divina é uma religião natural. A que se apoia em uma revelação divina é uma religião sobrenatural. O cristianismo é sobrenatural porque a relação de Deus com o homem está apoiada na revelação de Deus por intermédio de Cristo. Além disso, também é sobrenatural porque o objetivo que propõe para a vida humana e os meios para consegui-lo transcendem os poderes da natureza humana, vão além do que um indivíduo pode fazer.

O monge não parava de pensar em um fato. Se foram capazes de compartilhar uma viagem e concordar na hora de resolver problemas e obstáculos que surgiram durante a travessia, ou seja, que fizeram parte de sua vida, sua existência, como podia não haver uma maneira de concordarem quanto à questão das crenças? Pensava sobre essa terrível contradição enquanto olhava para todos. Na frente, ao lado de Djamil, o armênio, estava sentado seu sócio, um judeu. Joseph Nahum seguia o judaísmo, a mais antiga das três religiões monoteístas majoritárias e uma das mais antigas tradições religiosas praticadas. A maioria dos dogmas e da história do judaísmo era a base da religião que ele próprio seguia, o cristianismo, e a origem do islã está também vinculada a ele teologicamente por meio da figura de Abraão. No banco do meio, lado a lado como se fossem irmãos (o que de fato eram, porém irmãos brigados), estavam sentados Abdala, sunita, e Ali, xiita. A doutrina sunita é o ramo principal do islã. São os seguidores da suna, "o caminho moderado", e sua doutrina se apoia no exemplo pessoal do profeta Maomé. Quase todos os muçulmanos são sunitas.

No entanto, ao longo dos séculos, os sunitas sofreram diversas cisões devido a polêmicas sobre liderança e teologia. Todos, porém, têm em comum o papel central que concedem à vontade divina, à qual a liberdade do ser humano deve se submeter. As diferentes escolas interpretativas dos textos sagrados se reconhecem umas às outras — coisa que não ocorre com outros ramos islâmicos — e cada pessoa escolhe qual se adapta melhor a sua visão da religião. Os sunitas têm um inimigo declarado: os xiitas, que compartilham esse mesmo sentimento. O nome etimologicamente significa "partido de Ali" ou "facção de Ali". Os xiitas são a segunda variante mais importante da fé islâmica, depois da sunita, embora representem uma porcentagem muito pequena dos muçulmanos Ainda que os xiitas sigam os ensinamentos de

Maomé, só aceitam como guias religiosos aqueles que consideram descendentes da família do Profeta.

A propósito de religiões, Ubach fez um pedido a seus companheiros de viagem.

— Gostaria de lhes pedir um favor. Interessa-me muito conhecer um grupo de pessoas que professam uma doutrina particular de adoração ao maligno e que têm seu santuário nessas montanhas.

— Como queira, *abuna* Ubach. Nós — o xiita olhou para o judeu, o sunita e o motorista, que assentiam com a cabeça — esperaremos aqui. Vá, mas não deixe que o convençam — advertiu-o.

A região montanhosa os obrigou a deixar o carro e ir a pé. O padre Bakos conhecia o local do templo e foi na frente; demoraram duas horas para dar a volta pelos contrafortes baixos da serra de Mar Matta; por sorte, no fim do trajeto se recuperaram com a água fresca que saía da rocha viva de forma muito parecida com o que acontecia na montanha de Montserrat.

O esforço valeria a pena porque Ubach queria chegar a um santuário onde diziam que veneravam o demônio. Xeique Adi era o templo e centro de oração e peregrinação — pois ali estava o túmulo do fundador — de uma seita conhecida como os adoradores do diabo.

Escondidas entre uma vegetação exuberante, luxuriosa, apareceram de repente duas cúpulas brancas: haviam encontrado o santuário. Antes de entrar no templo, os fiéis davam um beijo fugidio na estátua de uma grande serpente, cuidadosamente pintada de preto, na margem direita da parede na entrada do local de culto. Uma vez dentro, faziam um pequeno percurso durante o qual se desviavam de alguns fogos sagrados antes de fazer uma genuflexão diante de uma estátua dourada de um imponente peru. A imagem estava rodeada por seis candelabros, em cima dos quais havia seis imagens de bronze do mesmo animal, mas de tamanho menor. Era Melek Taus, a imagem venerada pelos adoradores do diabo, uma seita que Ubach queria conhecer porque lhe disseram que realizava rituais satânicos para satisfazer o senhor das trevas. No entanto, até aquele momento, não tinha visto nada que o fizesse pensar que celebrassem qualquer liturgia fora do normal. Permaneceu atento, sentado diante do xeique, o representante supremo da religião.

— O Deus de um povo é, às vezes, o demônio de outro. — A sentença do xeique o deixou sem palavras.

— Por que diz isso? — perguntou Ubach, ainda com certo espanto.

— Já vai entender. Quando Deus criou o mundo e delegou a sete seres o cuidado desse lugar onde vivemos, que é a Terra, ocorreu um fato excepcional. Esses seres eram anjos, e o de mais alto grau era Melek Taus, o anjo de Deus, que não quis se ajoelhar diante de Adão — explicou, apontando para a estátua dourada do peru.

— Por quê?

— Melek Taus não queria se inclinar diante dele porque aquela criatura era feita de barro e eles, que eram anjos de Deus, eram feitos de luz espiritual. Os yazidis acreditam que esse gesto que outras religiões interpretaram como um ato de rebelião e orgulho foi, na verdade, uma demonstração de amor.

— Uma demonstração de amor? — repetiu Ubach em tom de pergunta, com as sobrancelhas arqueadas expressando sua incredulidade.

— Sim, porque Melek Taus só queria venerar a Deus. Foi castigado por sua desobediência tendo de permanecer sete mil anos no Inferno. Por isso nos consideramos adoradores do diabo. Como para sua religião o anjo caído, Lúcifer, é o demônio e a encarnação do mal, nossos rituais e cultos em torno do fogo foram muito perseguidos; mas Melek Taus se arrependeu do que tinha feito durante sua estadia no Inferno e dizem que suas lágrimas apagaram as chamas.

"Deus o perdoou e o nomeou rei da Terra e líder dos sete anjos encarregados do Universo. Como Deus era uma figura excessivamente distante e Melek Taus era seu anjo principal na Terra, nossos antepassados consideraram que era mais lógico render culto a Ele."

— Uma tradição interessante — reconheceu Ubach, enquanto acariciava a barba.

— Está compilada aqui. — E o xeique apontou para um livro. — É o *Livro das Revelações*, escrito por nosso líder espiritual Adi Bin Musafir. Nele há o relato que revela a origem, os costumes, os símbolos, as práticas religiosas e a perseguição a que estivemos submetidos durante séculos.

— E o que define sua doutrina?

— Não somos dualistas.

— O que isso significa? Explique, por favor — pediu Ubach.

— Veja, não acreditamos no Bem e no Mal, no sentido judaico-cristão. — O xeique yazidi fez uma pausa, aproveitando para analisar a inexpressiva feição do monge. Ubach estava tão perplexo que sua fisionomia já não refletia nenhuma emoção. — Para nós — disse, retomando sua explicação —, a existência do espírito do Mal é incompatível com as doutrinas da predestinação e da onipotência de Deus. Isso porque, se o Mal existisse independentemente de Deus, Deus não seria todo-poderoso.

— Vejamos se estou entendendo — indagou retoricamente Ubach. — Está me dizendo que concorda com a máxima que afirma que "o Mal existe para que o Bem brilhe mais e melhor"?

— Mais ou menos. O Bem e o Mal são relativos, são complementares, porque um sem o outro não tem sentido. E a crença de que o Mal é prejudicial é apenas uma percepção subjetiva.

— Se aceitarmos o princípio de que o mundo se move segundo a vontade divina, ou seja, de que Deus faz o que quer, a sua maneira, porque essa é sua forma de agir, e de que seus filhos, ou seja, os homens, devem adotá-lo e segui-lo para chegar a seu reino, concluímos o seguinte. — Ubach tomou ar para expressar o que ia dizer. — Aquilo que os humanos chamam de Bem será tudo o que está de acordo com a vontade divina, a favor da evolução do Universo e que o impulsiona para a perfeição. Pelo contrário, o Mal será tudo aquilo que atrase ou impeça a realização da vontade divina e, portanto, freie a evolução. O Bem é o que conduz à evolução para a divindade; o Mal é o que faz retroceder a evolução e atrasa a caminhada.

— Mas o Mal não tem de ser necessariamente prejudicial — apontou o yazidi —, e nós somos a prova disso. — Reforçou sua expressão abrindo os braços para mostrar o templo como lugar de reunião da comunidade. — Agora, se querem nos silenciar ou nos apresentar diante do mundo como algo que não somos para favorecer outras crenças, o que podemos fazer? — perguntou a Ubach com um gesto entre a incredulidade e a desconformidade. — Olhe, *abuna*, eu continuarei liderando minha comunidade como sempre fiz, exatamente como me ensinaram meus predecessores, e o farei com orgulho e com a consciência muito tranquila. E agora, com sua licença, há assuntos que reclamam minha presença.

— Claro, mas, antes de ir, se importaria que eu tirasse uma fotografia de você com os outros? — pediu Ubach.

O xeique assentiu balançando a cabeça. Enquanto o padre Ubach tirava a câmera da bolsa, pôde testemunhar que, a uma ordem do xeique, todo o séquito se agrupou a seu redor. Era como se a corte desse reizinho, descendente direto do fundador da seita, o xeique Adi, fosse lhe render culto.

À sua esquerda se posicionaram os *pirs*, dois homens que descendiam diretamente dos primeiros discípulos do xeique Adi. Levavam a cabeça coberta com um lenço vermelho e vestiam casacas de cor cáqui, amarradas com umas cartucheiras que serviam mais como cinto do que para carregar munições: havia mais espaços vazios do que balas. Do outro lado, à direita, colocaram-se os faquires ou *karabash*, que velavam pela ordem no mosteiro. Sua pose séria combinava com a batina longa e preta que chegava aos pés. O turbante de feltro negro lhes dava uma aparência ainda mais sinistra.

Os músicos e dançarinos davam um toque de cor: os *kawals*, que carregavam os instrumentos que tocavam nos festivais e rituais, e os *kocaks*, dançarinos que atuavam no túmulo do xeique Adi. Conversavam de maneira despreocupada, e Ubach precisou chamar a atenção deles.

— Senhores, senhores — chamou-os. — Precisam se calar um instante, ou sairão com a boca aberta e os olhos fechados... Podem olhar para cá, por favor?

Depois dessa advertência, todos se arrumaram e posaram. Um ajeitou o turbante, outro apertou a cartucheira, um dos dançarinos sacudiu a camisa, e o músico abraçou seu instrumento, uma espécie de violino com um braço pequeno que saía de um corpo arredondado onde havia três cordas. O xeique alisou a túnica, ajustou e amarrou o turbante. O faquir repetiu praticamente os mesmos movimentos. Ubach pôs a câmera diante dos olhos e os enquadrou enquanto um dos *pirs* aproveitava os últimos momentos para levar a mão direita à altura do coração.

— Não se mexam e... — Ouviu-se um clique. — Muito bem... Farei outra por via das dúvidas. — Outro clique. — Certo, senhores, é só isso. Muito obrigado!

A imagem já estava imortalizada, porém os homens ficaram um pouco mais ali, em pé, olhando para o horizonte, como se estivessem conscientes de que não apenas haviam capturado sua imagem para sempre mas também sua alma. Ubach se aproximou do faquir Hassan e lhe deu cinco rúpias como donativo para o santuário e pelo incômodo. Despediram-se e voltaram a tomar o caminho para Bagdá. Teriam conseguido chegar a Faluya, onde, teoricamente, a família do padre Bakos os esperava; no entanto, a alguns poucos quilômetros antes de Ramada ficaram sem gasolina. A falta de previsão do motorista, Djamil, foi a culpada, e se viram obrigados a dormir em Ramadi. No dia seguinte, com o tanque cheio, percorreram os escassos quilômetros que os separavam de Faluya. Lá, o padre Bakos e sua família puderam se reencontrar, e juntos atravessaram a margem oriental do rio Eufrates por cima de uma ponte de barcos para chegar à margem do Tigre, onde, diante deles, se abriu a porta da paz: Bagdá.

A cidade da paz

Depois de chegar a Bagdá, o presente de Deus ou, segundo o califa al Mansur, a cidade, a casa da paz, um bosque de minaretes das centenas de mesquitas lhes deu as boas-vindas. Não era a Bagdá de *As mil e uma noites*, mas continuava sendo um importante cruzamento de estradas onde coincidiam as grandes vias da Arábia, Índia, Mesopotâmia e boa parte da Pérsia. Ali chegava uma imensa diversidade de mercadorias, que saíam para outros destinos. E isso se traduzia em um aspecto exuberante; eram inegáveis o belo reflexo da riqueza e o bom gosto na arte de construir mesquitas modernas e elegantes. Os minaretes e as cúpulas se elevavam ao céu. Encontrar uma presença cristã era mais difícil. Com muito acanhamento, algum campanário coroado com uma cruz se atrevia a aparecer entre o mar de meias-luas.

Enquanto Ubach observava a vista da cidade, Bakos lhe falou sobre Bagdá.

— É uma das poucas cidades muçulmanas onde os cristãos nunca sofreram a perseguição de seus eternos inimigos.

— Verdade?

— Da época dos califas até hoje, reinou uma grande tolerância. — Bakos fez uma pausa para pensar no que ia dizer. — Eu poria a mão no fogo e não me queimaria. Mais do que isso... Eu me atreveria a dizer, *abuna* Ubach, que, exceto em casos pontuais, os sunitas e os xiitas não conhecem o ódio religioso aqui.

Entraram por uma das portas da cidade que dava em uma grande avenida. Era a rua principal, a mais ampla, uma das duas que absorviam o tráfego de veículos e atravessavam o rio em paralelo. Depois de abandoná-la, seguiram por ruelas estreitas e labirínticas que conduziam ao palácio episcopal. Foi pisando nessas ruas do centro da cidade velha que Ubach pôde ter uma ideia da cidade a que acabara de chegar. Misturaram-se a uma multidão que qualquer um diria que acabava de sair da Torre de Babel. Curdo, indiano, beduíno, armênio, sírio, caldeu, persa, grego, hebraico, latim, árabe: uma sinfonia de idiomas. Todos se lançavam aos balcões e aos bazares intermináveis repletos de lojas e comércios com todo tipo de mercadoria. Enquanto tentavam abrir caminho entre a multidão, Ubach ficou admirado ao observar que não se ouvia nem um grito, nenhuma disputa.

— Padre Bakos, agora entendo o que dizia: o estado de harmonia em que vivem os habitantes de Bagdá a faz merecedora do título de *Dar es Salam*, "mansão de paz".

As primeiras ruas que percorreram, cheias de sujeira e pedras, estreitavam-se e davam voltas, cobertas por uma abóbada preta, sob a qual eram convertidas em um esgoto pestilento e escuro, que lembrava o intestino de uma fera selvagem. Felizmente, logo depois chegaram às ruas banhadas pela luz do dia, que os levaram à porta da residência do senhor arcebispo, ou seja, do palácio episcopal, que era uma residência familiar. Nela, havia um pátio quadrado, ao redor do qual se erguia o restante da moradia: o andar inferior e o superior. No de baixo, boa parte repousando sobre as abóbadas do porão, ficavam a cozinha, a despensa, a sala de jantar e os quartos dos serviçais. No andar de cima, alinhavam-se as celas dos clérigos e dos hóspedes; em uma delas, muito simples e com uma janela que dava para a rua da igreja, instalou-se o padre Ubach. O serviço do arcebispo, reduzido a uma mínima expressão, limitava-se a três *shemmas*, diáconos que serviam como criados. Um cozinheiro, um sacristão, que também se encarregava da limpeza da casa, e um *hares*, que foi quem os recebeu à soleira da porta. O *hares* era uma espécie de guarda ou guarda-costas do Excelentíssimo e Reverendíssimo Senhor Arcebispo.

Com o porrete em riste, o *hares*, revestido da autoridade que lhe concedia a arma, ocupava-se de abrir caminho para o arcebispo entre a multidão, quando este saía em visita oficial, além de se encarregar da segurança do palácio. Era um homem sério, de compleição, expressão e temperamento forte e robusto, um pouco arisco e que, pelo cargo que ocupava, era antipático; foi mais amável e solícito com o padre Ubach do que com o padre Bakos, a quem conhecia de outras vezes em que estivera ali. Foi ele quem se encarregou de recebê-los e de pedir desculpas em nome do arcebispo, que oficiava um enterro.

— Bem-vindos a Bagdá em nome do monsenhor Dalal — começou o *hares*. — Ele pede que o desculpem, mas, por motivo de um falecimento em nossa paróquia, só poderá atendê-los depois da realização das exéquias.

Os religiosos entenderam a situação. A caminho de suas dependências, Bakos aproveitou para explicar a Ubach um dos costumes dos sírios da região.

— Se um sacerdote ou um leigo qualquer morre, a tradição diz que se deve cobrir o ataúde com um tecido mais ou menos precioso, segundo as possibilidades da família. E, se o tecido for bom e tiver certo valor, costuma-se usá-lo para confeccionar uma capa que vestirá o sacerdote encarregado de celebrar a liturgia da missa em sufrágio do defunto.

— Eu não conhecia essa tradição e me parece muito bonita — comentou o padre Ubach enquanto subia os degraus que os levavam a seus aposentos.

Uma vez instalados no palácio, o padre Bakos atendeu a sua família, que o havia acompanhado desde Faluya, e Ubach aproveitou a tarde para se distrair e dar uma volta pela cidade.

— Tome cuidado, *abuna* — advertiu o *hares*. — Se quiser, posso acompanhá-lo até a margem do Tigre... — ofereceu-se, apoiando a mão direita sobre o cabo do porrete que tinha na cintura. — Nunca se sabe o que se pode encontrar.

— Muito obrigado, mas não se preocupe, estimado *hares*. Não vejo por que eu sofreria qualquer contratempo — agradeceu Ubach.

— Você é quem sabe, mas siga com cuidado e não confie em nada nem em ninguém — voltou a acautelar o *hares*, enquanto retorcia a ponta do bigode preto que nascia de seu lábio superior e lhe dava um ar autoritário e marcial. Impunha sua autoridade a outros e exercia seu cargo, seu poder, sem permitir nenhuma oposição.

Após agradecer ao *hares* pela consideração, Ubach saiu sem rumo certo, com vontade de absorver tudo que Bagdá lhe oferecesse, sem se deixar influenciar pelas advertências do guarda do palácio.

Embora tenha lhe custado entrar no labirinto de ruas e ruelas, sem se dar conta o padre Ubach foi parar em um espaço aberto que lhe permitiu ver o esplendor, a magnificência de uma grande mesquita com quatro cúpulas e, conforme contou, seis minaretes, tudo coberto de ouro. Brilhava, resplandecia, cintilava e até feria a vista. Era a grande mesquita xiita de Kadimain e, a julgar pela movimentação ao redor do templo, preparava-se uma celebração. Ao entrar, um grupo de muçulmanos sentados em círculo ao redor de um indivíduo com a cabeça coberta por um incrível turbante azul-escuro chamou a atenção de Ubach. Seus olhares se cruzaram; o do persa era suspeito. Estava ocupado escrevendo talismãs em um papel para vendê-los aos xiitas que iam ao templo. As pessoas piedosas e de boa vontade compravam esses talismãs, que penduravam na roupa, nos móveis, no pescoço ou na soleira das portas das casas... Em qualquer lugar, para não serem vítimas do Mal. Pela expressão de espertalhão e graças a suas leituras e seus estudos — esse ofício já era praticado nos tempos bíblicos —, Ubach entendeu que estava diante de um indivíduo que queria recriar a figura do caldeu que vendia feitiços na Babilônia bíblica, sentado ao lado da Torre de Babel. Afinal, *caldeu*, na acepção antiga da palavra, era sinônimo de astrólogo, bruxo ou mago. No entanto, alguns praticavam a magia branca e outros, a negra; estes últimos se aproveitavam de sentimentos mesquinhos para cometer atos de bruxaria, condenados pelas autoridades. Ainda não podia se aventurar a qualificar a magia deste bruxo em questão, mas não demoraria muito a saber. Juntou-se ao restante do grupo, que seguia atento o que o caldeu fazia. Diante dele, um rapaz ajoelhado recebia uma ladainha de mentiras. Era uma enxurrada de palavras que pretendiam ser encantamentos e que o bruxo mascarava com cantos, enquanto debulhava uma espécie de rosário, que chamavam *másbaha*, para revesti-la de solenidade. Quando acabou o sortilégio, lançou um punhado de prognósticos de boa sorte, e o interessado na consulta de bruxaria ergueu a cabeça, beijou sua mão e, após lhe dar algumas moedas, levantou-se e foi embora com um sorriso estampado nos lábios.

— Quer um talismã, *abuna*? — perguntou, desafiante, o caldeu ao padre Ubach.

— Não, obrigado, mas gostaria de comprar esse rosário e essa bandeja de latão sobre a qual você lança os dados.

Surpreso pela resposta do monge, o caldeu ergueu as sobrancelhas e, esboçando um sorriso, perguntou:

— O que o faz pensar que meus instrumentos de trabalho estão à venda?

— Tenho certeza de que tem outros ou de que poderia conseguir instrumentos novos com facilidade. Em compensação, se me vender esses, não apenas ganhará alguns trocados, mas saberá que serão expostos em um museu, lá na Europa, para que todo o mundo possa conhecer a habilidade que os caldeus têm de prever o futuro.

Quando ouviu essas palavras, o bruxo se apressou a empacotar as peças desajeitadamente. Quase não teve de discutir para combinar um preço que satisfizesse as duas partes. Enquanto acabava de embrulhá-las para que o monge conseguisse carregá-las confortavelmente, alguns gemidos e gritos acompanhados de choros e lamentações rasgaram o ar.

— Xiitas! — anunciou o caldeu em um tom displicente. — Acham que são os únicos puros deste mundo... — Fez uma careta de desprezo. — E consideram impuros todos os que não são como eles, ou seja, você, *abuna*, e eu.

O monge, com o embrulho nas mãos, virou-se para ver a comitiva. Formando uma procissão que se dirigia à mesquita que se elevava diante de Ubach, uma multitudinária caravana de xiitas escoltava três ataúdes.

Antes que pudesse perguntar qualquer coisa, o caldeu lhe explicou:

— Vão enterrá-los perto do túmulo do imame Hussein, é a tradição deles.

— Tentarei entrar e assistir aos funerais — avisou Ubach.

— Não é uma boa ideia. Se eu fosse você, *abuna*, não me arriscaria. Sinceramente, não iria em frente.

— Quanta bobagem! Que perigo posso correr em um enterro? Pelo amor de Deus!

Agradecido pela preocupação do caldeu e, sobretudo, pela aquisição que havia acabado de fazer, Ubach se dirigiu decidido à mesquita. A batina o delatava, porém o padre Ubach nem se preocupou de que isso pudesse causar algum problema. Com o passo decidido, entrou na mesquita sem nenhum obstáculo, misturado à multidão, e ficou atrás de uma das suntuosas arcadas do templo imponente que, pouco a pouco, enchia-se cada vez mais de fiéis.

Colocaram os ataúdes, envoltos em um tecido branco simples, orientados para Meca, um ao lado do outro, e diante do imame que oficiava o funeral. Atrás dele, situaram-se em longas filas os homens. As mulheres ficavam bem no fim e, entre uns e outros, convenientemente alinhadas, as crianças. O imame iniciou a prece, que toda a mesquita entoou para pedir o perdão dos defuntos. Ubach estava arrepiado, fruto da emoção que se concentrava ali dentro. Imbuído da transcendência da cerimônia e absorto plenamente pelo ritual, não percebeu. Passou um bom tempo até que o padre Ubach notasse que olhavam para ele, ao mesmo tempo que sentiu que alguém lhe dava tapas nas costas com certa agressividade. Virou-se e se deparou, a menos de um palmo, com um árabe mal-encarado que grunhia enquanto um grupo bastante numeroso (na hora foi incapaz de contar quantos eram) começava a rodeá-lo. Ubach interpretou o grunhido e o círculo que se formava a seu redor como uma clara demonstração de repúdio. Era simples: convidavam-no por bem ou por mal a abandonar o templo. Na verdade, mais por mal.

— Saia daqui agora mesmo! — alfinetou o homem que o encarava.

Era evidente que a presença do padre Ubach na mesquita durante o enterro tinha feito o sangue do homem ferver, pois estava com o rosto vermelho, a ponto de explodir, e as veias do pescoço palpitavam mais rápido que o normal. O estado de excitação do árabe, e, por extensão, dos que o seguiam, era preocupante e digno de consideração.

— Você não tem nada para fazer aqui! — repetiu o homem em voz baixa, mas carregada de agressividade. — Ou sai agora, ou nós mesmos nos encarregaremos de expulsá-lo — insistiu, olhando-o com olhos injetados de raiva, enquanto o grupo que levava suas más intenções escritas na testa se aproximava.

O rebuliço que o monge sem querer havia provocado começava a perturbar o funeral. De algum setor próximo de onde estavam Ubach e seus delatores, sob a terceira arcada, as pessoas percebiam que alguma coisa estava acontecendo, e se elevaram um rumor e um murmúrio que não pressagiavam nada de bom.

— Tudo bem, tudo bem... Acalmem-se, não fiquem nervosos. Já estou indo — declarou o padre Ubach em tom conciliador, e deu alguns passos para trás para se dirigir à saída.

No entanto, a porta ainda estava bastante longe e precisava percorrer um trecho cheio de fiéis, todos vestidos com túnicas brancas como se formassem um campo de algodão. Era impossível passar despercebido com sua batina escura. Ubach tinha se afastado alguns passos do grupo que o perseguia e o empurrava para fora.

Enquanto caminhava com pés em polvorosa, não deixava de temer o que poderia acontecer quando chegasse do lado de fora do templo. Tinha medo de sofrer algum tipo de represália, e já havia constatado que a batina não o eximia de nada, justamente o contrário. No meio da multidão que assistia ao enterro e pelos nervos que a situação provocava nela, o padre Ubach suava e acelerava o passo o quanto podia. Nesse momento, notou que alguém o puxava. De um golpe seco, preciso e com força, a maré de gente o arrastou. O monge notou que alguém o abraçava e que, de repente, tudo se tingiu de branco. Estavam envolvendo-o com um tecido branco que não apenas lhe cobria a batina, mas também a cabeça. Do outro lado do tecido branco, uma voz com um tom familiar o tranquilizou.

— Não se mexa — sussurrou.

Ubach obedeceu ao notar o roçar dos fiéis que passavam ao lado, alguns dos quais faziam parte do grupo liderado pelo árabe furioso que o havia expulsado do templo. Ao fundo, o monge ouvia a prece dirigida pelo imame, que seguia seu curso.

— Agora, pouco a pouco, sairemos sem chamar atenção — voltou a sussurrar a voz, e Ubach, coberto pelo tecido branco, concordou com a cabeça sem perceber que o homem da voz familiar não podia vê-lo e que não era uma sugestão, mas uma ordem que simplesmente devia obedecer.

Muito lentamente, foi retrocedendo em direção à saída. Ubach sentia que se afastava do centro da mesquita porque cada vez lhe custava mais entender e ouvir corretamente as palavras do imame. Em certo momento, o som que havia acompanhado Ubach durante os longos últimos minutos de sua via-crucis particular mudou. O som do funeral foi se diluindo e deu lugar a outros, que Ulbach interpretou como o barulho da rua. Não estava enganado: chegaram a uma saída, a uma porta lateral menos movimentada que a central, onde estaria esperando quem quisesse lhe dar uma lição.

— Já estamos a salvo — anunciou a voz, libertando-o do lençol que o protegera da fúria dos fiéis. Um raio de sol bateu na testa do monge. Ubach encontrou o bigode preto que havia lhe oferecido proteção na saída do palácio episcopal e que ele tinha recusado. Os olhos grandes e negros, sob longas pestanas, do *hares* do arcebispo o observavam com certa condescendência.

— Segui-o a certa distância, *abuna*, porque não podia permitir que lhe acontecesse alguma coisa.

O monge não sabia, porém o *hares* tinha ordens de não desgrudar dele e velar para que não lhe acontecesse nada durante sua estadia na Mesopotâmia. Não podia decepcionar os Guardiões.

O *hares* lhe lançou um sorriso, e as pontas do bigode preto se retorceram para cima.

— Muito obrigado — agradeceu o padre Ubach, segurando as mãos do homem e apertando-as fervorosamente.

— Não acha que deveria aprender alguma lição com o que acaba de acontecer para que não fique novamente em uma situação dessas? Não há por que correr riscos, não acha?

— Sim, sim, tem razão. Não avaliei adequadamente todos os riscos, embora deva confessar que não acreditava que a comunidade xiita sentisse tamanho ciúme de seus rituais.

— E geralmente não sente, mas em qualquer comunidade, pequena ou grande, sempre há um grupo mais radical que apoia uma crença ou opinião sem medida nem senso crítico. São os que levam o fanatismo ao extremo, simplesmente. São os fanáticos sectários. Com certeza em sua religião também há pessoas com essa atitude, não, *abuna*?

— Infelizmente, sim — teve de reconhecer Ubach. — E frequentemente, como se fazem ouvir e ver em excesso, prejudicam a imagem do restante da comunidade, que trabalha de maneira discreta e modesta para chegar a todo o mundo.

Ubach e o *hares* se afastaram da mesquita conversando entre outras questões sobre as demais saídas que o monge planejava fazer, como, por exemplo, uma visita à família do padre Bakos na Veneza do Oriente, Basra, a pátria de Abraão, Ur e Babilônia. O *hares* concordava e anotava mentalmente os dias que ainda faltavam para que o monge chegasse ao Cairo, onde os Guardiões o esperavam.

O mendigo e o talento

Era domingo. Pontualmente, como toda manhã do último dia da semana, Ubach ouviu uma voz que entrava pela janela entreaberta: "O pobre escravo implora a Deus algo dos bens de Deus, dos direitos de Deus, de quem ama a Deus, uma esmola de quem ama a Deus, que nada perde próximo a Deus. Bem-aventurado você que faz o bem de Deus."

Todo domingo pela manhã, essa ladainha chamava a atenção do monge pela curiosa maneira que tinha de implorar a caridade das pessoas que passavam. Ubach o observava da varanda. A cada dez ou doze passos, o mendigo, que era cego, parava e começava a cantar esses versos de modo lento e com uma cadência simples, que agora Ubach ouvia de novo. Então, decidiu descer pela rua da igreja para falar com ele, enquanto através da janela, sob a cela onde dormia, voltava-se a ouvir a canção: "O pobre escravo implora a Deus..."

Movido pela curiosidade, Ubach perguntou ao arcebispo Dalal:

— Monsenhor, quem é o homem que todo domingo pede caridade?

— Chamam-no *al bassir* — respondeu o arcebispo.

— *Al bassir?* — repetiu Ubach, estranhando.

— Sim, sim, *al bassir*, quer dizer "o que enxerga bem".

— Mas ele é cego — retrucou Ubach.

— Exatamente por isso — explicou o arcebispo. — Em árabe, quando se sofre de alguma doença, usam-se palavras que se referem exatamente ao contrário do que querem dizer. Existe a crença de que talvez assim as desgraças desaparecerão. É como a palavra caravana, em árabe *qafila*, que quer dizer "a que volta". Porque esse é o desejo de familiares e amigos de quem vai na caravana: querem que voltem.

O padre Ubach tinha um domínio notável do árabe, que todos os dias se enriquecia graças às contribuições de todos, dos beduínos ao arcebispo. Ubach desceu os degraus de dois em dois para alcançar a rua antes que fosse tarde demais e o mendigo tivesse ido embora. Quando chegou ao pé da via, deparou-se com a pessoa que declamava os versos. Era um pobre homem, bastante velho, encurvado e que quase não enxergava.

— Bom dia. — Ubach acompanhou o cumprimento com uma esmola, que caiu dentro da lata que o velho segurava.

— Não deveria ter feito isso — disse o homem.

— Por quê?

— Você deveria saber que, quando um judeu ou um cristão quer desertar de sua religião e se converter ao islã, precisa se apresentar diante do juiz muçulmano do lugar onde quiser fazê-lo. Quando o juiz fica sabendo, deve avisar a seu superior, que, por sua vez, pega o renegado de jeito e tenta dissuadi-lo de seu propósito criminoso, de sua traição.

"Se, depois das exortações e impressões do superior, o renegado persistir em sua determinação de deixar de reconhecer como própria a fé que o guiou até aquele momento, então, e só então, terá de voltar a levá-lo diante do juiz, que o obrigará a fazer a profissão de fé muçulmana, que consiste em confessar que só há um Deus, que é Alá, e que Maomé é seu profeta.

"Com esse ato e depois da circuncisão, se for um cristão varão, o indivíduo ingressa na religião muçulmana e já não se pode considerá-lo um traidor."

Ubach ficou mudo, sem palavras. Era evidente que aquele homem tinha as faculdades mentais perturbadas, mas não era menos verdade que se explicava como um livro aberto. Falava de si mesmo, contava-lhe aquilo em primeira pessoa? Por acaso havia se convertido e abraçado a fé islâmica? O monge não estava entendendo nada e por isso perguntou:

— Esse é o seu caso? Você é adepto da fé do profeta Maomé? Não padeça, bom homem, com certeza... — E não conseguiu continuar porque o velho o interrompeu para lhe contar uma história.

— Era uma vez um rei muito velho que tinha muito medo de morrer. Em vez de viver a vida, decidiu se trancar em seu palácio, negligenciando os assuntos de Estado e os problemas de seus súditos. Para ele, nada nem ninguém merecia atenção: só lhe importavam ele mesmo e seu grande medo. Pode-se dizer que cortou todo contato com o mundo. Os que o rodeavam se preocupavam e choravam desconsolados pela atitude do monarca. Depois de esgotar todas as estratégias para tentar reanimar o rei, o papagaio real levantou voo para o céu. O bater de suas asas cor de pistache o levou ao Paraíso. Uma vez lá, dirigiu-se ao jardim e pousou em um dos galhos da árvore da imortalidade.

"Sussurrou algumas palavras e, imediatamente, a árvore soltou um fruto. O papagaio o colheu com o bico e voltou ao palácio. Entrou planando pela janela do aposento real e disse a seu amo: 'Recolha a semente desse fruto e a plante com terra adubada no meio do pátio do palácio. Alimente-a com amor e sabedoria e verá que a árvore dará seu fruto. Quem comê-lo, após brotar de seus galhos, se tornará forte e vigoroso, e se livrará da velhice e da senilidade.' O monarca nunca ficara tão feliz ao ouvir o louro falar e se apressou a dar as ordens pertinentes aos serviçais. 'Plantem a semente desse fruto em meu jardim. Enquanto eu viver, a verei crescer.' O rei precisava acreditar nessa semente para ter fé em que podia vencer a morte. E, de fato, a vida voltou a correr por suas veias, a esperança lhe deu um novo impulso que fez com que sua existência e, indiretamente, a de seus súditos ficassem muito melhor. 'Cuidem bem dela', recomendou aos jardineiros. 'Quanto melhor a tratarem, mais rápido crescerá.' E foi assim que a árvore cresceu e se tornou alta e robusta. Abriram-se os casulos e, das flores, nasceram frutos pequenos, e chegou o dia em que a fruta amadureceu e alcançou o ponto adequado para ser comida. Com uma alegria exultante, o rei apontou uma delas, que parecia a mais viçosa, e ordenou ao jardineiro que a colhesse. Apoiou uma escada na árvore e, nesse exato instante, uma águia que voava não muito longe do jardim do rei avistou uma serpente que se arrastava pela terra do jardim. Sem hesitar, a águia se lançou em picado, agarrou o réptil e o levou voando. A serpente, estrangulada pela força com que a águia a tinha apanhado entre as garras, cuspiu o veneno e uma gota caiu na fruta que o jardineiro estava prestes a colher para o monarca. Antes de fincar o dente nela, o rei mandou chamar um faquir e lhe pediu que provasse a fruta. Este obedeceu. Deu uma dentada, engoliu um pedaço e caiu fulminado no chão. A fruta rolou até os pés do monarca, onde o faquir havia caído. O rei foi às nuvens e se dirigiu até onde estava o papagaio: 'Você queria adiantar a hora de minha morte, louro traidor!', e, em um ataque de ira, pegou-o e o atirou contra o muro do jardim. Com o pescoço quebrado, o louro se uniu ao faquir no chão. Desde esse dia, a árvore ficou conhecida como a árvore do veneno e todos evitaram se aproximar dela. Como você pode imaginar, depois de alguns dias, a saúde do rei piorou muito, e ele voltou a acumular doenças e a pensar que a morte o rondava. Enquanto isso, uma de suas mulheres, uma jovem maliciosa, brigou com sua sogra. A moça gritou com a anciã e a amaldiçoou. Surpresa, a mãe se dirigiu ao filho para explicar a situação; porém, o filho ingrato deu razão à mulher. A mãe idosa ficou arrasada e decidiu se matar para que culpassem o filho de sua morte. Foi ao jardim e mordeu uma fruta da árvore do veneno. Para sua surpresa, transformou-se imediatamente em uma jovem atraente. A árvore tinha realizado o milagre que o papagaio procurava para o amo. O rei, que havia observado a cena da janela, caiu de joelhos, implorando o perdão: 'Sou culpado! Traí um bom amigo.' Reconheceu que tinha subestimado a confiança e a amizade oferecidas para rejuvenescê-lo. Sem perder um segundo, ordenou aos criados que colhessem todas as frutas possíveis, mas já era tarde. A morte foi buscá-lo antes que os criados pudessem pegar um fruto daquela que seria a árvore da eternidade."

Após terminar o relato, dirigiu a Ubach um olhar penetrante com seus olhos frágeis e, arrastando os pés, enfiados em sapatilhas furadas, tomou a rua da igreja em direção ao rio até que o monge o perdeu de vista. Depois daquele dia, Ubach não voltou a ouvi-lo em nenhum outro domingo.

Meditando sobre o que o intrigante mendigo tinha lhe contado sobre traição, Ubach decidiu aproveitar o dia para esticar as pernas. Entrou por uma das muitas ruas estreitas encaixadas entre altos muros que não deixavam passar a luz do sol. Nunca teria suspeitado que o passeio que iniciava lhe reservaria uma surpresa da qual não se esqueceria enquanto vivesse.

Andando sem nenhum objetivo além de se entreter, avançou paralelamente ao rio Tigre, em cujas águas havia dúzias de embarcações repletas de pescadores. Absorto em pensamentos, o padre Ubach caminhou até que se viu fora da cidade. Deu mais alguns passos e entrou em um subúrbio de casas miseráveis. Eram construídas de maneira muito básica e primitiva, com materiais reaproveitados de toda parte. Foi então que sua vista, involuntariamente, dirigiu-se a uma determinada residência. Ubach descobriu que a porta de uma delas girava ao redor de um furo feito em uma rocha, enterrada abaixo do nível do chão, e que, apesar de estar tapada com areia, deixava entrever que não era como as outras pedras usadas no umbral e nas colunas da modesta moradia. Aproximou-se para examiná-la de perto ao mesmo tempo que aquela que imaginou ser a proprietária saía do interior da casa.

— *Salam aleikum* — cumprimentou, com um sorriso franco, o padre Ubach.

— *Salam* — respondeu de maneira concisa e fria a mulher, que não achou graça nenhuma em encontrar um homem rondando sua casa.

— Não se assuste, senhora — tentou tranquilizá-la. Estava observando as pedras e apontou para o rodapé. — Eu me perguntava se me cederia um ancinho ou um ferro, algo que tenha à mão, para desenterrá-la.

— Quer tirar uma pedra de baixo de minha casa? — perguntou a mulher, que arqueava as sobrancelhas achando estranho.

— Sim. Acredito não ser uma pedra comum e...

— Desculpe, *abuna* — interrompeu-o a mulher sem hesitar —, mas o que você pensaria se algum dia encontrasse diante de sua casa um forasteiro que lhe perguntasse se poderia arrancar uma pedra dos alicerces de sua casa? Acharia isso normal?

— Tem razão — apressou-se a reconhecer Ubach. — Não é o mais habitual e não acontece todo dia. No entanto, também deve considerar que ergueram os alicerces de suas casas sobre uma terra que oculta muitos tesouros. Eu gostaria de comprar a pedra.

Ubach se dava conta de que seria difícil convencê-la e por isso expôs a possibilidade de lhe pagar algum dinheiro. A surpresa que se podia ver no rosto da mulher era imensa.

— Isso eu não esperava mesmo! — exclamou, dando uma gargalhada bastante sonora. — Quer me pagar para deixá-lo arrancar uma pedra de minha casa?

Após uma breve negociação, a mulher aceitou três libras, e o padre Ubach pôde, enxada em mão, desenterrar a pedra e constatar que sua intuição havia acertado. Poucos minutos depois, diante do olhar atento da dona da casa, conseguiu tirar a pedra. Era ovalada, esculpida na parte superior com um relevo que representava o pescoço e o bico de um pato.

Suas suspeitas acabaram de se confirmar. Tratava-se de um objeto de considerável valor. Exatamente, pensou Ubach, era um talento babilônico, um dos pesos usados nesse império. Não era uma moeda no sentido estrito da palavra, e sim uma unidade de peso equivalente a cerca de trinta quilos, usada para fechar acordos comerciais.

Ubach procurou dissimular sua alegria diante do achado inesperado que já podia imaginar exposto no Museu Bíblico.

— *Abuna*, era o que esperava? — perguntou a proprietária da casa.

— Para ser franco... — respondeu Ubach, enquanto envolvia a descoberta com um pano. — Não pensava encontrar uma peça com essas características. Admito que seu valor é incalculável. — Colocou a mão no bolso e deu mais duas libras à mulher. — Por isso acho que é justo que lhe dê esse dinheiro.

Ela aceitou com gosto e agradeceu o gesto do monge assentindo com a cabeça.

Ubach já estava indo embora, mas não conseguiu se conter e perguntou à mulher:

— Imagino que não saberia me dizer de onde provêm as pedras com que construíram suas casas.

— Ah, não, *abuna*! Não sei dizer. Só me lembro de que meu marido e seus irmãos vieram com um carro carregado de pedras e areia, mas não sei de onde as tiraram. Se quiser, volte amanhã que meu marido estará em casa, e ele com certeza poderá lhe dizer de onde as tiraram e, quem sabe, talvez encontre mais pedras como essa.

— Agradeço muito, senhora, é possível que eu venha. De qualquer forma, agradeço-lhe por me deixar levar essa pedra. — Fez um gesto para apontar o talento bíblico que levava debaixo do braço. — Adeus. *Assalamualeikum!* Que a paz esteja com você.

Conforme se aproximava dos arredores da cidade, uma melodia festiva começou a persegui-lo. Entrecerrou os olhos e, embora já estivesse escurecendo, conseguiu ver um grupo de músicos não muito longe de onde se encontrava. A música que a fanfarra tocava era festiva. Na verdade, a orquestra reunia os instrumentos mais festivos: o *derbak* e o *daf*, parecidos com tambores e pandeiretas, três *mizmars*, clarinetes de tubo duplo que faziam trinados como as *tenoras*, e um *rebaba*, uma espécie de violino feito com cascas de coco e três cordas.

Os músicos faziam parte do séquito de um casamento cristão, cuja celebração, exceto pelo sacramento, na manifestação externa do ritual, era muito parecida com as que os muçulmanos e os beduínos realizavam.

A algazarra, que agora já cercava totalmente o padre Ubach, dirigia-se à casa do noivo. Os músicos amenizavam o caminho para os amigos e familiares. Nesse instante, Ubach notou que, bruscamente, o agarravam pelo braço e o obrigavam a dar voltas ao ritmo da insistente e agora ensurdecedora melodia. Sem resistência, o monge se deixou levar, como se participasse das bodas de Caná, pela alegria que os convidados ao casamento contagiavam e irradiavam. Quando chegaram à casa do futuro marido, ele, vestido para a ocasião, serviu-lhes café, cigarros, tâmaras e diversas bebidas. Mais música e mais cantos precederam a saída da comitiva, com o noivo à frente, seguindo para a casa da noiva. Lá ocorreu a bênção do casal e, uma vez acabada a cerimônia, simples e emotiva, a fanfarra voltou a marcar o ritmo da festa. Quando arrancaram os primeiros acordes dos *derbaks* e dos *dafs*, um exército de criados os abordou com bandejas de bolos, pistache, aguardente, uísque, café e mais frutas para celebrar o enlace do novo casal, que se fartou de dançar com toda a parentela.

Ubach, que já não estava para agitações e achava que se deixara levar o suficiente, decidiu que bastava, e se retirou. Empreendeu o caminho para o palácio episcopal com um sorriso nos lábios, enquanto cantarolava e a toada da fanfarra se diluía atrás dele.

O lixeiro dos pântanos

Certa tarde, depois de fazer uma longa caminhada, Tobias refrescava os pés na água do rio Tigre quando um peixe enorme, descomunal, saltou para fora d'água com a boca aberta e lhe mostrou os dentes como se tivesse intenção de comê-lo. Tobias se assustou, retrocedeu o mais rápido que pôde e começou a gritar, porém seu companheiro Azarias lhe disse, aos gritos:

— Agarre-o e vamos ver se consegue dominá-lo!

Depois do susto inicial, Tobias não precisou que lhe dissessem duas vezes. Dito e feito. Tirou a roupa e se lançou de cabeça no rio; o peixe praticamente não conseguiu serpentear, pois, com uma força prodigiosa, Tobias o apanhou e o tirou da água. O animal batia com o rabo e mordia o ar desesperadamente até que morreu. Azarias disse:

— Arranque o fel, o coração e o fígado e os guarde. Pode jogar fora as tripas e as vísceras, outros peixes da espécie comerão.

E Tobias o obedeceu, mas, sem conseguir se conter, perguntou:

— Para que quer guardar tudo isso?

— São muito úteis como remédios — explicou Azarias. — Queime o coração e o fígado desse peixe e faça com que a fumaça envolva um homem ou uma mulher que digam estar possuídos pelo demônio ou por algum espírito impuro. Verá como se dissipará qualquer possessão, e não deve temer que reste alguma.

— Defumando o coração e o fígado se pode afugentar os maus espíritos? — indagou, surpreso, Tobias.

— E não só isso. Se alguém não consegue enxergar porque está com os olhos cobertos por uma película esbranquiçada, aplique o fel e sopre sobre as películas. É muito provável que a pessoa recupere a visão muito em breve.

Ubach tinha ouvido e lido muitas histórias sobre o rio Tigre, em cuja borda se erguia Nínive, mas a do Livro de Tobias do Antigo Testamento lhe parecia especial. Talvez por isso nessa tarde decidiu dar uma volta perto do rio para assistir à pesca do siluro, peixe de dimensões que nunca vira antes, com uma aparência antediluviana e que era igual ao que Tobias e Azarias haviam visto. Seus pés, ou a divina providência, conduziram-no até um bar. No estabelecimento escuro e acabado, perto de onde balançavam os barcos dos pescadores, havia um *hakawati*, um contador de histórias, que iniciava um relato. Levado pela curiosidade, Ubach entrou.

— Ouçam, ouçam. Prestem atenção! — declamava o *hakawati* dirigindo-se aos fregueses que se amontoavam em volta de sua mesa. — Se querem conhecer as virtudes desse peixe singular... — Acendeu um cigarro, soltando uma nuvem de fumaça que se afastou com uma ligeira corrente de ar que vinha da porta, totalmente aberta. E continuou: — O siluro é conhecido como o lixeiro dos pântanos, e é possível atraí-lo facilmente jogando restos de carne no fundo do rio, restos que nem cães nem ratos comem. O que ninguém quer. Apesar da aparente simplicidade, sua captura é um trabalho apropriado apenas aos pescadores de verdade, não somente pelas grandes dimensões, pois é capaz de arrebentar até as embarcações mais robustas, mas porque, além disso, pode escapar das mãos rapidamente e deixar até os mais hábeis e espertos se sentindo ridículos. Como só sai de sua toca à noite para se arrastar pelo fundo turvo e enlameado de rios e pântanos, e para recolher como uma ave de rapina os restos jogados fora, é recomendável usar uma lâmpada para atrair sua atenção, embora eu possa lhes garantir, porque isso é o que dizem os que tentaram, que é um animal muito fugidio que só aparece para comer. Não há varas, nem arpões, nem iscas suficientemente bons para apanhá-lo...

— E como se pesca? — interrompeu um rapaz.

— Só se pode fazê-lo com uma ferramenta: uma rede. Mas a rede deve ser entrelaçada a partir de um manto sagrado. Com uma malha de fios unidos que formam uma retícula quadrada que imponha respeito ao animal e o paralise e que resista a suas mordidas e investidas... — O *hakawati* fez uma pausa para dar uma tragada no cigarro que pendia de seu lábio inferior. — Mas é quase sempre impossível encontrar alguém que saiba tecer essa delicada trama de fios sagrados. Em todo caso, sabem por que todos querem pescar esse peixe? — O eco de suas palavras e um silêncio de expectativa foram as respostas que o *hakawati* obteve, que já ia responder para si mesmo. — Se um peixe nem um pouco bonito fisicamente tem tanta procura é porque, segundo uma antiga lenda, os que querem apanhá-lo com suas redes procuram o siluro que esconde um tesouro nas vísceras.

Ubach observava o brilho dos olhos dos ouvintes entregues e amaldiçoava não ter a câmera para imortalizar esse momento, a meio caminho entre *As mil e uma noites* e as Sagradas Escrituras. O *hakawati* retomou a história.

— Era uma vez um rei que viveu no Egito e viu que seu vizinho, outro monarca, possuía muitas riquezas e grandes fortunas. Em um ataque de inveja, enviou-lhe uma carta bastante maliciosa. Nessa missiva, como bom vizinho, o advertia de que devia ser consciente de que sua ostentosa posição podia provocar a cobiça e o ódio dos vizinhos, pois possuía muitas coisas com as quais outros nem sequer podiam sonhar. O malvado rei egípcio se atreveu inclusive a fazer uma recomendação ao esplêndido vizinho: "Pense qual de todas as suas propriedades prefere. Pense por qual de suas mais valiosas posses se sentiria aflito e abatido se, que Deus não o queira, a perdesse. Quando encontrá-la, afaste-a de você e perceba como se sente." O rei egípcio mal podia imaginar que o monarca vizinho poria em prática a sugestão malévola. Assim, o rico vizinho tirou da mão direita dois anéis, um com um selo de ouro e outro de esmeraldas. Olhou-os e os atirou no rio. No entanto, o acaso quis que depois de alguns dias uns pescadores que trabalhavam para o rico rei capturassem um dos maiores peixes que já pescaram. Ao ver aquele exemplar tão excepcional, decidiram que era uma peça digna de ser cozida no palácio do rei. Pensaram que, depois da perda dos anéis, poderiam animá-lo com uma refeição exótica. Apresentaram-se no palácio e lhe presentearam o incrível exemplar. Estimavam que, embora o peixe fosse feio, sua carne seria excelente. Os cozinheiros pegaram o peixe e, quando começaram a prepará-lo e o abriram para tirar as tripas... — Fez uma pausa dramática antes das cinco últimas palavras que toda a audiência esperava. — Encontraram os anéis do rei.

Uma explosão de alegria invadiu o bar, e o *hakawati* riu enquanto dava uma longa e intensa tragada no cigarro. Ubach se divertia muito com a capacidade do *hakawati*. Com sua oratória, ele sabia combinar uma história de Heródoto — com as alterações correspondentes respeitando o original temperadas com a retórica improvisada do momento — a uma cena tão cotidiana quanto a pesca do siluro. E, sobretudo, a habilidade para dar uma pátina de magia e sensualidade que criava um ambiente e uma atmosfera únicos. Então, o monge decidiu embarcar em uma das naus que saíam para pescar siluros, para poder levá-lo a Montserrat. Afinal, era um animal bíblico.

Sulcava o Tigre em uma *quffa*, receoso, e ainda sob a influência do relato do *hakawati*. A *quffa* era uma espécie de cesto grande, uma embarcação feita com nervuras de folhas de palmeiras amarradas e cobertas com uma camada de betume. Parecia sólida e deslocava um volume de água considerável. Normalmente, podia conter mais de uma dúzia de pessoas. Nessa tarde, no entanto, havia menos, e isso fazia com que a embarcação ficasse menos estável. Ubach, cego por seu objetivo, não reparou nesse detalhe. O objetivo era pescar um siluro e não lhe importava se em suas tripas encontrassem um anel, um cetro ou simplesmente quilos de vísceras de outros animais que o bicho tivesse comido. Queria ver sua cabeça, como Tobias, e levá-lo a Montserrat. Encomendando-se à sabedoria do anjo Azarias e à astúcia de Tobias, Ubach se atreveu a navegar à noite pelas águas do Tigre. Um vento frio penetrava pelo colarinho de seu hábito, mas não era a causa dos tremores e calafrios que sentia nas costas. De repente, Ubach conscientizou-se de que corria perigo a bordo dessa embarcação precária. Mas já era tarde para mudar de ideia. A *quffa* adentrava a escuridão onde ele e o restante da tripulação enfrentariam uma criatura, ou várias, nascida nos abismos fluviais mais profundos, e só de pensar em sua aparência ficava enjoado. Um grumete aproximou do monge um saco pestilento.

— Tome, *abuna*, vá lançando essas vísceras na água, e assim garantiremos que o siluro se aproxime.

Ubach pegou o saco fazendo uma careta de nojo e sentindo uma reação no estômago, que antecede o vômito, mas conseguiu se aguentar. Sentiu uma repugnância extrema ao afundar a mão nas vísceras infectas que estavam no saco que o garoto tinha lhe dado. Fechou os olhos, agarrou um punhado da massa viscosa e pegajosa e a lançou na água conforme haviam pedido. Repetiu rapidamente a manobra diversas vezes até esvaziar o saco ensanguentado e asqueroso.

— Agora só é preciso esperar — anunciou um dos rapazes que rondava pela *quffa*. Com uma lâmpada varria com um feixe de luz tímido a imensa escuridão que engolia o barco.

Não precisaram esperar muito.

— Preparem as redes! — gritou um dos homens. — Ali adiante há movimento!

A agitação da tripulação pegou o padre Ubach totalmente desprevenido, que se limitou a observar. O siluro devia estar com fome, farejando as vísceras que atiraram, pois, embora pudesse passar um bom tempo até o peixe se dignar a mostrar os bigodes na superfície, não foi o que aconteceu nessa noite, felizmente para o padre Ubach. Assim, o monge sentiu, de repente, que a *quffa* balançava mais que o normal. Até então, o vaivém tinha sido praticamente imperceptível.

— Está perto! — avisou um dos pescadores, baixando o tom de voz. — Percebe como a *quffa* balança? — perguntou a Ubach. — Percebe que cada vez balança mais?

O monge assentiu com a cabeça duas vezes, ao mesmo tempo que se ouviram umas pancadas em um lado da *quffa*, como se tivessem batido em alguma coisa ou alguém os golpeasse.

— O que foi isso? — perguntou, nervoso, o monge.

— O lixeiro dos pântanos está com fome e quer mais lixo — sussurrou um dos pescadores veteranos enquanto se desenhava um sorriso ufanista em seu rosto. Ele e outros dois pescadores estavam desdobrando a rede para apanhar o peixe.

— Já está aqui?! — perguntou Ubach abafando um grito, fruto do nervosismo do momento.

— Sim, assim que a luz da lâmpada denunciar sua presença, lançaremos as redes. Ele lutará para se livrar dela, e isso fará com que se enrede e fique preso; quando estiver cansado, tiraremos o peixe da água e, quando o tivermos aqui, na *quffa*, deve nos ajudar a bater nele, mas sem fazê-lo sangrar, só para atordoá-lo.

— E como quer que eu faça isso? — perguntou, surpreso, Ubach. — Valha-me Deus, não saberia como fazer o que me pede — desculpou-se.

— *Abuna*, se achar que não é capaz de fazê-lo, vá para um canto e nos deixe trabalhar, certo? — sugeriu o pescador.

— Certo, melhor assim. Não sabe o peso que me tirou — reconheceu Ubach.

Depois, a *quffa* se inclinou ligeiramente e tudo ocorreu muito depressa. A ação que se desenrolou diante dos olhos do padre Ubach foi rápida, graças principalmente à habilidade e à força dos pescadores. Embora conhecessem as lendas que cercavam o peixe bíblico, e que os *hakawatis* tão bem explicavam, esses homens não acreditavam nelas. Sem medo e com uma segurança contundente, controlaram os espasmos e as pancadas com o rabo do siluro até o animal cansar. Então tiraram-no da água e o puseram no centro da *quffa*. Ubach praticamente não se deu conta de que a água do Tigre roçava seus dedos porque tinha a poucos centímetros o maior peixe que havia visto na vida. Se o colocassem de pé, seria mais alto que uma pessoa de estatura média. E a largura da besta era considerável. Ainda não conseguia acreditar que esses pescadores franzinos tivessem conseguido subjugar a criatura que ainda batia as mandíbulas para tentar se livrar das redes que a capturavam, porém ela o fazia cada vez com menos força. O fogo das vísceras da fera fluvial se apagava; fora de seu meio e sem ar, esperava o golpe de misericórdia que um dos pescadores veteranos lhe deu. Acabou-se a pesca; atirado a seus pés jazia um exemplar como o que Tobias havia pescado nas águas de um dos quatro rios do Paraíso. Ubach, no entanto, não ia destripá-lo, um final melhor estava reservado ao peixe.

— Quando voltarmos ao porto, quero comprá-lo — avisou o monge.

— Claro, *abuna*. Assim que o pesarmos, será todo seu — aceitou o pescador.

Esse era o trato que tinha feito com os pescadores: ficaria com o primeiro animal que pescassem.

— Tem quase dois metros de comprimento e pesa trezentos e cinco quilos. Valha-me Deus, *abuna*, está levando um belo exemplar.

Ubach acabou pagando duas libras esterlinas e doze xelins por um prodígio da natureza que, no mínimo, devia estar nadando no fundo do rio Tigre desde os tempos do Antigo Testamento.

Uma praga bíblica

— Não me estranha nada que a Bíblia situe o paraíso terrestre de Adão e Eva no lugar onde se encontram o Tigre e o Eufrates — reconheceu Ubach ao padre Bakos diante da imagem radiante da cidade de Basra quando chegaram a ela.

— É uma cidade muito especial, sabe? E não só pelas referências bíblicas — apontou o padre Bakos. — Basra também é a cidade do intrépido Simbá, o marujo, de *As mil e uma noites* — começou a explicar, demonstrando todo o conhecimento que possuía da cidade onde havia crescido. — Sua evidente exuberância, quase obscena, se deve à água. Corre por toda parte em forma de rios, riachos, tanques e canais.

Bakos se animava e subia o tom de voz.

— Com razão ganhou o nome de Veneza do Oriente. Graças a esse dom de Deus que é a água, veem-se árvores frutíferas de todo tipo: albricoqueiros, laranjeiras, pereiras, macieiras...

— Talvez nossos patriarcas primitivos tenham provado o fruto dessas macieiras! — interrompeu o padre Ubach com um sorriso nos lábios.

— Sim, *abuna* — concordou, rindo, o sacerdote sírio. — Isso é o que dizem as Sagradas Escrituras, mas, sobretudo, há muitas palmeiras. Palmeiras de troncos longos com copas de onde pendem galhos de tâmaras grandes e doces.

— Até onde sei, as palmeiras necessitam de muita água, e aqui há o suficiente — observou Ubach.

— Exatamente, *abuna*. De fato, muitas mais nos esperam na casa de meu irmão, que se dedica ao cultivo e comércio de tâmaras. Exporta-as para o mundo inteiro — anunciou com orgulho o padre Bakos.

— Ou seja, vive das tamareiras... A família de seu irmão deve ganhar muito bem, sem dúvida. Meus parabéns pela parte que lhe toca!

— Graças a Deus, ganha bem, sim, *abuna*...

O padre Bakos quis lhe explicar a importância das palmeiras no desenvolvimento de Basra.

— As palmeiras são veneradas em todo lugar onde são cultivadas, e aqui em Basra, ainda mais. Simbolizam a união entre o céu e a terra, e sua presença junto a casas é sinal de hospitalidade. É a árvore que inspirou as colunas dos templos, o pilar do céu, segundo a palavra original em grego, *phoenix*. — O padre Bakos falava com verdadeiro entusiasmo dessas árvores. Ou, melhor dizendo, do fruto da árvore que tinha alimentado a ele e sua família há centenas de anos. Prosseguiu com sua detalhada explicação: — Nunca ouviu dizer que a oliveira é a árvore dos judeus; o cipreste, a dos cristãos; e a palmeira, a dos muçulmanos? — perguntou o padre Bakos.

— Não, nunca tinha ouvido, mas agora que você disse, acho uma observação muito boa — reconheceu Ubach, e aproveitou para pontuar: — As tâmaras salvaram Moisés e o povo de Israel durante a travessia pelo deserto — lembrou Ubach —, e o anjo que apareceu à Virgem, quando Maria descansava com o menino Jesus sob uma palmeira, disse a ela que devia sacudir a árvore para dar uma tâmara à criança sagrada.

— De fato, e também é um alimento simbólico do Ramadã. Segundo a tradição, o profeta Maomé rompia o jejum comendo uma tâmara. Direi ainda mais, *abuna* Ubach. — Os olhos do padre Bakos brilhavam. — As tâmaras são o pão do deserto, e se há um povo que se destaca pelo consumo de tâmaras é o árabe. Os pastores nômades do deserto, os beduínos, se alimentavam dos produtos lácteos de seus camelos e cabras, de um pouco de carne e, principalmente, de tâmaras. Sabia que um beduíno pode aguentar três dias no deserto com uma única tâmara?

— Por favor, padre Bakos, não tente me fazer de bobo.

— No primeiro dia, come a casca; no segundo, a fruta; e no terceiro, o caroço.

O padre Bakos sabia tudo sobre tâmaras e palmeiras. Não apenas havia nascido, crescido, brincado e desfrutado do abrigo e da sombra de seus galhos como se tornara o que era graças ao negócio das tâmaras, um negócio iniciado por seu bisavô e que agora seu irmão continuava. Justamente um dos rapazes que trabalhava na fazenda de seu irmão os apanhou no porto com uma expressão séria.

— Bem-vindo, padre Bakos... *Abuna*. — E fez um gesto reverencial que estendeu também ao padre Ubach, acompanhado de um leve sorriso.

A preocupação se encarregou de apagar o gesto. Bakos desconfiou.

— E meu irmão Emmanuel? — quis saber do rapaz.

— Seu irmão me envia para buscá-lo e pede desculpas por não vir recolhê-lo pessoalmente, mas um problema grave que surgiu nas plantações o impede de sair dos campos.

— Como assim? — perguntou, preocupado, o padre Bakos. — O que aconteceu? O que é tão grave que necessita da presença constante de meu irmão na fazenda?

— O escaravelho-vermelho! — anunciou com gravidade o rapaz.

— O escaravelho-vermelho?! — exclamou o padre Bakos, empalidecendo e com expressão de decepção. — Não pode ser... Não pode ser...

— O que é o escaravelho-vermelho? — perguntou o padre Ubach, temendo a resposta.

— O pior inimigo das tamareiras — explicou o padre Bakos, que entendeu a correria que devia haver na casa do irmão. — Vamos já — ordenou em um tom de voz cheio de urgência.

Subiram em algo parecido com um carro, embora sua aparência fosse de uma carroça com motor, que os afastou da agitação do porto. Tomaram uma estrada, paralela ao rio, que os conduziu aos arredores de Basra. Ainda não haviam chegado aos domínios dos terrenos de sua família, quando, ao deixar para trás a última curva da estrada, muito longe, no horizonte, começaram a intuir a tragédia. Diante de seus olhos se elevavam espessas colunas de fumaça preta que pressagiavam o pior. As más notícias se confirmaram ao chegar à fazenda. Desolado e com lágrimas nos olhos, Emmanuel, o irmão do padre Joan Daniel Bakos, saiu para recebê-los. Lançou-se ao pescoço do gêmeo e o abraçou, chorando amargamente. Eram iguais; o padre Ubach não sabia que haviam nascido do mesmo parto. E, fundidos em um abraço, olhando-se cara a cara, só era capaz de distingui-los pelo hábito que o irmão religioso usava.

— É o fim, Daniel, o fim! — clamava ao céu com os braços abertos. — O que fiz a Deus para me tratar assim? — E imediatamente começou a bater no peito e na cabeça, de raiva e impotência. — Que mal eu fiz, irmão?! — disse, enquanto se batia sem cerimônia.

— Emmanuel, Emmanuel, não! Não faça isso, irmão! — exclamou, tentando detê-lo e consolá-lo com suas palavras.

O padre Bakos estava desolado, mas precisava se mostrar forte diante do irmão gêmeo.

Ubach se sentia desconfortável, e ainda mais por não saber o que estava acontecendo e se podia ajudar. Por isso, optou por se retirar e conversar com o rapaz que os havia recolhido na estação.

— A praga do escaravelho-vermelho é a mais destrutiva que se pode encontrar, sem dúvida.

— O que quer dizer?

— Ele destrói a palmeira por dentro, arrasa todas de uma plantação e arruína a colheita. O remédio radical é destruir e queimar as que estejam afetadas para evitar que se estenda.

— Ah, por isso a fumaça...

— Sim, *abuna*.

— E quantos hectares tiveram que queimar?

— Nem queira saber, *abuna*. Só direi, para que tenha uma ideia da tragédia, que é quase toda a plantação.

Ubach levou as mãos à cabeça porque a extensão de terreno dos Bakos era importante.

— Mas escute... Tantos anos dedicados ao cultivo da tâmara e nunca tinha acontecido? — perguntou Ubach ao rapaz. — É muito difícil detectar esse escaravelho?

— Bem, é difícil detectar a presença da praga nos ataques iniciais. A queda de folhas e a presença de casulos nas folhas são os primeiros sintomas da praga.

— E como o escaravelho chega a penetrar na palmeira?

— Ele se introduz sigilosamente nas palmeiras por suas feridas...

— As feridas das palmeiras? — perguntou o monge, sem entender nada, franzindo o cenho.

— Sim, *abuna*, feridas como as provocadas pela poda das folhas. O cheiro da seiva atrai os escaravelhos, e é muito difícil saber quando colonizam uma palmeira. Em poucas semanas, praticamente toda a copa se vê afetada e a palmeira morre.

— E depois dessa queima controlada, o que mais vão fazer?

— As palmeiras muito afetadas ou mortas devem ser arrancadas e queimadas para evitar que os escaravelhos adultos saiam e continuem se propagando... E depois teremos de aplicar tratamentos químicos no olho da palmeira e nas feridas de poda.

— E como isso afeta a produção?

— Implica, no mínimo, dois anos sem colher nem uma única tâmara. Durante o primeiro ano, teremos de nos assegurar de que a palmeira esteja saudável, e o segundo servirá para que a árvore se recupere e volte a dar frutos. Duas colheitas perdidas. É o fim.

Passeando a vista pelos campos devastados, Ubach não deixou de pensar nas dez pragas bíblicas e rezou pelo irmão do padre Bakos. Embora aquelas tenham sido provocadas por Deus para induzir uma mudança na atitude do faraó, para que deixasse os judeus irem embora do Egito, não entendia o caso que ocorria diante de si. Não podia entender o porquê dessas calamidades, que estragavam o trabalho dos homens após tantos anos de esforços investidos para nada, malogrados por um escaravelho caprichoso. Ubach tinha certeza de que não podia ser fruto do acaso.

A pedra mais antiga da Babilônia

Ur da Caldeia, a pátria de Abraão, esperava o padre Ubach para lhe mostrar todo o seu esplendor. Previamente, porém, tanto ele e o padre Bakos quanto o arcebispo Dalal, em companhia do imprescindível e inseparável guarda do monsenhor, decidiram entrar no território dos sabeus, os mandeus, chamados cristãos de são João Batista. Esse povo, que dominava a arte da prataria, vivia em Nasíria, na margem direita do Eufrates, e eram descendentes dos súditos do reino cassita, uma das linhagens mais antigas da Babilônia. Suas crenças, seus usos e costumes eram um amálgama de paganismo, islamismo e cristianismo: acreditavam na influência dos astros, jejuavam no Ramadã e possuíam uma eucaristia e uma confissão muito parecidas com a cristã.

No entanto, se distinguiam especialmente como discípulos de são João Batista pela obsessão por se lavar para se purificar. Deviam repetir a ablução ao menos uma vez por semana. Por isso, não estranhou encontrar o xeique à beira do rio em plena cerimônia batismal. Ubach não pôde evitar pensar em são João Batista dentro do Jordão, insistindo com os judeus para que se arrependessem de seus pecados com aquele "Convertam-se porque chegou o Reino do Céu... Eu os batizo em água para a conversão". Dessa vez, porém, eram os fiéis seguidores do Batista, os sabeus, que tinham conservado esse ritual exatamente como se fazia antigamente. Ubach estava emocionado de poder ouvir em mandeu, idioma derivado do aramaico, e muito parecido com o sírio, a fórmula do batismo: "Seja batizado com o batismo dos três: Alá, Manda e Yahio (Juan); que seu batismo lhe proteja do Mal."

A cerimônia consistiu em que o batizado, vestido com uma túnica branca, fez uma tripla imersão completa, deu três goles na água, e teve a cabeça coberta por uma coroa de murta. Saiu da água e, uma vez à beira do rio, ungiram sua testa com óleo e ele pegou, como se fosse uma comunhão normal, um pedaço de pão.

Ao terminar a cerimônia, o xeique mudou de roupa e os recebeu em uma das muitas casas sombreadas por palmeiras e feitas de barro, em uma expressão de pobreza do patriarca superior dos sabeus. Ofereceu-lhes café e cigarros, porém, o que mais os surpreendeu foi o conteúdo de uma bandeja que presidia a mesa. Havia uma montanha de gafanhotos e grilos cozidos, que transbordava do recipiente. Ninguém se atrevia a tocá-los, embora todos soubessem que se tratava de um alimento muito valorizado na região. Ubach pensou que as Sagradas Escrituras afirmavam que são João Batista se alimentava de larvas das espécies solam, jargol e jagab.

O xeique dos sabeus era um homem baixinho que inspirava respeito, e os convidou a experimentá-los. Pegou um dos gafanhotos pelas patas com dois dedos e começou a comê-lo. Deu uma mordida, e o inseto frito rangeu. A barba frondosa que engolia as feições do homem, em que só sobressaía um olhar triste e melancólico, movia-se enquanto ele mastigava a iguaria, compartilhada com seus convidados. Ubach e o padre Bakos fizeram as honras e o seguiram não muito convencidos. Estenderam uma das mãos para a bandeja, mas não puderam evitar uma expressão de nojo ao aproximar o inseto da boca. Uma expressão que se apagou no mesmo instante que começaram a mastigá-lo e a sentir seu sabor. Quem diria que um gafanhoto podia chegar a incitar o paladar!

Depois de se recuperar da surpresa inicial, a conversa girou em torno da viagem de Ubach e de como havia seguido primeiro os passos de Moisés pelo Sinai e depois os de Abraão pelas regiões que apareciam no Gênesis. Entretanto, Ubach quis saber que tipo de trabalho realizavam na comunidade.

— Minha principal ocupação — respondeu o xeique sabeu após dar uma longa tragada — é guardar com grande zelo os livros didáticos e rituais de nossa seita, que copio continuamente para que nossos adeptos possam usá-los.

— Conheço seu idioma, que é primo-irmão do sírio, e por isso me interessaria adquirir um livro. Pode me vender um exemplar? — pediu o monge.

— Isso é impossível, mas, se lhe parece bem, posso copiar uma dúzia de páginas e fazê-las chegar a Bagdá, ao palácio do arcebispo.

Depois de reconhecer que os maometanos o aborreciam e que sentia simpatia pelos cristãos, a quem considerava quase irmãos pela grande devoção que tinham por são João Batista, a conversa derivou para outros assuntos. O xeique explicou que a maioria dos barcos que navegavam pelo Eufrates era construída nas oficinas dos carpinteiros e que sua indústria primitiva era a ourivesaria.

Ubach assentiu e aproveitou para lhe confessar uma de suas aquisições.

— Tem razão, em Bagdá comprei, em um ateliê de prata administrado por um mestre sabeu, uma colherzinha e uma estrela de prata douradas para a celebração da missa síria. Quando voltar a Montserrat, farão parte da coleção do Museu Bíblico.

E, nesse momento, o xeique arqueou as sobrancelhas e comentou sobre a pedra.

— Eu o levarei à casa de uma pessoa que lhe mostrará uma pedra que, com toda certeza, é a mais antiga da Babilônia.

Ubach arregalou tanto os olhos que parecia que iam saltar das órbitas.

— Eu o acompanharei com muito prazer.

A poucos metros da residência do líder espiritual dos sabeus, o xeique e Ubach entraram em uma casa de barro. Mandaram-no ir a um cômodo separado do restante.

— Espere aqui, que já volto — disse o xeique.

Ubach ainda não havia tido tempo de analisar a importância do pequeno compartimento isolado onde o deixaram quando, de trás da cortina de listras vermelhas e pretas, apareceu o xeique com outro indivíduo. Levava nos braços um pacote de volume irregular. Pouco a pouco, e de maneira misteriosa, foi desembrulhando-o, e o deixou em cima da mesinha no centro do cômodo.

Quando o desfez, um fragmento bastante grande do que tinha sido um *kudurru* foi descoberto. Era uma estela de pedra com gravuras das imagens dos deuses mencionados no texto. Normalmente tinha forma retangular ou fálica, com a parte superior arredondada. Exatamente essa forma era a que despontava entre as dobras do pacote.

— Posso pegá-la? — pediu Ubach, estendendo os braços para receber a peça.

— Vá em frente — concedeu o xeique dos sabeus ao continuar com sua explicação. — Você já deve saber que os *kudurrus* eram usados para registrar a propriedade de um terreno, a concessão de privilégios ou a solução de alguma disputa ou litígio. Começaram a utilizá-los na antiga Babilônia, durante a dinastia cassita e, graças à eficácia desse sistema, continuaram durante séculos e séculos.

Ubach fazia que sim com a cabeça com as explicações que o xeique lhe dava enquanto estudava a peça que possuía nas mãos e que o unia a uma complexa civilização antiga.

— Até onde sei, poucas amostras da arte dos cassitas sobreviveram... Então essa deve ser praticamente uma peça única, certo?

— Sim. Esse fragmento com as cláusulas gravadas e as maldições esculpidas, ao lado das imagens dos deuses que intercediam na transação, pode ser seu por dez libras esterlinas — determinou o xeique.

Ubach sabia que tinha diante de si uma peça única e cobiçada por museus de todo o mundo, do Louvre ao Nacional do Iraque. Eram peças que ofereciam muita informação da época. Nos *kudurrus* havia textos, signos, símbolos e figuras que descreviam o porquê de sua localização e que constituíam documentos importantes para arqueólogos e historiadores. Tinha em suas mãos o precedente do código de Hamurabi, um dos exemplares de *kudurru* mais conhecidos do mundo.

— Estimado xeique, eu lhe daria dez libras esterlinas se o *kudurru* estivesse inteiro, mas estamos falando de um fragmento e, dado que falta um bom pedaço, o que acha se deixarmos por quatro?

— Nem pensar! O que está pensando? Perdeu o juízo? É uma peça única e deve me pagar o que vale! — afirmou ele, gritando para o alto.

— Certo. — Ubach aceitou os gritos do sabeu e mudou de tática. — Você é o dono dessa peça e tem todo o direito de pedir o que considera oportuno, o que lhe parecer mais justo. Cabe a você decidir o que fará com ela. Entendo, respeito e aceito. Retiro minha oferta para que possa apresentá-la a um comprador melhor que eu. De qualquer maneira, estou muito agradecido — e dedicou uma pequena reverência ao xeique dos sabeus — por ter pensado em mim e por haver me oferecido a possibilidade de adquirir o *kudurru*.

Dito isso, Ubach saiu do cômodo e deixou lá os dois homens. Atravessou a cortina e, enquanto saía da casa, ouviu atrás de si recriminações, como se um censurasse o comportamento do outro. De fato, Ubach não se enganava. Ainda não fazia nem dois minutos que estava fora da casa quando o chamaram de volta. Era o xeique dos sabeus com o *kudurru* enrolado. Disse que, em nome do proprietário, aceitava as quatro libras esterlinas que Ubach estava disposto a pagar. Porém, a surpresa não parou por aí. Alguns poucos dias depois, no palácio episcopal de Bagdá onde Ubach se alojava, ocorreu o seguinte:

— *Abuna*, você tem uma visita — anunciou um integrante do pessoal do palácio.

— Uma visita? Quem quer me ver e por quê? — perguntou, confuso, Ubach.

— Disse vir da parte do xeique dos sabeus — respondeu o serviçal.

O monge ficou surpreso, mas pressentia alguma coisa.

— Eu o receberei. Diga que vá à biblioteca — sugeriu Ubach, e se encaminhou para a imponente sala forrada de estantes com volumes que ansiava poder ler. Obras escritas em aramaico, árabe, sírio e grego sobre os assuntos que estudava. Tocava a lombada de um original que reunia os rituais mais antigos das missas sírias quando ouviu uma voz atrás dele que o cumprimentou à maneira cristã.

— Deus o guarde, *abuna*.

Ubach se virou para devolver o cumprimento e constatou que sua intuição estava correta. Diante dele se encontrava, ajoelhado e com a expressão grave, o sabeu que havia aceitado à força sua oferta para comprar o *kudurru*, empurrado ou obrigado pelo xeique.

— Que Deus o guarde também. O que o traz ao palácio?

— Precisa me devolver a pedra — exigiu de Ubach. — E, se não devolvê-la, tem de me pagar, no mínimo, as dez libras que tinha pedido. Só concordei em vendê-la porque o xeique insistiu...

O árabe continuou com sua enxurrada de exigências, porém Ubach lhe respondeu que sentia muito, mas que era tarde demais.

— Sinto muito, mas não há nada que eu possa fazer. — Abriu os braços, dando de ombros em sinal de impotência. — O fragmento de *kudurru* já partiu para a Europa. — E Ubach disse ao sabeu: — Existe um provérbio árabe que definiria muito bem o que lhe aconteceu. Ele diz que há quatro coisas que não voltam nunca: uma bala disparada, uma palavra dita, um tempo passado e uma oportunidade desperdiçada. Você a teve e a deixou passar.

O sabeu reconheceu que Ubach tinha razão e foi embora com as mãos vazias.

Sir Leonard Woolley ou a maldição babilônica

B agdá havia sido seu centro de operações. De lá, o padre Ubach havia queimado etapas de seu périplo indo e vindo em um mesmo dia — algo quase impossível — ou realizando saídas de dois ou três dias. E a última expedição, acompanhado pelo padre Bakos, pelo monsenhor Dalal e seu *hares*, foi à antiga Babilônia. Se Bagdá era a porta da paz, Babilônia era a porta de Deus, segundo a tradução da palavra original suméria.

> *Babilônia, a pérola dos reino, a joia, o orgulho dos deuses, a Sodoma e Gomorra que Deus não destruiu. Nunca mais a habitarão nem povoarão nos séculos vindouros. O árabe não plantará nela sua tenda, nem servirá de cercado aos pastores. Será o curral dos animais do deserto, as corujas encherão suas casas, os avestruzes viverão nelas, os sátiros dançarão, as hienas morarão em seus castelos, os chacais, em seus palácios luxuosos. Logo chegará seu dia, sua hora não tardará.*

Essa foi a profecia sobre a Babilônia que Isaías, filho de Amon, recebeu. O padre Ubach a releu ao entrar pela porta de Ishtar, uma das oito que levava diretamente ao interior das ruínas dessa que havia sido uma cidade única. Dos ladrilhos de cor azul com que construíram essa porta tão imponente, dragões, touros e leões os observavam, criaturas que provocaram no padre Ubach espanto e admiração ao mesmo tempo. O padre Bakos também não ficou indiferente diante dessas imagens. Só o monsenhor Dalal e seu inseparável e imperturbável serviçal pareciam não se incomodar com o que viam. O monge esperava que a maldição profetizada por Isaías já não estivesse vigente e não afetasse seus planos. O que o padre Ubach não imaginava era que os planos de outra pessoa, sim, seriam afetados, e de forma muito grave.

Babilônia estava sob maldição depois de ter sido alvo da ira de Deus porque Nabucodonosor, o segundo rei do império, havia escravizado o povo de Deus, os israelitas. Quando ele atacou Jerusalém, destruiu o templo e levou muitos prisioneiros, a maioria israelitas. Ao fazê-lo, perpetuava a tradição de deportar povos para a Babilônia a fim de obrigá-los a trabalhar na construção da grande muralha da capital, de seu palácio, de templos pagãos e outras construções. Esse procedimento foi o responsável pela sentença de morte da cidade.

Embora fosse meio-dia e o sol adormecesse até os beduínos mais acostumados ao território, Babilônia inspirava temor. Dava medo caminhar pelas ruas desertas da cidade que outrora havia sido a magnificência dos caldeus. Uma série de buracos, colinas, pequenos vales e campos castigados pelo vento, pelo sol e pelo esquecimento. Desolação era a palavra que melhor definia a paisagem que se estendia até onde a vista alcançava. Então Ubach pensou que sua vista, embaçada pelo suor, lhe pregava uma peça. O sol estendia seu mormaço sobre a terra. A areia escaldante estava lhe causando uma miragem ou a figura que se aproximava era real? Encontrara-o há apenas dois meses em umas escavações em Aqaba e agora volta a encontrá-lo. Coberto por uma camada de poeira muito fina, Leonard Woolley tirou o chapéu, estendeu a mão para o monge e lhe deu um forte aperto.

— Bom dia! Eminência, padre.

Woolley fez uma reverência para o monsenhor Dalal e o padre Ubach, que lhe corresponderam balançando efusivamente a cabeça. Fez outro gesto reverencial ao padre Bakos, mas ignorou o serviçal que os acompanhava, comportando-se como se o homem não estivesse presente. O *hares*, que, como bom guarda-costas e integrantes dos Guardiões, estava acostumado à disciplina, percebeu o desprezo do inglês e pensou que a hora daquele espoliador altivo e presunçoso também chegaria.

— Que surpresa! — exclamou Woolley enquanto tocava a aba do chapéu. — O que os traz a essas paragens desoladas e poeirentas? — perguntou, dirigindo-se aos dois religiosos, mas especialmente ao monge. — Padre Ubach, imagino que o mesmo projeto que o levou a seguir o rastro das Sagradas Escrituras pelo Sinai e Aqaba o traz até aqui, estou certo?

— Exato, Sir Leonard. A fascinante lembrança de Abraão nos traz a Ur, ou Ur Kasdim segundo o original hebraico, ou Ur Chaldeorum segundo a Vulgata — explicou, olhando alternadamente para o arqueólogo e para o arcebispo, que sorriram para ele.

— Sir Leonard — começou a dizer o monsenhor Dalal —, em Bagdá se fala muito das descobertas que fez aqui: tumbas reais, templos, muros, inscrições que fez saírem da areia... Definitivamente, suponho que tenha sido uma campanha frutífera... Até mais que a de Carquemix? — quis saber o arcebispo.

— Você me envaidece, monsenhor. — O arqueólogo ergueu as sobrancelhas. — Vejo que está muito a par de meu trabalho. Terminamos hoje mesmo.

— Certamente, como você, sou um apaixonado por essa ciên cia que estuda a história da humanidade a partir dos restos materiais que nos deixaram. E gosto de acompanhar as contribuições que uma eminência como você está fazendo

— Excelentíssimo e Reverendíssimo Senhor, conseguirá me deixar ruborizado com esses elogios... Eu... — disse, um pouco aflito com palavras do monsenhor Dalal.

— Então, você dizia que já terminaram o trabalho? Nós nos encontramos por sorte. — E deu uma gargalhada.

— Sim, terminamos as escavações, e com resultados muito bons. Estou impaciente — seus olhos brilhavam ao esfregar as mãos — para partir amanhã imediatamente a Londres com tudo que encontrei. Agora eu ia verificar se o que recuperamos está bem-embalado, para me assegurar pessoalmente de que tudo chegará intacto para ser catalogado e exposto. Querem me acompanhar? — convidou Woolley.

— E é possível saber o que encontraram? — perguntou Ubach enquanto os três se dirigiam à tenda-depósito onde um grupo de beduínos vigiava os achados da escavação.

O *hares* seguia a comitiva a certa distância.

— Dos muitos objetos estranhos que suponho terem sido usados nos rituais para o culto do deus da Lua Nanna, há um que me emociona em especial, chamei-o de Estandarte de Ur. Já o mostrarei. Estou convencido de que é um achado de valor incalculável, excepcional.

Estavam diante da tenda que era usada como depósito, e Woolley, depois de ordenar com maus modos ao beduíno que vigiava o acesso que os deixasse passar, convidou-os a entrar. Como o *hares* ia alguns passos atrás, não pôde entrar — e certamente tampouco teriam permitido —, de modo que rodeou a tenda procurando alguma abertura ou buraco por onde pudesse espiar e ouvir o que o inglês tinha para mostrar aos dois religiosos. Encontrou um remendo malcosturado em uma lateral que lhe permitiu espreitar no instante preciso em que Woolley abria uma caixa de madeira com uma forma muito particular, semelhante a um trapézio. Embora o *hares* tivesse conseguido introduzir toda a cabeça e metade do pescoço, era muito difícil entender o que Woolley, que estava praticamente na outra extremidade da tenda, dizia.

— É uma caixa de madeira em forma de trapézio ou de pirâmide sem a ponta, com dois painéis, um na frente e outro atrás — explicou o arqueólogo aos seus atentos convidados. — Quando a encontramos, ainda que os painéis estivessem bastante deteriorados pela passagem do tempo e tivessem sofrido o peso da areia sob a qual tinham descansado durante anos e anos, viam-se restos de um mosaico feito com incrustações de casca de ovo, cornalina, um quartzo avermelhado, e lápis-lazúli. — Woolley passou o dedo em uma franja azul-clara para que os convidados se dessem conta da presença, do rastro, dessa gema tão apreciada pela joalheria desde os tempos antigos.

— E que função acha que ela possuía? — perguntou Ubach.

— Não tenho certeza, mas pode ter sido um estandarte. Está vendo essas cenas que evocam uma vitória militar? — Passava o dedo por cima da madeira rachada e lascada.

Ubach e o monsenhor Dalal tiveram a impressão de ver desvanecidos soldados vestidos com armaduras, que empunhavam lanças, carros de combate puxados por asnos, prisioneiros... Tinha toda a aparência de um desfile militar.

Woolley continuou:

— E, no painel traseiro, parece que estão celebrando com um banquete, uma festa ou uma comemoração.

— E não poderia ser uma caixa para guardar algum instrumento ou objeto? — sugeriu o arcebispo Dalal.

— Pode ser, não sei, monsenhor, teremos de estudá-lo, mas, em minha opinião, essas cenas poderiam ser de um estandarte que era amarrado a um pau levado por um porta-bandeira.

— O que você está fazendo aqui?

O *hares* estava há algum tempo imóvel tentando ouvir algo e ver algum dos tesouros, frutos do espólio, que o inglês mostrava aos religiosos. De repente, uma mão firme, que o segurou pela nuca e o puxou para fora, obrigou-o a tirar a cabeça do buraco da tenda-depósito. Um dos beduínos encarregados da vigilância o repreendia enquanto o interrogava pela segunda vez.

— Perguntei o que você está fazendo aqui — insistiu um beduíno mal-encarado que rudemente o agarrou pelo ombro e o sacudiu, sem saber que estava brincando com fogo.

O beduíno não sabia que o homem diante de si não hesitaria em partir seu pescoço com a adaga que levava no cinturão nem em cravar depois essa mesma adaga em seu estômago. E foi exatamente isso que aconteceu. Em um piscar de olhos, e sem abrir a boca, o *hares* agiu com sangue-frio, contrastante com o mormaço que os rodeava. O beduíno caiu de joelhos com o pescoço dobrado sobre o peito, que foi se tingindo de sangue, e com uma ferida mortal à altura do ventre onde se intuíam suas vísceras. O *hares* arrastou o corpo sem vida para trás da tenda a fim de ocultá-lo e o levou até umas moitas e palmeiras que lhe permitiram encobrir o cadáver do beduíno e, ao mesmo tempo, se esconder.

Woolley e a comitiva de convidados saíram da tenda-depósito e se dirigiram à do arqueólogo para tomar chá. Sentado, saboreando uma xícara de chá e depois de conversar sobre os achados, Ubach não conseguiu se controlar e perguntou a Woolley algo que ocupava sua cabeça desde que se encontraram em Aqaba. Os esboços que aquele jovem fazia das fortalezas turcas, com tanto detalhismo, o surpreenderam. O monge havia intuído que o desenho não era a arte mais importante de seu trabalho, e que nessa atividade se escondia outra habilidade muito menos nobre: a observação cautelosa e precavida. Uma atividade que pode dar lugar a uma profissão, a de espião, muito bem-paga por governos com desejos expansionistas. E o britânico não ocultava essa vontade de expansão.

— Querido Sir Leonard, espero não o incomodar nem o constranger, mas... — O monge pigarreou, enquanto o arqueólogo soltava uma nuvem de fumaça do cachimbo e erguia as sobrancelhas em expectativa pelas palavras de Ubach.

O monge iniciou sua pergunta:

— O rendimento, o benefício, que pensa tirar de suas escavações tanto aqui, nas terras de Abraão e do rei Nabucodonosor, quanto nas do golfo de Aqaba, se reduz ao âmbito científico ou busca algum outro?

Woolley esboçou um sorriso, tragou outra vez e se preparou para responder à curiosidade um tanto maliciosa do monge.

— Você não perde uma, padre Ubach! — reconheceu, com um largo sorriso. — Digamos que nosso governo também tira partido de nosso trabalho no terreno... Entende-me, não?

— Não sei muito bem a que se refere... — declarou o padre Ubach se fazendo de bobo. — Entendo que sua profissão lhe permite conhecer muitos lugares, muitas pessoas, muitos costumes, e que ouve muitas conversas e vê coisas que, para dizer de alguma maneira, podem ajudar a entender e saber como se organizam certas comunidades, quais são seus hábitos e suas capacidades. Enfim, que recolha informação útil de todo tipo.

— Sempre servi a meu país, e, se minha pátria me pedir ajuda — e levou a mão que até então segurava o cachimbo ao peito, à altura do coração —, prestarei de todo coração, sem hesitar nem um instante. Mais cedo ou mais tarde, esses países necessitarão que lhes deem uma ajuda para avançar, e, se nós pudermos dá-la, melhor — concluiu, arrematando seu argumento com uma pose orgulhosa.

— Vejamos se entendi bem, Sir Leonard... — disse com toda a cautela do mundo, medindo as palavras como se fosse um diplomata. — Quer dizer que nem tudo que cartografam, desenham, fotografam e finalmente enviam a Londres acaba necessariamente nas salas do Museu Britânico? É isso?

— Na verdade, não — respondeu brevemente enquanto se levantava do tapete e se dirigia à saída da tenda. — E agora, se me der licença, ainda restam muitas caixas para examinar antes que as embalem. — Ofereceu-lhe um sorriso. — Vemo-nos no jantar, senhores? — perguntou o arqueólogo antes de sair da tenda lançando rapidamente o convite. Seus interlocutores assentiram com a cabeça.

Na saída da tenda, Woolley quase tropeçou com o *hares* do arcebispo, que, depois de liquidar o assunto que tinha em mãos, voltara para lá. Apoiado na entrada, à porta da tenda, pois no interior estava o arcebispo de Bagdá, a quem devia proteger sempre, em qualquer hora e lugar, o criado tinha ouvido a conversa. "Mais motivos para odiar o inglês", pensou. Trocaram um olhar fugidio, porém carregado de más intenções.

Depois de Woolley reconhecer diante de Ubach, sem dizer explícita e abertamente, as tarefas de espionagem que realizava para o governo britânico, o grupo se dissolveu para dar um tempo antes de jantar. O padre Bakos e o monsenhor Dalal voltaram para as tendas do acampamento para se recuperar do calor, porém Ubach queria percorrer as ruínas do templo de Nabucodonosor. Burlando os vigias que conversavam ao redor do fogo e bebiam café, Ubach entrou na área de escavações.

Atravessou a área onde Woolley afirmara ter encontrado os alicerces do antiquíssimo templo dedicado ao deus Lua, construído com frágeis tijolos de terra cozida. Depois de alguns poucos passos, pisou o cercado de ladrilhos reservado ao sacerdote, e viu, praticamente intacto e inabalado apesar do tempo passado, o altar sobre o qual eram oferecidos os sacrifícios. No chão, ainda se podia ver o canal, perfeitamente conservado, por onde escorria o sangue das vítimas.

Como estava suficientemente longe dos beduínos e imbuído pelas vibrações que chegavam desse lugar onde invocavam a cólera divina, a condenação eterna e o sofrimento, Ubach se abaixou para arrancar do pavimento do presbitério um ladrilho com desenhos da imagem de Nabucodonosor, o selo onde estava gravada a assinatura do rei. Rapidamente, envolveu-o em um lenço grande e o guardou em uma dobra do hábito. Ao ver a cor brônzea que começava a banhar as ruínas, Ubach se deu conta de que era hora de voltar para o acampamento; logo escurece-ria e teriam de ir jantar. O dia havia sido intenso para todos, principalmente para Leonard Woolley, que deveria se levantar cedo a fim de seguir viagem para Londres, junto de boa parte de seus achados.

Ubach e os outros, que decidiram passar a noite no acam-pamento e sair ao amanhecer, também se retiraram cedo para dormir. Todos, menos o *hares*, que ficou fazendo companhia ao beduíno que realizava o primeiro turno da guarda ao lado do fogo para manter os chacais afastados. Quando a luz do último lampião se apagou, e aproveitando que o beduíno havia dormido, o *hares* desapareceu de cena, sigilosamente, com um objeto na mão. Parou diante da tenda do arqueólogo e se abaixou. Ergueu ligeiramente a estaca que fixava o tecido da barraca e introduziu rapidamente o que levava nas mãos.

Sem perder tempo, levantou-se e voltou correndo para perto do fogo, pouco antes de o vigia abrir um olho para verificar se estava tudo em ordem ao redor. O *hares* tinha se deitado há pouco na esteira e fechara os olhos para que o beduíno não des-confiasse de nada. Agora só precisava esperar. O *hares* sabia que os Guardiões agradeceriam e valorizariam essa ação enquanto cumpria sua missão principal de seguir o padre Ubach.

Um grito vindo da tenda de Leonard Woolley colocou todo o acampamento em alerta. Quando Ubach chegou, o arqueólogo, branco como a luz da lua cheia que presidia o céu, debatia-se entre a vida e a morte. Um dos beduínos apareceu com o braço direito erguido, como quem mostra um troféu, exibindo o corpo inerte de uma serpente preta e brilhante. Era uma cobra do deserto com a cabeça esmagada por uma pedra, surpreendida fugindo pela parte traseira da tenda. Esse tipo de cobra costumava rondar lugares ocupados por pessoas, porque também havia roedores, uma de suas vítimas preferidas, mas, por outro lado, não enfrentava humanos, só atacava se provocada.

"Como era possível que tivesse picado Sir Leonard? Quanto tempo fazia que a serpente o havia picado?", perguntava-se Ubach enquanto pedia com urgência:

— Rápido, tragam pólvora e uma faca em brasa. Não percamos a calma mas também não podemos perder nem um segundo! — gritou, ajoelhando-se ao lado da cama de Leonard Woolley. O arqueólogo sangrava pelo nariz, ofegava, suava e, com olhar distante, começava a delirar. — Fique calmo, Sir Leonard — tentou acalmá-lo Ubach. — Não se preocupe, o senhor vai sair dessa.

Certa vez, o padre Ubach havia lido o livro do britânico Francis Galton no qual o autor dava conselhos e advertia viajantes ousados e intrometidos, que poderíamos chamar de exploradores. Entre outras coisas, explicava a maneira de proceder se alguém fosse picado por uma cobra venenosa. Ubach se lembrava vagamente de ter lido esse capítulo e agiu conforme ditava sua memória. Quando lhe levaram as ferramentas, queimou a ferida com pólvora; continuando, extirpou a carne infectada com uma faca e teve de se apressar a queimar a área da picada do réptil com a ponta da lâmina, que anteriormente estivera exposta ao fogo vivo. Via-se muito bem o ponto onde a fera tinha fincado as presas para inocular o veneno.

As artérias estavam abaixo da área afetada e, portanto, podia extirpar sem medo tanta carne quanto pudesse beliscar com os dedos. Depois de realizar esse processo à luz de um lampião, Ubach precisou se concentrar para aplicar toda sua energia e tentar evitar que Woolley caísse em um sono profundo, fruto do veneno, mas que podia ser a antessala do sono eterno. Conseguiram mantê-lo acordado, e o monsenhor Dalal concordou que o mais urgente era levá-lo a um hospital. Porém, o mais próximo ficava em Bagdá.

— Que venha conosco! — propôs o arcebispo.

— Sim, é o melhor, embora corramos o risco de que ele morra no caminho — sugeriu rapidamente o padre Bakos.

— Tem razão, padre, mas dá na mesma, é um risco que precisamos correr. Afinal, se ele tiver de morrer, tanto faz que seja aqui ou dentro de um carro no meio de lugar nenhum — observou Ubach. — É evidente que Sir Leonard não pode decidir isso, mas tenho a impressão de que gostaria de viver.

— E as peças que recolheram? — perguntou o monsenhor Dalal.

— Por enquanto, terão de ficar aqui — afirmou Ubach.

Quando ouviu isso, o *hares* sorriu. Conseguiu o que queria. Não só ninguém havia sentido falta do beduíno que tinha matado como também, vigiando Ubach, afastara o espólio — havia conseguido defendê-lo, ao menos por enquanto, peças fundamentais para sua cultura, daquele Sr. Britânico. Sem dúvida, havia sido providencial encontrar um ninho de cobras exatamente no lugar onde enterrara o cadáver do vigia. Só precisou ensinar ao réptil o caminho que o levaria a Woolley.

— Se conseguirmos que Sir Leonard se recupere, voltará logo para enviá-las. Enquanto isso, que os beduínos as vigiem! — ordenou Ubach ao tentar levantar o arqueólogo. — Ajudem-me, por favor.

Três beduínos o carregaram de dentro da tenda até o carro. Levavam-no, enrolado em uma manta porque Woolley tremia pela temperatura noturna do deserto e porque a febre começava a se manifestar. Ubach teve uma revelação. Sem saber por que, pensou que Deus talvez tivesse castigado com a temível, mas nunca provada, maldição da Babilônia as ânsias e as intenções pouco honestas de Sir Leonard. Essa dúvida o corroeu por todo o caminho, ou seja, durante as quase três horas de carro que separavam Bagdá da Babilônia.

Quando o dia começava a despontar, atravessaram a ponte sobre o Tigre, e os primeiros raios de sol lhes deram as boas-vindas caindo sobre as cúpulas mais altas de Bagdá. Ubach temia que Woolley não conseguisse mais voltar a ver esse sol, mas tinham de tentar. Ao chegar ao palácio episcopal, todos se mobilizaram e, enquanto uns saíam para buscar o médico, outros acondicionavam um cômodo para alojar o arqueólogo moribundo, que não respondia a nenhum estímulo. As primeiras medidas de emergência aplicadas pelo padre Ubach não pareciam ter surtido nenhum efeito.

Enquanto esperavam o médico, um dos frades do palácio episcopal levou ao doente algumas gazes quentes e úmidas, que pareciam um cataplasma, lubrificadas com coentro, uma erva que, aplicada sobre a pele, exercia um efeito calmante e anti-inflamatório. Ubach esperava ter extraído todo o veneno, mas era muito provável que uma pequena quantidade tivesse chegado à corrente sanguínea, o que, unido ao fato de que a ferida se infectara, parecia indicar que restavam poucas horas de vida a Woolley.

Um caldeu que costumava rondar o palácio do arcebispo entrou nas dependências do episcopado, pois o alvoroço havia despertado sua curiosidade.

— O que está acontecendo? — perguntou a um dos criados do palácio.

— Trouxeram um inglês moribundo que foi picado por uma cobra negra. — E o rapaz desapareceu pelo pátio.

O caldeu foi até o cômodo onde o inglês recebia todos os cuidados. Padre Ubach o reconheceu. Era o bruxo a quem tinha visto pronunciar feitiços protetores, encantamentos, e de quem havia comprado o rosário e a bandeja de latão na primeira tarde que saiu para dar uma volta pela cidade. Desesperado, aproximou-se do homem.

— Conhece algum feitiço contra veneno de cobra que possa curá-lo? — perguntou Ubach, apontando para a cama onde Sir Leonard jazia imóvel, levemente ofegante.

— Conheço — respondeu, lacônico, o caldeu. — Não é exatamente um feitiço, é uma poção. O veneno de uma fera desse tipo deve ser combatido com as mesmas armas, ou seja, com ervas e frutos do bosque.

— Certo... Mas poderia prepará-lo?

— Preciso de muitos ingredientes.

— Padre Bakos, venha aqui! — gritou com urgência o padre Ubach. — Averigue o que esse homem precisa e traga o mais rápido que puder.

Enquanto isso, o irmão tinha retirado o cataplasma e secava a região da picada com folhas de sálvia. Segundo a crença popular, já nos tempos dos romanos a viam como uma planta salvadora. Não à toa daí provinha a palavra *sálvia*, do latim *salvare*, e por isso era considerada uma planta sagrada. A sálvia, portanto, era também um bom antídoto para picadas de cobra.

O padre Bakos voltou acompanhado de outro padre alto e magro.

— É o herbolário do palácio, ele lhe proporcionará tudo de que necessitar.

O caldeu sussurrou algumas palavras ao padre encarregado do herbolário, que fazia que sim com a cabeça para dar a entender que dispunha de tudo de que precisava. Deviam correr contra o tempo; o médico não dava sinais de vida, assim como Woolley.

O herbolário cumpriu seu trabalho e entregou todos os ingredientes ao caldeu. A fórmula elaboradíssima para a poção requeria quinze ingredientes segundo a receita original. Uma mistura à base de mel, vinho, passas, chufa, resina, mirra, pó de folhas de jacarandá-roxo, seseli, aroeira, breu, junco perfumado, o fruto macerado da azedinha, zimbro, cardamomo e cálamo.

— E essa poção tem nome? — perguntou o herbolário enquanto o caldeu combinava os elementos do remédio natural em que todos colocavam suas esperanças.

— Sim, com certeza! — respondeu o caldeu. — Foi inventada pelos egípcios que a bebiam como um chá. Chama-se *kyfi* e, embora não fosse um remédio sagrado, possuía propriedades curativas. Em outros tempos, davam para quem tinha sido picado por cobra... — fez uma pausa ao lançar o pó de folhas de jacarandá — e a pessoa se curava. Eu mesmo vi isso — sentenciou.

Uma vez elaborada a infusão, o caldeu a entregou ao padre Ubach, que se encarregou de dá-la a colheradas a Sir Leonard, obrigando-o a abrir a boca; assegurava-se de que a engolisse e de que não escorresse pelo canto dos lábios. Apesar dos nervos e da angústia, o padre Ubach conseguiu, com paciência, fazer com que ele tomasse toda a poção.

Agora só podiam fazer duas coisas: esperar e rezar. Isso foi o que o padre Ubach, o padre Bakos e os outros padres do palácio episcopal, com o arcebispo à frente, começaram a fazer. O caldeu os observava de longe, com uma expressão cética, esperando seu remédio provocar algum resultado.

Depois que terminaram as rezas, um lamento, um gemido, devolveu os monges à realidade. Era Woolley que voltava ao reino dos vivos, após ter passeado perigosamente pelos limites do outro reino, o dos mortos.

— Virgem Santa de Montserrat! — exclamou Ubach. — Funcionou! — E, olhando para o caldeu, reconheceu: — Não posso dizer que seja um milagre, porque não acredito que Deus, Nosso Senhor, tenha intervindo...

— Foi a sabedoria da mãe natureza! Rebateu os descompassos, os desequilíbrios causados por aquele maldito animal — comentou o caldeu. — Com razão foi amaldiçoado e condenado a se arrastar pelo chão o resto da vida.

— Permita-me agradecer seus esforços — ofereceu o monsenhor Dalal ao caldeu.

— Aceitarei com prazer — replicou o mago.

— Acompanhe-me a meu escritório e lhe pagarei como merece.

Ubach e Bakos tiveram de ajudar Woolley a se erguer porque ainda estava muito fraco, porém, sentado ali na cama, teve forças suficientes para agradecer aos religiosos que salvaram sua vida.

— Obrigado por terem me arrancado das garras da morte... — Soltou um longo suspiro.

— Oh, não, Sir Leonard, não fizemos quase nada. Foi o caldeu. — E apontou para o homem que saía do quarto acompanhando o arcebispo.

O arqueólogo abriu um pouco mais os olhos, no entanto, só viu uma figura imprecisa que se afastava, mas conseguir dizer:

— Só eles sabem como combater a maldição da Babilônia. — E Woolley voltou a se deitar no exato momento em que o médico apontava a cabeça pela porta e dava uma desculpa. Os *shemmas* do arcebispo tiraram o doutor do cômodo para repreendê-lo a gritos. Sua presença já não era necessária. Dois dias depois Ubach partiu para o Cairo e deixou Woolley ainda convalescente. Esses dias na antiga Mesopotâmia e na Babilônia foram muito intensos e proveitosos em todos os sentidos. Na manhã em que o monge se despedia do monsenhor Dalal e de todos os que havia conhecido no palácio episcopal, o padre Ubach sentiu falta do *hares*. Não estava lá. Havia saído para enviar um telegrama urgente ao Cairo.

Uma noite no museu

Reginald Engelbach era o chefe do serviço de antiguidades do Alto Egito e curador chefe do Museu do Cairo, cargo que alternava com seu colega Gustave Lefèbvre. Essa distribuição de cargos era a visão explícita de que os dois impérios, Reino Unido e França, dividiam o maná que a exuberante colônia, o Egito, proporcionava. Mister Engelbach era um homem a quem todos os arqueólogos queriam visitar, fosse para pedir permissões para escavar ou para negociar alguma venda. E Bonaventura Ubach não era uma exceção.

Engelbach voltava ao museu, despreocupado, desfrutando um cigarro, assobiando e cantando algumas toadas que haviam divulgado no recital de um cantor famoso. As festas de Abol Ela Mohamed e de um virtuoso do alaúde, Amin al Mahdy Beh, eram muito famosas, e ele desfrutava do privilégio de comparecer frequentemente, convidado pelo procurador britânico. Eram dois músicos que anos mais tarde descobririam o talento de uma jovem de olhos amendoados com uma voz que guiaria a música daquele país e que depois se transformaria na grande diva da música árabe: Um Kulthum.

Chegava tarde, mas não sabia. Não estava consciente de que faltava com uma das virtudes mais reconhecidas dos britânicos. Simplesmente, não se lembrava de que tinha uma reunião.

Entrou no vestíbulo do museu, e o vigia refrescou sua memória.

— Mister Engelbach, tem uma visita esperando o senhor — avisou, apontando as escadas que levavam ao primeiro andar.

— Uma visita? Agora, a essa hora? — respondeu Engelbach, estranhando e olhando o relógio de bolso que estava nas calças. Coçou a ponta do nariz com a unha do dedo indicador e depois de alguns instantes o brilho de seus olhos o localizou. — Menino, que cabeça a minha. Tinha me esquecido! Obrigado, Hamid! — disse Engelbach, que de repente se lembrou da reunião enquanto se dirigia a seu escritório, subindo os degraus de dois em dois.

Ao chegar, deparou-se com um religioso ocidental que, ao vê-lo, se levantou da cadeira com uma atitude afável.

— Boa noite e me desculpe. Reginald Engelbach. — E estendeu a mão para cumprimentá-lo.

— Boa noite. Sou o padre Bonaventura Ubach — respondeu com um sorriso o monge, que sentia a mão do inglês balançando com firmeza.

— Entre, por favor. — Abriu a porta do escritório, e Ubach entrou. — Sinto muito mesmo, me desculpe. Esperou muito? — Ele tirou o chapéu com um tapa e o atirou em um dos ganchos do cabide que havia atrás da porta. — Posso lhe oferecer algo para beber? — Desmanchava-se em cuidados e desculpas.

— Um pouco de chá, por favor, obrigado — pediu Ubach. — Devo reconhecer que umas duas longas horas. — Na verdade, fazia mais tempo, porém Ubach não considerou oportuno recriminá-lo, não agora, talvez mais adiante.

— Insisto, padre, aceite minhas desculpas, não costuma acontecer, mas hoje... — O inglês se desfazia em desculpas.

— Não se preocupe — concedeu, e pensou que o atraso poderia acabar servindo a seu favor.

— Em que posso ajudá-lo? — quis saber o chefe de antiguidades.

— Imagino que tenha recebido minha carta em que solicitava ver uma série de objetos com a possibilidade de adquirir alguns para o Museu Bíblico de Montserrat.

— Agora não me lembro — respondeu, torcendo o nariz e franzindo a testa. Então começou a remexer os papéis que se amontoavam em um canto da mesa.

Abriu dois cadernos de anotações, mas nem assim conseguiu encontrá-la. Finalmente, na primeira gaveta, em uma pasta marrom, deparou-se com a carta.

— Aqui está! — E a exibiu triunfante. — Vejamos... — Colocou a mão no bolso do colete, tirou o monóculo e o apoiou no olho direito para examinar o conteúdo da carta de Ubach. — Sim, sim, sim... — Releu-a por alto. — Sim, sim, sim... Lembro-me disso — reconheceu, erguendo a vista do papel e dirigindo-se ao monge. — Será difícil. Não creio que seja possível. Sabe o que acontece? Embora nosso acervo seja bastante amplo, recebo muitas solicitações e não podemos atender a todas. Deve entender. Não podemos vender a qualquer comprador. Não se ofenda. Você me entende, não?

E esboçou uma risada nervosa que deixou descoberta uma dentição perfeitamente alinhada como as pedras da grande pirâmide.

— Mas, como você sabe, dizem que o homem rico acha que é sábio, mas um pobre inteligente vê suas intenções.

Com esse ditado extraído dos provérbios bíblicos, Engelbach achou que o monge se referia a ele.

— Você diz isso de mim?

— Interprete como quiser, mas acho que seria um pouco, como diria, pretensioso de sua parte se considerar um homem rico, considerando que as antiguidades que você conserva não são sua propriedade, mas sim dos egípcios e, portanto, imagino que deve adquirir sua riqueza por outra via. E, além disso, estaria supondo que sou um joão-ninguém — e tocou a testa — com alguma coisa na cabeça!

O jogo dialético do padre Ubach havia desconcertado mister Engelbach. O monge estava consciente disso e, baixando o tom, disse:

— Ora, mister Engelbach, francamente, eu imaginava que, como tive de esperar, bem poderia me conseguir algumas peças, não acha?

— Sim... — concordou, hesitando, Engelbach, que via que Ubach começava a encurralá-lo. — Naturalmente! Precisaríamos ver o que lhe interessaria... Vamos descer ao porão...

— Certo.

Acompanhou Engelbach a uma das dependências do museu que mais queria visitar.

O inglês pegou uma lâmpada de querosene que tinha um tubo de vidro. Acendeu a chama com um fósforo e a claridade os rodeou rapidamente. Era bastante parecida com um lampião, porém com a diferença de que este não tinha tela para evitar que os raios diretos atrapalhassem a vista. Isso permitia que a luz se estendesse por toda parte. Acessaram as entranhas do museu por uma escadaria atrás do balcão da entrada. Apenas uma luz tênue entrava pelos vidros cobertos de poeira das altas janelas que davam para fora, clareando o espaço. Os feixes que entravam eram tão finos que praticamente não iluminavam nada. Engelbach passeou a lâmpada pela escuridão e, em seguida, foram clareando corredores e mais corredores forrados de peças únicas, extensões de estantes e armários de madeira abarrotados de objetos que teriam agradado tanto antiquários e ourives quanto estudiosos da história da arte de qualquer lugar.

— Mas mister Engelbach! — exclamou Ubach. — Tem mais material guardado aqui embaixo do que exposto nas salas do museu!

— Sim, padre, exatamente — reconheceu, dando de ombros. — Estamos trabalhando nisso. Acredite, fazemos todo o possível — disse com resignação. — Há muitas expedições que trabalham por todo o país e, como sou o chefe do serviço de antiguidades e curador do museu, exijo não apenas uma relação dos achados e de tudo que extraem das jazidas, mas também que uma parte das descobertas venha para cá. — E acompanhou suas palavras com um gesto enérgico com o dedo indicador para apontar a terra que pisavam.

— Há um excedente enorme de peças. Suponho que por isso o senhor se livra delas, vende-as e, indiretamente, com o dinheiro que obtém, consegue ampliar o espaço de exposição.

— Mais ou menos. Algumas são vendidas, outras ficam aqui, e a maioria é enviada a Londres ou a Paris, dependendo da importância.

— Mas essas peças voltarão algum dia para cá, para o Egito? — perguntou com certo ceticismo.

— Não, não. Elas serão expostas nos grandes museus do Reino Unido e da França.

— Desculpe, mas estão tomando, talvez não de maneira violenta, mas sim injusta, bens que não lhes pertencem, que não são deles. Então, me pergunto, qual é a diferença entre roubo e espólio?

— Digamos que se trata de uma espoliação consentida.

— Consentida? — repetiu Ubach.

— Sim, eles, os egípcios, não têm os recursos para desenterrar tudo que o deserto guarda, e por isso nós o fazemos. Não acha justo que quem faz o trabalho leve uma parte do butim?

— Não, continua sendo propriedade deles.

— Pense, padre, que dessa maneira ajudamos a divulgar todo esse patrimônio, que, se não fosse assim, ficaria esquecido. Algum dia a humanidade nos agradecerá por isso.

— Ou os condenará — retrucou Ubach.

— Nem todo mundo pode vir aqui e ver *in situ* o que você e eu podemos ver de maneira privilegiada. Por isso há museus que expõem uma parte, não tudo, para uma sociedade que tem o direito de saber o que seus antepassados fizeram. E, se não, padre, explique por que deseja comprar peças para seu museu? Afinal, o mesmo objetivo nos move: divulgar o conhecimento.

— Sim, mas com métodos muito diferentes.

— Não se iluda, padre. Ao vir até aqui, ao museu, para conversar, desculpe — retificou —, para negociar peças comigo, está fazendo a mesma coisa que reprova.

— Nego-me a fazer parte desse latrocínio. Eu pagarei pelas peças que levar. Os egípcios consentem porque devem se render às suas ordens, precisam permitir pela força, porque não há outra opção. Repito: não me parece justo o que você diz.

— Você mesmo... — deixou escapar Engelbach.

Ubach resistia a se render.

— Não consigo acreditar que não haja nada que possa levar, pagando, é claro. Não sei, não quero dizer que tenham de ser peças quebradas ou com alguma imperfeição e que, portanto, entenderia que não queira expô-las. Mas deve haver algo que possa me vender! — exclamou com um tom de impotência.

Ubach sabia que uma oportunidade como essa, passear pelos porões do museu, não se apresentaria outra vez e por isso estava decidido a fazer das tripas coração, disposto a aceitar as regras do jogo. Não deixaria, no entanto, de redigir um contrato de compra e venda e de pagar por todas as peças que levasse.

— Pensando bem... — Engelbach tocou o queixo ao fazer uma careta com a boca que retorceu os lábios dele. — Há uma sala, lá no fundo, onde guardamos uma infinidade de múmias que não são expostas por motivos religiosos ou supersticiosos... — declarou de forma condescendente.

Ubach se viu a salvo.

— Leve-me até lá! — pediu exultante com um brilho nos olhos que delatava seu estado de empolgação enquanto continuava caminhando pelo corredor.

— Certo. Não precisaremos caminhar muito porque é bem aqui — anunciou Engelbach, e parou diante de uma porta, cuja metade inferior estava deformada pela umidade e tingida pelo bolor. Tirou a chave, colocou-a na fechadura e, depois de uma volta, a porta se abriu com um chiado seco. Um fedor de umidade escapou pela soleira da porta, e diante dele surgiram pilhas de sarcófagos.

— Todos estão ocupados com múmias? — perguntou, maravilhado, Ubach.

— O que acha? — respondeu com um gesto de estranheza Engelbach.

— É fascinante! — reconheceu o monge, e seus olhos foram de um lado para o outro sem saber onde se fixar, de tão impressionado com o que via. Acompanhava a inspeção a olho nu, acariciando as madeiras e as pedras trabalhadas e policromadas das arcas que continham corpos cuja história não conseguia nem sequer imaginar.

Ulbach parou diante do corpo de uma múmia que estava fora do sarcófago. A mortalha que a cobria estava pintada com cenas que chamaram sua atenção. Os deuses Anúbis e Nut velavam o cadáver. A deusa Nut segurava a pluma *maat*, símbolo da verdade, e estendia as asas em um gesto de proteção. Abaixo, Anúbis mumificava o corpo do cadáver.

311

A mão esquerda segurava o que podia ser um recipiente de poções ou o coração do morto, cuja alma sobrevoava o espaço em forma de pássaro. As outras duas cenas também intrigaram Ubach. Em uma se viam os quatro filhos do Hórus, que custodiavam a necrópole; e, na outra, logo abaixo da anterior, via-se a múmia deitada no leito mortuário velada por Ísis na cabeceira e Néftis nos pés.

— E essa múmia? — quis saber Ubach. — Por que está tão protegida e por que não está dentro do sarcófago?

— Ela está amaldiçoada... — reconheceu Engelbach em um tom desagradável que denotava menosprezo.

— E por isso a mantém fora de sua arca original? — perguntou Ubach, aproximando-se da mortalha que cobria o corpo embalsamado e ressecado.

— Há muitas superstições ao redor dessa múmia.

— Superstições? — Ubach arqueou as sobrancelhas em sinal de surpresa.

— Sim, entre os arqueólogos há uma crença religiosa que a cerca, considerada irracional, de reverência excessiva e, inclusive, me atreveria a dizer que gera medo pelas ações misteriosas que lhe atribuíram em vida. Nada que se possa demonstrar! — acrescentou Engelbach, agitando o braço no ar como quem espanta uma mosca.

— E quem era?

— É a múmia de um sacerdote da corte do faraó Psamético I, da dinastia XXVI. O sacerdote foi um personagem bastante funesto. Na verdade, foi o responsável por induzir o faraó a realizar um experimento muito cruel para descobrir a origem dos idiomas ou, pelo menos, para saber qual teria sido o primeiro a ser falado.

— Nunca tinha ouvido sobre esse episódio — reconheceu Ubach.

— Assim disse o historiador grego Heródoto em um relato aterrador. — E o diretor do museu explicou: — O sacerdote convenceu o faraó e este ordenou que pegassem ao acaso dois meninos recém-nascidos. Tinha de dar as crianças a um pastor com três instruções: cuidar dos meninos, cuidar para que ninguém falasse com eles e ouvi-los tentando verificar quais seriam suas primeiras palavras. Um dia, um dos meninos chorava desconsoladamente e soltou um grito, uma exclamação, e o pastor garantiu que tinha ouvido dizer *beeekos*! Essa palavra, *bekos*, do idioma frígio, significa "pão", e a partir daí deduziram que essa era a língua mais antiga, mais antiga que a egípcia! — observou Engelbach. E acrescentou: — Não se pode entender como deram credibilidade a esse experimento, principalmente por seu resultado surreal. O mais provável é que a criança imitasse o som onomatopeico que ouvia das cabras que o pastor possuía. Todos ouviram como balem as cabras, e se parece muito com o som que saiu da boquinha do menino. — O chefe de antiguidades teve o cuidado de imitar o choro ou os fortes gritos das cabras.

— E por isso o sacerdote está amaldiçoado?

— As famílias das crianças o mataram.

— Como?

— Envenenaram-no, porque não há nenhum osso nem nenhuma extremidade quebrada, além de não haver nenhuma prova de violência

— Então, se é certo que não será exposta, entendo que não haveria nenhum inconveniente para que eu pudesse adquiri-la, correto?

— Nenhum — respondeu com um sorriso e um gesto com a cabeça que ratificava o assentimento.

Pagou quinze libras esterlinas por uma coleção de deuses egípcios, muitos deles de bronze, e um cofre com inscrições para as vísceras da múmia. Vinte e sete libras esterlinas foi o que lhe custaram dois sarcófagos, um, o de uma múmia de crocodilo que representava o deus Sobek, e o outro, o da múmia do sacerdote. Foi isso o que Ubach levou da câmara do tesouro nessa noite no museu.

No bairro copta

Estava muito nervoso. No dia seguinte à primeira aquisição no museu, Ubach havia combinado com Saleh de ir ao Mosteiro de Abu Serga, no coração do bairro copta do Cairo. Lá veria as túnicas e isso era motivo suficiente para estar inquieto. Saleh tinha ido visitar a tia, a mulher do azarado tio Abdul, e havia combinado com o padre Ubach no café que seu tio administrava para irem juntos ao mosteiro.

Ubach estava hospedado em uma casa do Colégio dos Padres Jesuítas, não muito longe do bairro antigo do velho Cairo. O Cairo das origens, aquela al Qahira fundada por Jawhar, o Siciliano, que conquistou o Egito no ano 975. Quando entrou, quase teve a impressão de que fazia uma viagem no tempo.

Era possível sentir no ar a umidade que ensopava as paredes pouco ou nada ensolaradas das ruas, que exalavam um cheiro azedo, intenso e penetrante, que ele não sabia precisar de onde provinha. O odor se misturava a outros mais agradáveis e às vozes e aos gritos que saíam das janelas das casas do coração da cidade. A disposição das residências, que pareciam prestes a desabar, permitia adivinhar como devia ser seu interior.

De fato, Ubach ergueu a vista para as janelas e os balcões e trocou um olhar com uma mulher que espiava por trás de persianas de madeira. Certamente, surpreendeu-a ver um religioso ocidental passeando pelo beco. Apesar disso, os buracos da estrutura de madeira permitiam uma vista privilegiada sobre o trecho da rua onde começava uma exposição extensa e variada de comércios de artesanatos. Lojas de tecidos para fazer roupas, sedas, vidro, ouro, cobre, madeira, marfim, perfume, plantas medicinais, tudo convivia com os que fizeram da rua sua loja. Os vendedores de haxixe, os mendigos, os músicos, os poetas, os vendedores de jornais, os engraxates... O monge foi serpenteando pelos becos ao mesmo tempo que procurava desviar das bancas que invadiam o pequeno espaço para pedestres. Distraído entre uma coisa e outra, Ubach chegou antes do que pensava ao café do infeliz Abdul, e Saleh já o esperava lá. Após os cumprimentos e sem tempo a perder, o beduíno adentrou ruas ainda mais estreitas do que as que o monge havia percorrido para chegar ao café, e o padre Ubach precisou se esforçar para segui-lo. Totalmente imersos no antigo Cairo, não demoraram muito a dar com a fachada de são Sérgio, Abu Serga, a igreja mais antiga da cidade. Recebeu-os a frieza da nave de estilo basilical, onde duas fileiras de seis colunas de mármore e uma de granito vermelho de cada lado dividiam o templo em três partes. Ubach ficou boquiaberto diante de uma pequena plataforma elevada. Era um púlpito de madeira provido de parapeito e abaixa-voz, colocado de tal maneira que imaginou que pregar do alto dessa tribuna devia ser uma experiência que o aproximaria dos primeiros cristãos. Uma escada sinuosa, em caracol, levava ao atril.

Avançaram pela nave central, flanqueados pelas descascadas colunas com ornamentação muito cuidada e tendo em frente o iconóstase, uma impressionante parede de madeira trabalhada com arabescos de mármore que separava o santuário da nave. Atrás havia três absides, com o altar principal no meio, e as outras duas capelas dedicadas a são Sérgio e são Baco, à direita e à esquerda.

Nesse ponto do percurso, o irmão Cirilo veio recebê-los.

— Deus os guarde, sejam bem-vindos — saudou o frade abrindo os braços em sinal de boas-vindas. — E você, bem-vindo de volta a sua casa — acrescentou, virando-se para Saleh.

— *Abuna* Cirilo, obrigado, muito obrigado! — O beduíno assentiu fazendo um gesto com a cabeça. — Voltei, como prometi, com a pessoa adequada. Pedi que guardasse o pacote para mim até que eu encontrasse alguém a quem pudesse confiá-lo, e já o fiz... — Parou, olhando para o monge de Montserrat. — Ele é o escolhido.

— Certo, Saleh, você sabe que apreciamos seu gesto.

— Por isso vim com *abuna* Ubach, acho que é do interesse dele ver as túnicas, e também tenho certeza de que saberá lhes dar um uso muito mais digno que o que lhes teriam dado aqueles homens que foram ao café de meu tio.

— *Abuna* Ubach — começou a falar o padre Cirilo —, Saleh falou de você, de seu mosteiro e de sua vontade de reunir conhecimentos e objetos para explicar e ajudar a entender melhor as Sagradas Escrituras. É uma tarefa que o honra, e nos orgulha enormemente poder colaborar. Deve saber que, depois que Saleh nos devolveu as túnicas que seu tio tinha roubado para... Bem, para coisas que agora não vêm ao caso — disse o padre Cirilo abanando a mão. — É evidente que o sobrinho não puxou em nada ao tio, felizmente. Bem, o que eu queria dizer é que lhe entregaremos as túnicas com todo o prazer. Que Deus nos livre de comercializar tecidos tão sagrados! — exclamou o padre Cirilo. — Mas quereríamos pedir em troca um donativo para ajudar essa comunidade de irmãos tão... — Voltou a abrir os braços para abraçar, e assim incluir, todo o interior da igreja; queria dar a entender ao padre Ubach que Abu Serga também estava necessitada de liquidez. — Tão esquecida e abandonada nas mãos de Deus.

— Conte com isso, *abuna* Cirilo — respondeu Ubach. — Temo, no entanto, que não será uma contribuição muito considerável, mas, além dessas libras, posso lhe prometer que as túnicas terão o lugar que merecem.

— Está bem, está bem — concedeu o padre Cirilo. — Vamos descer até a cripta. — E o copta apontou em direção a um canto da igreja que estava de certa forma protegido por uma cerca de madeira.

Quando se aproximaram, viram que a disposição das madeiras respondia a um objetivo: cercavam um fosso pelo qual subiam ou desciam, dependendo da referência, uns degraus de pedra que os levariam para baixo da terra; as entranhas de Abu Serga os esperavam.

A cripta continha os restos da igreja original onde, segundo a tradição, a Sagrada Família havia morado, mas agora no espaço reduzido a pouco mais de dez metros de profundidade e com três metros e meio de largura se ocultava outra parte bem pouco conhecida dessa história.

Ubach tremia de emoção enquanto descia atrás do padre Cirilo para a construção subterrânea.

— Quando o nível da água do rio sobe, a cripta fica inundada — explicou o copta ao apontar um traço na parede que servia para marcar a altura em que as águas do Nilo chegaram na última enchente. — Hoje, por enquanto, não é o caso. De fato, por isso a cripta é o lugar ideal para guardar tesouros como esses — afirmou o padre Cirilo.

— Tem certeza de que não há perigo de a umidade os danificar? — perguntou Ubach.

— Certamente não, nós os mantemos bem protegidos!

Quando chegaram ao centro da capelinha soterrada, o olhar de Ubach se fixou nas paredes. Graças à luz que o padre Cirilo fazia percorrer pelo espaço minúsculo, examinou com um vislumbre rápido as quatro paredes, onde viu pequenas concavidades escavadas no muro — eram pequenos nichos.

— Até o século passado, a cripta servia como sepultura para os moradores mais distintos do santuário — explicou Cirilo.

Ubach se remoía, impaciente por saber onde guardavam o embrulho com as túnicas que Saleh havia lhe confiado. Continuava pensando que esse não era um lugar adequado para conservar em bom estado um material tão valioso. Depois de afastar alguns candeeiros e de endireitar alguns jarros, o padre Cirilo estendeu o braço, e sua mão desapareceu dentro de um dos nichos. Enquanto olhava para outro lado, com as sobrancelhas e a testa franzidas em sinal de preocupação, Cirilo apalpava as paredes úmidas com cautela. As pontas dos dedos avançaram até o fundo da cavidade, onde acionou uma peça metálica com a qual foi capaz de mover ligeiramente um bloco de pedra. Logo, o padre Cirilo deu um golpe de misericórdia no bloco, que se deslocou.

— Pronto! — anunciou, praticamente sussurrando e esboçando um sorriso, que as sombras projetadas pela chama da lâmpada davam mais mistério.

O irmão Cirilo deixou a lâmpada no patamar do nicho ao lado e, com as mãos livres, tirou o embrulho de trás da pedra. Sem que o pulso tremesse em nenhum momento, entregou-o ao monge. O padre Ubach, que seguia seus movimentos com os olhos bem abertos, sentia a adrenalina se espalhando.

Ao receber o pacote das mãos do irmão Cirilo, Ubach sentiu uma sacudida, uma sensação que não sabia explicar, mas que já havia sentido antes. O monge se afastou da parede e se situou perto da lâmpada.

— Posso desembrulhá-lo? — perguntou Ubach ao irmão Cirilo.

— Vá em frente, irmão. Saleh lhe confia o conteúdo, portanto, é seu — disse o monge copta, incentivando-o a abrir o pacote para poder desfrutar daquelas peças únicas.

Não foi preciso repetir. Enquanto Ubach desatava os cordões que prendiam com quatro voltas o pacote, Saleh teve uma estranha sensação. Revivia a cena daquele dia funesto em que seu tio morreu quando mostrou as túnicas. Mas não era tanto por isso, mas pela forma, pelo tratamento que Ubach dava aos tecidos. Agia com um mistura de delicadeza, sensibilidade, reverência, solenidade, veneração.

Quase uma experiência mística. Vieram à cabeça de Saleh as imagens daquele homem que tinha tirado as túnicas do embrulho e as examinado com devoção, assim como Ubach fazia. Agora, o monge de Montserrat erguia a de cor azul. Um tecido velho de linho trabalhado com ornamentos florais dourados cujo brilho original havia sido apagado pela passagem do tempo. A fascinação ao acariciar as outras duas túnicas foi muito reveladora. A vermelha com sianinhas bordadas nas mangas e um tafetá dourado que debruava o decote; e a outra, a de tamanho menor, infantil, de uma cor terrosa e decorada de maneira muito simples, com duas franjas paralelas às mangas, que apresentavam uma sequência de fios entrelaçados.

— São... São excepcionais — comentou Ubach com a voz trêmula pela emoção. — São as túnicas que José, Maria e seu filho Jesus usaram — declarou o religioso, que somente uma vez, quando estudava na Escola de Jerusalém, tinha ouvido falar da possibilidade de que elas existissem. Agora sabia com certeza e as tinha nas mãos. E, o mais extraordinário, podia levá-las a Montserrat.

Quando saíram da cripta e retornaram à superfície, na nave central da igreja de Abu Serga, com o embrulho embaixo do braço, Ubach se despediu efusivamente do padre Cirilo.

Deixavam para trás a igreja e o bairro copta, e na cabeça de Ubach dançavam perguntas, dúvidas que desejava que Saleh esclarecesse.

— Saleh, o que não entendo de tudo isso é como as túnicas foram parar nas mãos de seu tio. Como ele sabia que existiam? E por que ia querer vendê-las?

— O tio Abdul nasceu em uma das casas do bairro que fica atrás de Abu Serga. Não apenas ia com frequência à igreja como também, quando pequeno, brincava e se escondia ali dentro com outros garotos; conhecia cada palmo dela. Além disso, já grande, ajudava regularmente em celebrações, rituais e missas. *Abuna* Cirilo concluiu que, de alguma maneira, tio Abdul ficou sabendo da existência das túnicas, e, algum dia que precisou vir para ajudar em uma celebração, deve ter se organizado para descer à cripta sem que ninguém visse e as levou para vendê-las. Sabia que eram valiosas e que podia conseguir um bom dinheiro, que teria solucionado alguns dos problemas financeiros que enfrentava no café — explicou em voz baixa Saleh.

Ubach não fez nenhum comentário porque percebia claramente que a atitude de Saleh era justamente outra; o beduíno tentava reparar a maldade de seu tio. Por isso, Ubach se interessou por outra questão.

— E quem podia estar interessado em comprá-las de seu tio? — perguntou em voz alta Ubach, ao mesmo tempo que Saleh torcia os lábios e dava de ombros em sinal de desconhecimento. O monge não podia nem sequer imaginar, mas estava mais perto que nunca de saber. — Aliás, Saleh... Agora que pensei nisso. Por que não vem comigo?

— Com muito prazer, *abuna*. Aonde?

— A um pequeno mosteiro de uns irmãos beneditinos que têm umas ilustrações bíblicas para mim.

— Vamos!

— Segundo o endereço indicado na carta que recebi, não deve estar muito longe daqui. Acho que poderíamos matar dois coelhos com uma cajadada só.

O padre Ubach e Saleh seguiram pela estrada que levava para fora do bairro copta e entrava em um bairro aos pés da colina onde se erguia, imponente, a Grande Mesquita Branca, cercada pela cidadela murada de Saladino. Quando chegaram ao endereço, estranhou ver que aquilo que devia ser o mosteiro estava meio em ruínas. Não havia sinais de vida, exceto um cão franzino e faminto que farejava entre as pedras e que, ao sentir os passos dos dois homens que se aproximavam, fugiu com o rabo entre as pernas, temendo sabe lá o quê.

— Tem certeza, *abuna*, de que é aqui onde tinha de passar para recolher os objetos? — perguntou, estranhando, Saleh.

Não quis dizer em voz alta, mas o lugar lhe deu um mau pressentimento.

— Perguntei aos padres jesuítas e eles me mandaram vir aqui — respondeu Ubach enquanto examinava a estrutura destruída do mosteiro. — Mas duvido muito que não soubessem que já não resta quase nada do antigo mosteiro, e que é evidente que choveu muito desde que houve alguma atividade aqui — disse o padre Ubach apontando o que havia sido a instituição.

Deu quatro passos e, saltando um monte de pedras empilhadas, acessou o que havia sido o mosteiro.

— Tome cuidado, *abuna*, não vá se machucar! — recomendou Saleh, que já quase o perdia de vista.

— Não se preocupe, Saleh... Só quero dar uma volta por essas ruínas... — disse o monge, entrando no labirinto de pedras e mato.

Com uma das mãos segurava o pacote com as túnicas, do qual não queria se separar por nada no mundo; com a outra, levantava a batina para o matagal não rasgá-la. No entanto, com isso fazia com que espinhos arranhassem suas pernas. Deu mais alguns pulos para evitar arbustos espinhosos, como sarças, espinheiros e urtigas, e, subindo no alto de uma pedra bruta que se desprendera do campanário e jazia no meio do pátio, Ubach olhou, triste e melancólico, por todos os cantos por onde corriam lagartixas e alguns ratos, sem poder nem querer imaginar o que havia acontecido ao mosteiro e à sua comunidade para chegar a esse estado deplorável de abandono. O vento agitou um pouco as abas de sua batina, levantou outro punhado de poeira e, durante um tempo, fez uma folha de papel realizar caprichosas danças em um canto. Havia três folhas. Movido pela curiosidade, o padre Ubach se aproximou para pegar uma. Chamavam a atenção dele, que desejava saber o que eram esses papéis que revoavam sem rumo. Um deles subiu arrastado por uma espiral repentina do vento; outro planou para um canto inacessível devido ao estado arruinado do edifício, e o terceiro acabou praticamente acariciando a ponta das sandálias do monge.

Quando se abaixou para pegá-lo, notou que uma sombra tapava o sol. Virou a cabeça para ver o que atenuava a luz e a única coisa que notou foi uma forte pancada na cabeça, que, primeiro, o fez perder o equilíbrio e depois, a consciência. Ubach caiu no chão, assim como o pacote com as túnicas.

Renascer

— Poderíamos tê-lo deixado lá fora com o risco de ser mordido por um rato ou picado por um escorpião.

A voz ameaçadora foi a primeira coisa que o padre Ubach ouviu quando abriu os olhos e recuperou a consciência. A voz havia ecoado dentro de um espaço cavernoso. Apesar de estar aturdido e agitado, notou que se encontra deitado em cima de uma grande laje de pedra porque sentia o frio da rocha sob as palmas das mãos, que estavam amarradas. Isso não lhe permitia explorar a parte de trás da cabeça, que tinha sofrido o impacto de um objeto pontiagudo que o fizera perder os sentidos. O monge sentia uma dor intensa na base do crânio, no começo da nuca, onde a coluna e a cabeça se unem.

Ubach também percebeu que se encontrava em um espaço sem muita luz. Só chegava a receber, pelo canto do olho, uma claridade muito tênue, bem atrás de si, e sentia o cheiro forte de umidade que o lugar exalava. Onde estava? Debaixo do mosteiro em ruínas? E, principalmente, a quem pertencia essa voz? As perguntas que martelavam insistentemente em sua cabeça foram interrompidas pelo som de passos que se aproximavam. Fez o gesto, doloroso, de esticar ligeiramente o pescoço para mover a cabeça na direção de um roçar de solas de sapato que se aproximava.

— Sinto muito, *abuna*, não era minha intenção lhe fazer mal, mas era a única maneira de trazê-lo aqui — disse o dono da voz sussurrante, que agora também possuía um rosto.

De pele olivácea, estreito e alongado; o bigodinho capricho-samente aparado sob o nariz passava quase despercebido por culpa das grandes narinas em forma de candeeiro no meio do rosto que faziam com que qualquer um cravasse o olhar nelas.

Tinha duas covinhas nas bochechas que em outro rosto teriam sido encantadoras, mas nesse provocavam exatamente a sensação contrária. Ao se sentir observado pelo padre Ubach, dirigiu-lhe um sorriso malicioso que, longe de tranquilizá-lo, o inquietou ainda mais. Deixou entrever uns dentes brancos e alinhados enquanto os olhinhos azuis se afundavam nas dobras das bochechas depois de fazer esse simples movimento dos lábios. Usava os cabelos curtos, um pouco crespos, porém grudados na cabeça. Vestia uma túnica azul que chegava aos pés. Era uma mistura realmente estranha, no entanto, a imagem que veio à cabeça do padre Ubach era a dos antigos sacerdotes, que se formara depois de ler e estudar os textos bíblicos.

— Quem é você? O que quer de mim? — perguntou o monge, enchendo-se de coragem.

— Meu nome não é importante, mas deve saber o que re-presento — declarou o homem em tom quase imperceptível. Ao mesmo tempo estalou os dedos e apontou para outro indivíduo que o padre Ubach não tinha visto e que agora também se apro-ximava com intenções duvidosas. — Não se preocupe, *abuna* — tranquilizou-o o homem que mandava, enquanto Ubach percebia que o sangue voltava a correr pelas veias das mãos. Tinham-no desamarrado. O monge tentou levantar, fazendo esforço. — Aos poucos, *abuna*... — recomendou com um sussurro, como se fosse uma serpente. — Aos poucos. Recebeu uma pancada na cabeça, perdeu sangue e poderia desmaiar — advertiu ao se levantar e, desafiante, cercando-o, como um réptil olha para sua vítima antes do ataque final.

Ubach obedeceu e se levantou da laje lentamente, com muita dificuldade e sem receber nenhuma ajuda. Nenhum dos quatro homens que Ubach viu ali mexeu um dedo para auxiliá-lo. Tudo rodava, inclusive seu interlocutor, cuja imagem provocadora, pouco a pouco, ele conseguia enfocar.

— Tivemos diferentes nomes... Os Protetores, os Zeladores, os Guardiões e, inclusive, a verdadeira Guarda de Honra — começou a explicar a Ubach, que era a primeira vez que ouvia falar desses nomes. — Mas tivemos e temos uma única função: salvaguardar e proteger as essências.

Fez um silêncio que o padre Ubach não ousou interromper; ofegando, com o risco de o coração sair pela boca, esperava que essa espécie de sacerdote que parecia vindo do passado continuasse seu relato.

— Nossas origens remontam à época do faraó Amenófis IV, servidor de Aton. Durante seu reinado, ele mandou criar a Guarda de Honra, um corpo que, no início, era secreto. Nem sua mulher, Nefertiti, sabia sobre isso, mas, com os anos, foi se transformando em uma espécie de tropa de elite, com uma presença notável na vida pública, dentro e fora da corte. Dedicava-se somente a proteger os interesses e, inclusive, a vida do faraó. Amenófis IV não temia perder a vida, porém tinha consciência de que estava exposto a isso. Não somente devido aos numerosos inimigos que criava mas também porque tinha desafiado o até então poderoso clero. O faraó havia diminuído suas atribuições e os despojara de suas vestimentas, e isso era a mesma coisa que arrebatar seu poder e, portanto, levá-los ao confronto.

"A resposta de um pequeno conjunto de sacerdotes, que mais tarde seria considerado traidor por ter abraçado outra fé, foi decidir fundar clandestinamente outro grupo, capaz de rebater o poderoso exército do faraó. Nesse momento nasceram os Guardiões, os Zeladores, os Protetores... — Rashid fez uma pausa. — Os verdadeiros responsáveis por proteger a honra, a verdadeira essência que o faraó renegava. O objetivo era vigiá-la, guardá-la, protegê-la, custodiá-la e fazer isso a qualquer preço, custasse o que custasse. Geração após geração, os Protetores sobreviveram, evoluindo e adaptando-se às exigências de cada época para poder realizar seu objetivo. Agora, eu, Rashid, sou o representante desse corpo, cujos tentáculos se estendem por todos os países do mundo, não apenas os árabes."

— Desculpe, mas continuo sem entender por que estou aqui.

— Já temos o que queríamos, *abuna*... — Virou-se para um dos indivíduos que estavam na sala e lhe fez um sinal para que pegasse o pacote com as túnicas.

Rashid pegou uma delas e a desdobrou diante do monge.

— Essas três túnicas sagradas não podem e não devem sair dessas terras. Não têm nada a fazer longe daqui, não tem sentido encerrá-las em uma urna e expô-las em um museu — disse, levantando a voz.

Ubach se absteve de contrariá-lo e se limitou a perguntar:

— Então, se já tem o que procurava, para que me quer?

— Não é somente você, *abuna*... — E voltou a fazer sinal para um terceiro indivíduo, que, acompanhado de outro, desapareceu e retornou imediatamente arrastando Saleh como se fosse um saco, amarrado e amordaçado.

— Saleh! — exclamou o padre Ubach quando viu o beduíno amarrado com cordas grossas que apertavam seu peito. Devia respirar com muita dificuldade por causa da mordaça. O monge não imaginava que Saleh também havia caído nas mãos desses homens indesejáveis que os prendiam sem nenhum motivo. — Saleh... — chamou, em um tom compassivo. Olhando-o nos olhos, lembrou-se de que o beduíno havia tentado adverti-lo em vão, como se pressentisse, para que tivesse cuidado antes de adentrar as ruínas do mosteiro.

Rashid se dirigiu a Ubach enquanto se aproximava de Saleh, cuja cabeça pendia, quase beijando a túnica azul do líder dos Guardiões.

— Em seu périplo pelo Sinai, esse maldito beduíno — Rashid lhe deu uma bofetada, fazendo seu rosto virar para o lado — se desfez de um de nossos homens, o pobre Mahmud, que o vigiava de perto. Isso nos obrigou a proceder de maneira diferente, com mais cautela. Sem o bom trabalho de Ismail... — Rashid notou uma expressão de estranheza no monge. — Sim, *abuna* Ubach, o *hares* do arcebispo de Bagdá, Ismail, protegeu-o para que chegasse são e salvo até aqui, e no caminho quase conseguimos liquidar um dos grandes espoliadores dessas terras...

— Sir Leonard — acrescentou Ubach, com um calafrio transparecendo em sua voz. — A cobra que picou Sir Leonard foi colocada...

— Sim, *abuna*, o *hares* colocou a cobra na tenda daquele asqueroso saqueador. Infelizmente, não foi possível... Mas ele logo cairá!

— E a carta? A carta que estava escrita em catalão... Como é possível? Também foram vocês? — perguntou um incrédulo Ubach.

— É óbvio, *abuna*... Nossa causa, como lhe disse, existe há anos, séculos, e nossos conhecimentos são imensuráveis também no que se refere a idiomas. Um de nossos colaboradores a escreveu em sua língua para que fosse crível e não gerasse nenhuma dúvida quanto à autenticidade. A carta que recebeu ao chegar a Jerusalém e antes de partir para a Babilônia e a Mesopotâmia nos garantia que cedo ou tarde viria para cá.

Ubach, que estivera atento a seus estudos bíblicos e a recolher todos os dados e objetos que pudesse para seus projetos, se benzia por ter sido tão ingênuo a ponto de engolir a isca da carta, mesmo não tendo certeza se era de Montserrat.

— E a fé que nos deu resultados excelentes: temos você, Saleh e, principalmente, as túnicas.

— E agora? — quis saber Ubach, temendo a pior resposta.

— *Abuna* Ubach, sei que é um homem respeitoso e inteligente, que aprecia o que faz. Se me permite, você é como o apaixonado que se satisfaz cheirando uma rosa; não é como os incompetentes que entram e destroem o jardim. Sei que seus métodos são inquestionáveis e que tudo o que faz é para ampliar seus conhecimentos e compartilhá-los com seus compatriotas, mas... — Fez uma pausa e continuou sussurrando: — Precisa entender, e sei que o fará, que há limites que não podem ser ultrapassados. Apelo a sua consciência, e, se quiser que Saleh viva e não lhe aconteça nada, esqueça as túnicas, deixe-as aqui. Como ninguém sabe que existem, não há nenhuma razão para que esse assunto se torne conhecido. Tenho certeza de que entende, *abuna*.

— Está me dizendo que não posso voltar a pôr os pés outra vez nessas terras porque, se o fizer, Saleh pagará as consequências?

— Exatamente, *abuna* — confirmou o líder dos Guardiões.

Ubach não tinha nada a fazer. Não queria ter esse peso na consciência nem nenhum tipo de remorso.

Não havia como argumentar contra a ameaça. Vira do que eram capazes e pudera comprovar: a infraestrutura da organização era grande, muito grande, e, sobretudo, invisível. Parou um instante para pensar que nunca tinha ouvido nem lido nada sobre esses Zeladores, Guardiões ou Protetores com origens ancestrais. Também não conseguia evitar que sua mente de estudioso encontrasse motivos de interesse e de curiosidade acadêmica para analisar o objetivo dessa sociedade clandestina que misturava todas as crenças que nasceram nos territórios bíblicos e que, de certa forma, compartilhava com ele a mesma paixão por conservar antigas tradições e tudo aquilo que os rodeava, porém com métodos absolutamente diferentes. Enquanto o padre Ubach aceitava ponderando, amavelmente, mas à força, a proposta de Rashid, este havia ordenado que desamarrassem Saleh e os conduziu por um corredor para a superfície, sãos e salvos, mas com o medo no corpo. Escoltados por dois dos homens que os retiveram, o monge e o beduíno reapareceram atrás da base do campanário do mosteiro, bem perto do lugar onde Ubach subiu para pegar a folha de papel. Atravessaram as ruínas do edifício monástico sob o olhar atento dos capangas, que, ao ver que já se afastavam, desapareceram. Ubach se virou para ver pela última vez a imagem arruinada do mosteiro, e já não havia nem rastro dos captores. Nesse exato momento, a terra que pisavam tremeu. Ouviu-se um barulho que os arrepiou, era como uma queixa, como se rasgasse a pele da Terra. Abriu-se uma greta atrás de Ubach e Saleh, que corriam desesperados, como se estivessem fugindo do próprio diabo. O tremor acabou de rachar as poucas pedras do mosteiro que restavam de pé e os alicerces que sobravam cederam. Quando a terra se abriu, provocou uma brecha que, como uma fera esfomeada, engoliu tudo o que existia na superfície, incluindo os restos do mosteiro e até um grupo de casas do bairro que se estendia atrás do que havia sido a igreja.

Afastados um bom trecho, ainda que envoltos pela imensa coluna de poeira que se erguia sobre o lugar de onde saíram apenas um instante atrás, Ubach e Saleh se entreolharam e se abraçaram, chorando. Estavam conscientes de que sobreviveram por milagre. Fosse como fosse, tanto o monge quanto o beduíno haviam renascido.

Scriptorium Biblicum

Mosteiro de Montserrat, abril de 1911

O abade estava inquieto, mas ao mesmo tempo calmo. Sabia que a dupla que havia formádo funcionaria, que ia ser um santo remédio. Tinha muito claro que o entendimento entre o padre Ubach e um jovem monge que se inclinava a seguir os passos do monge aventureiro, o padre Pius-Ramon Tragan, pressagiava que o Museu Bíblico seria um sucesso. Não somente na abertura; estava certo de que seria uma referência para os estudos bíblicos no futuro. Apostava que, como Ubach havia defendido dúzias de vezes, chegaria a ser um espaço dedicado ao estudo das Sagradas Escrituras, à pesquisa da história e da cultura do Oriente Próximo e de tudo o que se pudesse conseguir graças às peças arqueológicas da Mesopotâmia, do Egito, da Palestina e da Babilônia que o padre Ubach enviara e que agora estavam no museu. O padre Pius-Ramon tinha não apenas assumido a tarefa de inventariá-las e catalogá-las como também, segundo o plano concebido por Ubach, planejara sua distribuição.

Iria se chamar Palácio da Bíblia e teria tantas salas quanto o número de livros das Sagradas Escrituras. O visitante começaria pelo Gênesis e continuaria avançando por toda a história de Israel e por toda a trama dos Evangelhos e das viagens de são Paulo... até chegar ao Apocalipse. Os livros com maior facilidade para serem ilustrados ganhariam mais destaque, com mapas, dioramas, fotografias, objetos e peças que ajudariam a esclarecer e entender conceitos. Agora, no momento de inaugurar o museu e o *Scriptorium Biblicum* diante de toda a comunidade monástica e da sociedade que devia tirar proveito disso, Ubach se sentia, guardada a devida distância, como Moisés ou Abraão depois de serem chamados por Deus para cumprir sua vocação. Lembrou-se de Joseph Vandervorst, de Saleh e de um versículo do Deuteronômio: "Lembra-te dos dias antigos, considera os anos das gerações passadas."

Nota do autor

No início do século XX, um monge deixa a tranquilidade de sua cela monástica para percorrer o deserto perseguindo um sonho que quer compartilhar com toda a sociedade. Ninguém há de negar que aí há uma grande história. Este romance, portanto, não teria sido possível se o padre Bonaventura Ubach não tivesse existido. É um fato. Mas, principalmente, graças aos livros que escreveu de suas viagens, consegui ter uma ideia bastante precisa de como foram e como se desenvolveram as centenas de viagens que Ubach fez para seguir os passos de Moisés e do povo de Israel e o périplo de Abraão.

As primeiras viagens começam em 1910 e estão reunidas em um livro publicado em 1913 intitulado *El Sinaí. Viatge per l'Aràbia Pètria. Cercant les petjades d'Israel.* Seus itinerários pelos cenários do Gênesis, na pátria de Abraão, estão retratados e documentados em outro livro que, no início de 2010, foi editado pelas Publicações da Abadia de Montserrat, com o sugestivo título de *Dietari d'un viatge per les regions de l'Iraq (1922-23).* A biografia imprescindível do padre Ubach se fecha com uma aproximação biográfica a todas as vertentes do personagem que o também monge de Montserrat Romuald Díaz i Carbonell escreveu no ano de 1962: *Dom Bonaventura Ubach: l'home, el monjo, el biblista.* O livro recebeu o Prêmio de Biografia Catalã Aedos naquele mesmo ano. A Abadia de Montserrat e, principalmente, seu chefe de imprensa, o diligente Óscar Bardají, forneceram-me todas essas referências. Na verdade, foi ele também que organizou os encontros com uma pessoa-chave para entender melhor o trabalho e a personalidade do padre Ubach. Assim, à informação extraída desses livros devem ser acrescentadas as conversas que, no próprio Museu Bíblico, mantive com o padre Pius-Ramon Tragan, um homem que não apenas conheceu o padre Ubach, como trabalhou nesses temas a ponto de ser o continuador de sua tarefa bíblica. Esse fato permitiu me aproximar mais da pessoa, do homem, além do viajante, arqueólogo e monge.

Em boa parte, Ubach conseguiu praticamente tudo a que se propôs porque tinha um bom domínio da língua árabe. Pessoalmente, não entendo nem falo árabe — apesar de minhas incursões no estudo desse idioma há alguns anos —, por isso tive a colaboração decisiva de Pius Alibek, para comparar e entender muitas das palavras árabes que o padre Ubach utilizou para definir, descrever ou nomear lugares, alimentos, rituais, entre outros. Os comentários e pontos de vista de Pius também serviram para me orientar nesta interessante cultura e religião, o árabe e o islã.

Vocês têm em mãos um romance que é uma recriação das viagens do padre Ubach e, por conseguinte, há uma parte — a mais importante — apoiada em fatos reais e com personagens e situações que Ubach viveu exatamente como se lê. Mas também é verdade que há outra parte de ficção que se sobrepõe aos fatos estritamente históricos. Nesse sentido, a trama das túnicas, assim como os Guardiões, Zeladores ou Protetores, é invenção do autor. Porém, quero que saibam que estão apoiadas em um fato real. Explico. No Museu Bíblico se conservam três túnicas, duas de tamanho adulto e outra infantil, que são dos séculos IV-V d.C. São tecidos coptas de linho e lã policromados e bordados que me serviram para imaginar a ficção que se entretece enquanto Ubach e sua caravana realizam a viagem, seja pelo Sinai ou pela Mesopotâmia e Babilônia. Tanto o sacerdote belga, Joseph Vandervorst, quanto o sacerdote Joan Daniel Bakos existiram e realmente acompanharam o padre Ubach da forma como se explica. A história pessoal do Vandervorst é uma invenção, mas acredito que dá outra dimensão ao romance: Ubach realizou uma viagem em busca de algo muito concreto; Vandervorst fez outra, para encontrar a si mesmo. Igualmente, o padre abade Josep Deàs, os beduínos, o arcebispo do Sinai e seu secretário, os monges de santa Catarina, o diretor do Museu do Cairo, os *mujtars* e outras autoridades locais, os bandidos, os xeiques, o arqueólogo Leonard Woolley e o jovem Thomas Edward Lawrence — que mais tarde se converterá em Lawrence da Arábia —, os yazidis etc., são todos personagens que existiram e que foram contemporâneos de nosso protagonista, e graças a eles este romance desprende ainda mais realismo. Além dos que citei ao começar esta nota de elucidações e agradecimentos, e antes de acabar, gostaria de agradecer a uma série de pessoas pela ajuda que, de uma maneira ou de outra, me ofereceram enquanto construía este romance. A Alexandre Porcel, por seus sábios e pertinentes conselhos; a Joan Bruna e Francesc Miralles, pela paciência e pelos comentários; a minha editora, Ester Pujol, pelas observações e pelos bons critérios que levaram a um resultado excelente; a Gonzalo Albert e à editora Suma de Letras, pelo entusiasmo e pela confiança que tornaram possível esta edição; a Sandra Bruna, por me acompanhar em outra aventura; e a todos aqueles que de algum modo contribuíram sem saber com ideias, comentários e reflexões que me serviram muito bem para o desenvolvimento do romance. E, principalmente, obrigado a você, por confiar em mim outra vez. Espero que, quando chegar ao final desta odisseia, considere que valeu a pena tê-la lido. Boa viagem e boa leitura!

Martí Gironell
Janeiro de 2010

Este livro foi composto na tipologia Sabon
LT Std, em corpo 11,5/16, e impresso em
papel off-white no Sistema Cameron da
Divisão Gráfica da Distribuidora Record.